OMNIBUS

Louise Hegarty

SE IL CANE NON ABBAIA

Traduzione di Stefania Bertola

MONDADORI

mondadori.it

ISBN 978-88-04-78102-8

Titolo dell'opera originale
Fair Play
I edizione maggio 2025

SE IL CANE NON ABBAIA

Per mamma, papà e Martha

PRIMA PARTE

È ARRIVATO IL MOMENTO!
FESTEGGIAMO IL COMPLEANNO
DI BENJAMIN
ACCOGLIAMO IL NUOVO ANNO
E RISOLVIAMO UN OMICIDIO!

SIETE CORDIALMENTE INVITATI
A UNA CENA CON DELITTO LA SERA DI CAPODANNO
PER FESTEGGIARE IL COMPLEANNO DI BENJAMIN

SIETE PREGATI DI ARRIVARE PER LE 14.00

DRESS CODE: UN'INDAGINE NELL'ETÀ DEL JAZZ

LOCATION: YEW TREE HOUSE
INDICAZIONI STRADALI ALLEGATE

SI PREGA DI RISPONDERE A ABIGAIL

*

Abigail si sveglia alle sette, stretching, dieci minuti di meditazione, doccia, si veste, creme e trucco, si asciuga i capelli, mangia uova strapazzate su mezzo bagel con uno schizzo di salsa piccante, infila nel baule della macchina la valigia preparata la sera prima e poi sistema per bene lo champagne, il vino e le provviste sul sedile posteriore. Spunta le voci dall'elenco delle cose da fare e guarda l'ora. Controlla di avere con sé lo scontrino della torta e verifica un'altra volta sul telefono l'itinerario per la pasticceria: dovrebbe metterci ventotto minuti se non c'è traffico.

Arriva alla pasticceria poco prima dell'apertura, e mentre aspetta rilegge i messaggi dell'host dell'Airbnb che confermano l'orario in cui è previsto il suo arrivo. Osserva la lancetta dei minuti ticchettare lentamente verso l'ora. Appena la porta si apre, lei si presenta, lo scontrino in mano. La torta è già pronta e inscatolata e lei la deposita con cura sul pavimento dell'auto. Imposta il codice postale dell'Airbnb su Google Maps, fa partire un podcast e pensa a tutto quello che deve fare prima che gli altri arrivino nel pomeriggio. Abigail è l'organizzatrice del gruppo: un ruolo che le piace e la infastidisce in egual misura.

Le strade sono tranquille, e mentre lei ripassa mentalmente la sua lista, l'auto passa veloce dalle vie cittadine alla statale e arriva infine a una stradina di campagna. Abigail spegne il podcast in modo da concentrarsi esclusivamente sulla guida. Continua per tre chilometri. Allo stop gira a destra. Tra due chilometri gira a sinistra.

All'incrocio, rallenta e si ferma. A destra ci sono una fila di case, un negozietto e un pub con un cartello: AFFITTASI STANZE. A sinistra c'è un distributore di benzina. Lei gira e continua lungo una strada stretta tutta curve. Una famiglia che sta facendo una passeggiata la saluta. Un'auto in arrivo accosta in uno spiazzo per farla passare. E poi, finalmente, la voce nel suo telefono annuncia che è arrivata a destinazione.

Oltrepassa i grandi piloni, la guardiola disabitata e imbocca il viale di tigli. La casa è lì in fondo, coperta di edera e rivolta a sud. Lei immagina che in primavera o in estate il parco sia lussureggiante e rigoglioso. Il viale asfaltato si trasforma in ghiaia sotto le ruote della macchina, e lei parcheggia accanto a una vecchia Jeep. La casa sorge in cima alla collina, e i campi formano un pendio che poi risale sull'altro lato della valle. In lontananza si vedono delle case sparse qua e là. Mentre Abigail scende dalla macchina, la porta si apre, e appaiono un uomo e una donna. Sono fra i sessanta e i settanta. Entrambi hanno capelli lucenti puntinati di grigio e indossano gilet imbottiti e jeans. «Tu devi essere Abigail» dice la donna. «Io sono Dorothy, e lui è Brian.» Dorothy la abbraccia affettuosamente davanti all'ingresso e le chiede com'è andato il viaggio. «Senza traffico è passato in un attimo» risponde lei. Brian le stringe la mano.

Abigail li segue in casa. «Benvenuta a Yew Tree House» dice Brian. «È stata costruita alla fine del Settecento in stile palladiano, e ampliata nel 1867. Poi la famiglia dei proprietari originali si è estinta e la casa è andata in rovina. I miei genitori l'hanno acquistata nel 1954 per una specie di capriccio e hanno dedicato decenni a ristrutturarla, fino a quando non siamo subentrati noi.» Abigail guarda il soffitto alto con le delicate modanature e il lampadario a gocce. Si sente improvvisamente molto piccola. «Dev'essere stato magico crescere qui» dice, ma si pente subito perché l'espressione di Brian rivela che ha interrotto il suo monologo. «Non saprei se sia stato magico» dice. «Non è stato sempre così bello. Ho passato la maggior parte della mia infanzia a evitare i secchi pieni d'acqua finché i miei genitori non hanno trovato i soldi per far aggiustare il tetto.» «Oh, ma anche così... cioè... da bambini... tanti posti fantastici in cui nascondersi, in cui giocare... per scatenare la fantasia» dice Abigail. «Credo che Brian sia nato già di mezza età» dice ridendo Dorothy. «Probabilmente l'idea di giocare a nascondino non gli è mai passata per la testa.» Stringe il braccio del marito in un gesto scherzoso e lui le sorride. "Come le basta poco a placarlo" pensa Abigail, "e quanto dev'essere bello assaporare la dolcezza di un matrimonio così lungo."

Brian continua il tour. Alla sinistra di Abigail c'è il salotto più formale («o salone, se vuole esagerare»), quindi, lungo il corridoio, si trova il soggiorno, con librerie su tutte le pareti. Di fronte c'è lo studio («qui mio padre fumava il sigaro dopo cena»). Ritornano nell'ingresso, dove Abigail passa accanto a una grande pendola e viene poi condotta nell'altra ala dell'edificio, in cui ci sono la sala da pranzo e la cucina. «L'abbiamo rifatta circa otto anni fa, perciò è modernissima» dice Dorothy. «Quella è la dispensa, e abbiamo aggiunto un bancone per la colazione perché sappiamo che non a tutti piace mangiare sempre in sala da pranzo.» Brian la accompagna in quelle che un tempo erano le stanze della servitù. «Adesso utilizziamo questo spazio come stanza di sgombero e magazzino. Se vi servissero altre sedie o l'aspirapolvere, le troverete qui.» Una porta scorrevole dà su un cortiletto con panche e sedili, un barbecue e una tettoia sotto cui è accatastata la legna.

«Qualche anno fa abbiamo fatto delle feste qui per Capodanno» dice Dorothy, «ma adesso siamo un po' troppo vecchi per queste cose.» «Si tratta per metà di festeggiare il Capodanno» spiega Abigail, «e per metà il compleanno di mio fratello: domani compie trentatré anni.» Dorothy e Brian fanno la faccia dispiaciuta. «Oddio, poverino» dice Dorothy. «Che noia nascere a Capodanno. Nessuno ha voglia di fare nulla.» Abigail alza le spalle. «Non credo gliene importi» dice. «È ben contento di non essere al centro dell'attenzione.» Tornano nell'atrio e poi salgono le scale («Guardi le vetrate colorate con lo stemma di famiglia!»). Abigail solleva lentamente le sopracciglia.

«Le camere da letto sono tutte più o meno della stessa grandezza... Questo è il bagno principale e la lavanderia, se doveste aver bisogno di lenzuola o cuscini. Due stanze hanno il bagno privato, tra cui la camera padronale, che è qui a destra... e poi... volevo farle vedere...» Brian la conduce in una cameretta con le pareti di un giallo pallido. Su una delle pareti è dipinto un affresco della casa e dei terreni in un secolo precedente. È protetto da una lastra di Perspex. «Questa camera è più piccola delle altre» dice Brian, «ma è una vera gemma. Personalmente, trovo che abbia la vista migliore, ma soprattutto è l'unica che ha ancora un affresco intatto di Nathaniel Grogan. Un'opera davvero notevole.»

Tornati di sotto, consegnano le chiavi a Abigail, che li saluta mentre la loro jeep scompare lungo il vialetto. Dà un'occhiata all'orologio. Ha meno di due ore prima che comincino ad arrivare tutti quanti. Le basteranno appena. Abigail scarica l'auto, sistema il cibo nella credenza, nasconde la torta che servirà più tardi e mette lo champagne in frigo. Va di sopra e controlla le camere da letto, valutandole e assegnandole mentalmente a ciascuno degli ospiti. Disfà la sua piccola valigia, controlla le impostazioni del forno e poi inizia a preparare il gioco di quella sera. È la parte che preferisce: nascondere tutti gli indizi e le false piste in giro per casa.

La prima volta in cui avevano organizzato una cena con delitto Abigail non era troppo convinta della cosa, e così aveva semplicemente stampato delle foto degli oggetti (una pistola, un testamento, un orologio rotto) e li aveva nascosti nella casa che avevano affittato: una villetta piuttosto anonima. Ma, anno dopo anno, diventava sempre più audace. Aveva imparato che più impegno ci metteva, più la gente si divertiva. E dato che nei due anni precedenti non avevano potuto festeggiare, aveva deciso che questa volta si sarebbe superata. La casa costava molto di più di quelle che avrebbero scelto normalmente, ma sentiva che se lo meritavano.

Le era davvero piaciuto moltissimo creare gli indizi: una lettera d'amore accartocciata, che aveva immerso nel tè per darle una patina di antichità, come faceva da bambina; un vecchio biglietto per uno spettacolo teatrale; e un semplice fazzoletto su cui aveva ricamato delle iniziali. E poi l'arma del delitto: una bottiglia di champagne a cui aveva applicato con grande cura delle impronte adesive.

Spera che tutti apprezzino il suo sforzo. Ci tiene molto a lasciarli di stucco.

Si chiede se farebbe meglio a cambiarsi subito per essere già nella parte quando accoglierà gli ospiti, ma decide che forse sarebbe troppo, un eccesso di zelo.

Gli altri dovrebbero arrivare alle due, e anche se sa già che saranno in ritardo ci resta comunque male quando nessuno si presenta all'ora prevista. Si stende sul divano in soggiorno e guarda il telefono: spunta le voci delle cose da fare, controlla le notizie e WhatsApp. Apre il profilo di Stephen e rilegge gli ultimi messaggi fra loro, una foto scattata dopo una corsa nel parco, il link a un articolo a cui lui poteva essere interessato, lo scambio di auguri di Natale. Il tempo vola. Spariscono quindici minuti e poi altri dieci senza che se ne renda conto.

Verso le due e mezzo sente il campanello. Si precipita e trova Barbara davanti alla porta. Barbara è una collega di Benjamin, ed è la prima volta che partecipa a una delle loro feste.

Barbara è l'unica che è in ritardo apposta, e si meraviglia nello scoprire che nessuno l'ha preceduta. Pensava che mezz'ora di ritardo sarebbe stata sufficiente, ma a quanto pare non lo è. Stringe forte la sua valigetta. «Oh, mi spiace» dice con una risatina nervosa quando si rende conto di essere la prima. «Ho sbagliato l'ora?» «Oh, no, è solo che i nostri amici sono perennemente in lotta con la puntualità» risponde Abigail. Fa entrare Barbara, le prende la valigia e la coinvolge in una conversazione spicciola («com'è andato il viaggio? Come hai passato il Natale? Quest'anno non fa per niente freddo, vero?»). Le fa fare un breve giro («ecco il soggiorno, e questo è lo studio») e parla ancora della casa («quest'ala è stata aggiunta negli anni Sessanta dell'Ottocento»), poi la accompagna in camera sua («ti lascio tranquilla a disfare la valigia»).

Abigail torna di sotto e Barbara cerca di metterci il più possibile senza sembrare maleducata. Tira fuori tutti i vestiti e li appende uno per uno nell'armadio di mogano. Mette il pigiama sul cuscino. Sistema sulla toeletta creme, trucchi, spazzola e pettine. Si dà una controllata allo specchio e lega i capelli neri in una coda senza pretese. Ripone la valigetta sotto il letto. Controlla se il telefono prende. Va alla finestra e guarda il lungo vialetto e i campi lontani, e si chiede se abbia fatto bene ad accettare l'invito. Normalmente non lo avrebbe fatto. Normalmente avrebbe trovato una scusa e sarebbe rimasta a casa, per educazione. Avrebbe rifiutato per essere gentile con loro. A volte bisogna farlo. Ma, chissà perché, questa volta ha detto di sì. Strano, da parte sua.

Alla fine non può più rimandare e scende. Barbara si offre di aiutarla a fare qualcosa, ma Abigail non glielo permette. «Oh, no, sei un'ospite» dice, e così Barbara si siede imbarazzata al bancone della cucina mentre Abigail traffica.

Per fortuna presto sente arrivare un'altra macchina e poi la voce di Abigail che saluta qualcuno nell'ingresso e tante voci nuove. A Barbara sembra strano restarsene lì in cucina per conto suo, perciò lentamente raggiunge gli altri. Quando vede che non riconosce nessuno, sente una stretta allo stomaco. Ancora niente Benjamin. Abigail sta abbracciando e baciando i nuovi arrivati. Li presenta a Barbara. «Loro sono Cormac e Olivia. E lui è Stephen.»

Improvvisamente la casa si riempie di vita: persone e bagagli e voci cordiali. «Mi sento un po' fuori posto qui» dice Cormac. «È tutto troppo chic per uno come me.» Abigail accompagna di sopra i nuovi arrivati. Conduce Cormac e Olivia nella camera con il letto matrimoniale e il bagno interno, dato che sono l'unica coppia. Olivia riconosce e apprezza questo gesto ospitale. È relativamente nuova nel gruppo e desiderosa di trovare la propria collocazione. Abigail le piace. Pensa che potrebbero essere buone amiche. La pandemia ha reso difficile per tutti frequentarsi, e lei non è ancora riuscita a liberarsi dalla sensazione di essere un'estranea. Ne ha parlato con Cormac, ma lui, che sembra sempre un po' infastidito, le ha detto: «Non ti hanno accolta a braccia aperte, i miei amici?». E certo che sì. Sono educati e amichevoli come lo si è con gli estranei. Ma Olivia non vuole più essere un'estranea. È abbastanza contenta che ci sia Barbara, l'unica ancora più nuova di lei.

Stephen sta disfacendo la valigia nella camera accanto. «No, non qui!» dice Abigail con un sussurro esagerato. «Per te ho qualcosa di meglio.» Da ragazza, aveva una cotta per Stephen. Allora le era sembrata una cosa enorme. Si ripete che ormai l'ha superata, anche se è comunque felice quando lui le dice che la sua ragazza è tornata in Polonia per Natale. «Ho pensato che avresti apprezzato la vista» dice. «E il murale. Ha più di duecento anni.» Sfiora il Perspex con le dita mentre Stephen getta la borsa sul letto e poi si butta anche lui. «La casa è pazzesca, Abigail... Sei stata brava a trovarla. È perfino più grande di come sembrava nelle foto che ci hai mandato» dice, appoggiandosi ai gomiti. «È tanto che non ci vediamo» butta lì lei. «Eh, lo so» risponde lui. «Immagino sia tutta colpa del lavoro e della vita sociale e di quella merda della pandemia. L'anno prossimo dobbiamo organizzarci per vederci regolarmente. Noi due, o noi due e Benjamin, o non so.» Abigail cerca di non far trasparire la sua felicità. «Ah, aspetta, ti faccio vedere il mio costume» dice Stephen.

Lei si siede sul letto mentre lui fruga nella borsa e finalmente ne estrae un cappello: un berretto alla Sherlock Holmes. «Per il ruolo di Grande Detective.» «Ti sta bene» dice Abigail mentre Stephen si pavoneggia davanti allo specchio. A Stephen queste feste piacciono moltissimo. È socievole, ama la compagnia e bere e divertirsi. Spesso il suo lavoro da impiegato gli sta stretto, e non crede che i fatti puri e semplici della sua vita rispecchino veramente la sua personalità. «Nei romanzi, in realtà, Sherlock Holmes non mette mai questo berretto» aggiunge Abigail, giocherellando con il copriletto. «Lo fa soltanto nei film e nelle serie. È solo negli ultimi anni che viene associato a lui.» «Ho anche qualche altra cosina» dice Stephen, «ma per adesso non svelo niente. Non voglio rovinare la sorpresa.»

Sotto, Barbara è di nuovo seduta al bancone della cucina, e si chiede quanto ci metteranno. Si prende un bicchier d'acqua. Va alla porta scorrevole pensando che magari potrebbe uscire a fare un giro esplorativo, almeno per dare l'impressione di non stare piantata lì ad aspettare. A salvarla da un prolungato imbarazzo è un'altra macchina in arrivo. Finalmente, ecco anche gli ultimi ospiti.

Abigail corre giù ad aprire la porta e Declan si fionda dentro, sbatte in terra le borse e abbraccia e bacia aggressivamente chiunque, compresa Barbara che neanche conosce.

Declan conosce Benjamin da quando avevano cinque anni, ma nel corso del tempo si sono progressivamente allontanati. Purtroppo, l'unica persona che non si è resa conto della cosa è Declan stesso. E anche se durante l'anno continuano a invitarlo in determinate occasioni, è da parecchio tempo che la sua presenza in una stanza insieme a queste persone non ha più senso.

Lo seguono Benjamin e Margaret. Benjamin si ferma sulla porta per far entrare prima Margaret. Porta lui tutte e due le borse. «Ti sei tagliata i capelli» osserva Margaret abbracciando Abigail. Dopo aver salutato Cormac e Stephen, Benjamin vede Barbara e sorride. «Ah, bene, sei arrivata» dice. Abigail gli prende la borsa per portarla in camera. «Lascia stare» dice lui, ma Abigail gli mette una mano su una spalla e gli rammenta che lui è il festeggiato. «Lo so che ti piace farti coccolare» dice.

Va di sopra e Margaret la segue. «Dovrai farmi fare un bel giro esplorativo» dice Margaret, «altrimenti rischio di perdermi in questa magione.» Abigail le chiede com'è andato il viaggio e Margaret dice: «Benissimo», ma Abigail ha l'impressione che l'altra eviti il suo sguardo. Benjamin e Margaret erano stati insieme al college, e anche se la loro storia è finita da anni sono rimasti buoni amici. Abigail sta per farle un'altra domanda quando arriva Declan. «Tu sei nella stanza accanto» gli dice. Quando vede la camera, lui protesta blandamente. Credeva che avrebbe dormito con Benjamin. «A Benji farebbe piacere» dice. «Come ai vecchi tempi.» «Quest'anno abbiamo una casa più grande, perciò ognuno ha la propria camera. Questa l'ho scelta proprio per te» dice Abigail, come se parlasse con un bambino. Declan la irrita in modo indescrivibile, ma nello stesso tempo è preoccupata per lui. Benjamin le ha detto che hanno rifiutato un mutuo a Declan perché dal suo conto in banca risulta che frequenta assiduamente le app di gioco d'azzardo. Distrae Declan parlandogli delle scorte di champagne, e lui molla la borsa in camera e corre via. Margaret alza gli occhi al cielo e Abigail ha dimenticato cosa voleva chiederle.

Poco dopo, si ritrovano tutti in cucina. Cormac e Olivia sono seduti al bancone, Barbara e Benjamin sono appoggiati al piano di lavoro e Declan sta esaminando il contenuto del frigo. Stephen ha aperto la porta scorrevole e guarda il cortile. «Dov'è la tua ragazza?» chiede Declan a Stephen. «Ti ha già mollato?» Ride, ma nessuno lo imita. «È tornata in Polonia per Natale» spiega paziente Stephen. «Polonia? Ah, credevo che fosse lettone, o qualcosa del genere. Lituana» dice Declan. «No. È polacca, ed è per questo che ho detto che è in Polonia. Era un indizio» dice Stephen. «Sai cosa dicono delle polacche...» Ma Cormac interrompe Declan. «Okay, okay» dice, alzandosi dallo sgabello. «È un po' prestino per questo genere di cose.» Declan fa la faccia da innocentino, ma si astiene dall'innescare un litigio. Cormac propone una passeggiata prima che la festa cominci. «Dai» dice. «Prima che venga buio.»

Tutti si mettono il cappotto, quindi si incamminano lungo il vialetto e poi sulla stradina sterrata. Cormac e Olivia stanno davanti, Declan è subito dietro e armeggia col telefono. Abigail cammina con Margaret e Stephen. Si guarda alle spalle e vede Benjamin che parla piano e amabilmente a Barbara. Non ci sono macchine, così procedono in mezzo alla strada. «Hai passato un bel Natale?» chiede Margaret, prendendo sotto braccio Abigail come se fossero sorelle. «Oh, come al solito» risponde Abigail. «Tranquillo.» Stephen dice scherzando che quello è il primo giorno dalla vigilia di Natale in cui ha messo le scarpe. «Non mi aspettavo di dover fare attività fisica» dice ridendo.

Abigail chiede a Margaret del suo nuovo lavoro che assomiglia molto al suo vecchio lavoro ma che a lei piace. L'ufficio ha la vista sul fiume e c'è un'ottima macchina per il caffè. Margaret continua a guardarsi alle spalle. «Barbara sembra simpatica» dice. «La conoscevi già?» Abigail la scruta. «L'ho vista una volta. Benjamin dice che si è appena lasciata molto male col ragazzo. Spero che stasera si diverta.» Margaret si gira ancora a guardarli.

Dopo una curva, si trovano improvvisamente di fronte l'intera vallata. Più in basso c'è la strada che hanno percorso per arrivare alla casa, che con morbide curve giunge all'incrocio. Al distributore di benzina è parcheggiata una macchina.

Una coppia con due cani viene verso di loro: entrambi hanno visi arrossati e sorridenti. «Salve» dice Benjamin, accovacciandosi per salutare i cani. «Siete belli.» «Sono bastardini» dice la donna, «ma sono i nostri bastardini, se capisce cosa intendo.» Benjamin chiede come si chiamano e li carezza in testa.

«Posso chiedervi un favore?» dice Stephen. «Avreste voglia di farci una foto?» Porge il telefono alla donna. «Meglio darlo a mio marito. Io non ho un buon rapporto con la tecnologia.» Prende lei entrambi i guinzagli e Stephen passa a lui il telefono. Loro si raggruppano, e l'uomo fa un passo indietro per cercare di farli stare tutti nella foto. «Dovreste stringervi un pochino» dice, facendo il gesto con le mani. Abigail finisce schiacciata contro Stephen. Lui la circonda con un braccio, tirandosela più vicina. Lei gli appoggia la testa a una spalla. «Sorridete» dice l'uomo, e scatta la foto. «Siete a Yew Tree House, immagino» dice mentre rende il telefono a Stephen. «Brian ci ha detto che erano in arrivo degli ospiti.» «Abitate qui vicino?» «Sì, dopo quei due campi.» «Hanno fatto un sacco di migliorie in quella casa» dice la donna. «E hanno anche speso un sacco di soldi» dice l'uomo. «Andavano sempre alle aste e ai mercatini in cerca di mobili. Hanno fatto uno splendido lavoro.» Si scambiano gli auguri per l'anno nuovo prima di separarsi.

Mentre riprendono il cammino, Abigail nota che Stephen si sfrega la schiena. Le dice che si è fatto male durante una partita a calcetto. «Tuo fratello è da qualche settimana che ci pacca, probabilmente siamo troppo scarsi per lui, e così, essendo l'unico altro giocatore decente, ho dovuto spingermi oltre i miei limiti» dice. Cormac si unisce alla conversazione per lamentarsi anche lui. Tira su una gamba dei pantaloni e inizia a palparsi una caviglia che, a sentire lui, è gonfia. Olivia, alle sue spalle, alza gli occhi al cielo. «Forse hai soltanto le caviglie grasse» dice Stephen. Cormac si gira verso Olivia, che sta cercando di trattenere un sorrisetto. «Te l'ha detto lei, di dirmelo?» chiede a Stephen. Adesso Olivia ride apertamente. «È gonfia» insiste Cormac. «Guarda la pelle...» Ma ormai ridono anche gli altri, perciò Cormac riabbassa in fretta il pantalone. Olivia se lo tira vicino e lo bacia.

La strada diventa un pochino più stretta e il fossato su entrambi i lati è sostituito da un robusto muretto di pietra. Oltre un campo spoglio vedono i resti di una chiesa. Il cancello si apre facilmente e, dopo aver attraversato un vialetto di alberi scheletrici, arrivano alle rovine dell'abbazia. Qui si dividono, e ciascuno esplora per conto proprio i diversi ambienti e il campo santo. È un luogo pieno di pace. Un rifugio. Abigail cammina nella navata principale, e sfiora con le mani i muri di calcare. Al camposanto, si china a esaminare le lapidi spezzate e con la punta delle dita segue i solchi per cercare di decifrare nomi e date. La luce del crepuscolo dona al luogo un senso di irrealtà. Quando si rialza vede Benjamin, perfettamente incorniciato da una soglia, con gli occhi chiusi e il viso rivolto al cielo.

Poi raggiungono nuovamente la stradina e tornano verso casa.

Quando arrivano al cancello, il sole è tramontato e gli uccelli nella siepe hanno iniziato il loro canto serale. La ghiaia scricchiola sotto i piedi e la luce che Abigail aveva lasciato accesa nell'ingresso dà loro il benvenuto a casa.

Stephen e Cormac prendono la legna e cominciano a preparare il fuoco. Benjamin viene in cucina e chiede a Abigail se ha bisogno di aiuto, ma lei ribadisce che lui deve solo rilassarsi. «Non c'è bisogno che mi tieni d'occhio» dice, dandogli una stretta affettuosa al gomito. Lui le chiede di Barbara, ma Abigail gli dice invece che dovrebbe aiutare Cormac e Stephen ad accendere il fuoco, e lui, con una certa riluttanza, esce in cortile.

Declan si aggira per la casa, e intanto racconta alle ragazze di uno scandalo accaduto nel posto in cui lavora, che dovrebbe essere molto divertente ma a Abigail pare una molestia sessuale bella e buona. Si offre di aiutarla, ma chiaramente non ha intenzione di farlo davvero e alla fine se ne va in soggiorno a scrollare il telefono. Abigail tira fuori il piatto dei formaggi e dispone i salumi e i cracker. Olivia segue le istruzioni di Abigail e si mette a preparare le tartine con pâté, tapenade, caprino e un costoso salmone affumicato. Il resto sono stuzzichini presi da M&S che, come Abigail ben sa, piacciono molto a tutti. Qualcuno ha messo della musica e Abigail comincia a rilassarsi.

Il suo corpo si ammorbidisce, ma questo potrebbe anche essere il risultato del drink che qualcuno le ha messo in mano. Sente arrivare dei rumori da fuori, sono Benjamin, Cormac e Stephen che tentano di accendere il fuoco. Non capisce bene quello che stanno dicendo, ma le piace il ritmo delle loro voci. Sente le loro risate, poi la loro frustrazione, e alla fine le grida di vittoria quando finalmente il fuoco prende. Margaret è sulla porta aperta, li guarda e fuma una sigaretta.

Quando Benjamin rientra seguito da Stephen e Cormac, è il momento di andare a cambiarsi per la serata. La festa di Capodanno è sempre a tema, anche se Abigail non è severa: va bene uno stile da elegante dimora di campagna quanto quello dell'epoca del proibizionismo a New York. Quest'anno è un'indagine nell'Età del Jazz. Abigail si cambia in fretta, raccoglie i capelli sulla testa, si trucca e poi si infila l'abito di paillettes da perfetta flapper. Mentre si tira su la lampo, il suo telefono vibra. Stephen ha mandato a tutti la foto fatta durante la passeggiata. Ci sono Olivia e Cormac accosciati davanti, Benjamin a destra che si nasconde un pochino dietro Barbara, Margaret tutta rigida accanto a Declan e, nel mezzo, Abigail e Stephen. Allarga lo schermo per guardare bene. Vede la sua espressione, un sorriso raggiante e gli occhi luminosi, e prova un certo imbarazzo.

Finisce di tirarsi su la lampo, si mette le scarpe e poi va a bussare alla porta di Benjamin. Entra senza attendere una risposta. Lui è seduto sul bordo del letto e si sta allacciando le scarpe e alza lo sguardo quando lei entra. «Ah, hai messo gli orecchini» dice. Glieli ha regalati a Natale. «Volevo vedere il tuo balcone» dice Abigail, che apre la porta finestra ed esce. Le volute di fumo che si alzano dal braciere le irritano gli occhi. Benjamin la segue, senza fretta. «Bella scelta, questa casa» dice, mettendole un braccio attorno alle spalle. «Come sempre hai organizzato tutto alla perfezione.» Lo sente inspirare profondamente accanto a lei. «Com'è andato il viaggio?» gli chiede. Benjamin traffica con il suo cravattino. «Scusa per il ritardo. Declan ha preso la strada panoramica. Ti sei divertita l'altra sera con le ragazze?» Le ragazze – un gruppo di amiche che risalgono agli anni della scuola – non si incontravano spesso quanto lei avrebbe voluto, ma la serata natalizia con loro era sempre molto piacevole. «Potevi invitare anche loro. La casa è talmente grande...» dice Benjamin. «Oh, no» dice Abigail. «È bello essere sempre gli stessi. A parte Barbara... spero che si trovi bene. Cioè, spero che non si senta l'unico pesce fuor d'acqua.» «Non preoccuparti per Barbara» dice Benjamin. «A lei ci penso io.» Rientrano, e Abigail chiude la finestra.

Sulla soglia compare Margaret, che indossa una lunga gonna di perline. Ha tirato su i capelli rossi e ha completato l'acconciatura con una fascia. È stupenda. Abigail cerca di cogliere la reazione di Benjamin, ma lui è girato dall'altra parte. «Ho pensato di esagerare» dice Margaret, roteando su sé stessa. «Sei bellissima» dice Abigail. «Ehi ehi ehi» li interrompe Cormac. «Spero che non stiate tramando qualcosa. Sento che quest'anno posso davvero vincere.» «Non c'è bisogno di tramare niente» dice Margaret. «Come campionessa uscente, ci tengo a difendere il titolo.» Anche Declan li raggiunge. Ha fatto proprio il minimo sforzo: ha ancora le scarpe da ginnastica, e non si è neanche messo la cravatta. «Ormai è ufficialmente sera e io non ho ancora avuto niente da bere» esclama. «È vergognoso. Con chi mi devo lamentare?» Mette un braccio sulle spalle di Benjamin e lo trascina fuori dalla stanza. Margaret alza gli occhi al cielo.

Ben presto sono tutti di sotto, elegantissimi e già molto su di giri. Cormac e Stephen indossano completi stile anni Venti, mentre Olivia e Barbara sono andate sul sicuro scegliendo abiti da cocktail moderni. Abigail mette nel forno gli ultimi salatini e Declan fa saltare il primo tappo di champagne.

La festa comincia a decollare. Si aggirano al pianterreno, mangiando le tartine e bevendo. C'è musica, naturalmente jazz in questa prima parte della serata. Barbara, che in generale è piuttosto silenziosa, adesso sta però chiacchierando tranquillamente con Margaret e Benjamin in un angolo della sala da pranzo. Abigail, che sorveglia tutto, si ripete che deve rilassarsi, anche se in realtà non riesce mai a divertirsi veramente finché il gioco non è finito. Verso le otto meno dieci, Abigail comincia a distribuire le buste con le istruzioni e le schede con la descrizione di ciascun personaggio. Avverte di non aprirle fino a quando la pendola nell'ingresso non avrà battuto l'ora.

Le istruzioni dicono:

Benvenuti a tutti voi, e grazie per aver partecipato al Capodanno con Delitto 2022!

Ormai dovreste saper come funziona, ma se per qualcuno fosse la prima volta, ecco qui: a ciascuno di voi è stato assegnato un ruolo preciso da interpretare. Può trattarsi di un ospite, un membro del personale, una vittima, o un detective. La situazione di partenza è la seguente: siete in una grande casa di campagna nel 1929 per una sfrenata festa di Capodanno data da sir Hubert Handesley, che ha ereditato la proprietà dopo la recente dipartita del padre. Qualcuno sperava che questo inducesse Hubert a maturare, ma niente è più lontano dal vero. Le sue feste sono famigerate, e aspettatevi pure una montagna di champagne, cibo, ottimo jazz, e squisiti pettegolezzi. Comunque, nel cuore della serata, succederà qualcosa di terribile...

In questa busta troverete una scheda del vostro personag-

gio con informazioni che non ha nessun altro. Ci sono delle istruzioni specifiche, come vedrete, ma potete tranquillamente inventare e fare qualunque cosa che secondo voi si adatti al vostro personaggio.

Adesso avete un po' di tempo per leggere, ma ricordate di stare molto attenti a quello che direte agli altri. Non vorrete che qualcuno vi batta sul filo del traguardo!

Se avete domande, rivolgetevi a Abigail. È lei l'autrice e, anche se non sarà direttamente coinvolta nella soluzione del crimine, può aiutarvi se vi ritrovate bloccati.

Abigail mangia qualche tartina, balla un pochino, canta insieme alla musica e chiacchiera con tutti. Ma tiene d'occhio l'ora: non vuole che il gioco inizi troppo tardi. Perché tutto vada bene è necessario che i partecipanti non siano troppo ubriachi. Alla fine incrocia lo sguardo di Stephen e annuisce brevemente. Entrambi escono dalla sala da pranzo. Le gira un po' la testa, e attribuisce la cosa allo champagne.

Pochi minuti dopo, Abigail strilla fortissimo. In sala da pranzo, a momenti Margaret fa cadere il bicchiere. Barbara fa un salto. Declan urla e si porta le mani al petto. Tutti scoppiano a ridere quando si rendono conto che il gioco è iniziato. Il grido viene dalla cucina, dove trovano Stephen steso per terra con le volute di una sciarpa rossa sotto la testa. Abigail è china su di lui, con una mano sulla bocca. «Oh, mio dio!» esclama. «Sono venuta a prendermi un bicchier d'acqua e mi sono trovata di fronte a questa scena raccapricciante: Sir Hubert Handesley steso a terra morto, coperto di sangue. È spaventoso. Sembrerebbe che qualcuno lo abbia colpito in testa con qualcosa. Chi mai può aver fatto una cosa del genere?» Tutti si radunano eccitati attorno all'immobile forma di Stephen. «Si parte» dichiara Cormac. Lui e Margaret iniziano immediatamente a esaminare il cadavere. «A ogni modo a me non stava simpatico» dice Benjamin, dando un calcetto scherzoso alla gamba di Stephen. «Oh, non essere così plateale» dice Cormac. «È troppo presto perché l'assassino si riveli.»

Declan è fermo sulla soglia. Non ha mai indovinato l'assassino. Ha sempre il sospetto che sia tutto un complotto contro di lui. Proprio per questo, negli anni passati, Abigail gli ha sempre riservato i personaggi meno interessanti. L'ultima volta gli aveva fatto fare la vittima, pensando che questo avrebbe risolto il problema, ma quando poi la vittima si era trasformata nel detective, era andato tutto a scatafascio e Abigail aveva dovuto assumere il ruolo del detective. Quest'anno Declan è la governante. «Dovreste tutti esaminare il corpo. Guardate come ha i capelli arruffati» dice Abigail. «Sembrerebbe che abbia sostenuto una lotta.» «L'arma dev'essere qui vicino» dice Cormac. «Adesso dobbiamo trovare gli indizi» dice Margaret a Barbara. «È la parte più divertente.» Abigail ha scritto apposta un bel personaggio per Barbara in modo che si senta più coinvolta, e ha messo un bel po' di indizi sostanziosi nella sua scheda. «C'è qualcosa nella tasca del cappotto?» chiede Abigail, spalancando gli occhioni con aria innocente. Cormac si china. «Ci penso io» dice, tirando fuori dalla tasca un pezzo di carta. «È una lettera... Oh, una audace lettera d'amore scritta al caro estinto Hubert Handesley da Marjorie Wilde, che gli chiede di fuggire con lei. Chi è questa Marjorie Wilde?» Olivia strilla e si porta una mano alla bocca. «Accidenti a te, donna» dice Cormac. «Proprio con il mio amico?» Olivia finge di essere scandalizzata. «Non volevo davvero scappare con lui, almeno non credo...» «Ehi, adesso tenete gli indizi ognuno per sé» dice Abigail. «Non volete mica che qualcuno si avvantaggi grazie alle informazioni che avete sulle vostre schede, no?»

Per Stephen è arrivato il momento di trasformarsi nel Grande Detective. Va nell'ingresso, si toglie la sciarpa rossa e indossa il berretto da Sherlock Holmes. Poi torna in cucina e fa un inchino molto teatrale. «Sono il detective Allen. Sono certo che avrete sentito parlare di me» legge dalla sua scheda. «Naturalmente, sono il detective più famoso del mondo. Vi chiederete come mai io sia presente a questa festa, è davvero curioso! La settimana scorsa Sir Hubert mi ha telefonato per dirmi che qualcuno aveva cercato di ucciderlo. Pensava di essere in pericolo, perciò mi ha chiesto di raggiungerlo qui per cercare di capire cosa stesse succedendo. Non avrei mai immaginato che sarebbe stato ucciso a casa sua, durante una festa! Ritengo che sia mio dovere risolvere questo caso. Nessuno di voi potrà andarsene fino a quando non avrò portato a termine il mio compito. Perché uno di voi *deve* essere l'assassino. Darò un'occhiata alla scena del crimine in cerca di indizi.» Stephen gira intorno al punto del pavimento su cui giaceva fino a pochi attimi prima. Getta la sciarpa rossa a terra per indicare il cadavere. «Dunque» dice Stephen, «non so se sia rilevante ai fini delle indagini, ma ritengo che questo sia il più bel cadavere che io abbia mai visto.» «Ah, sì?» dice Cormac, che osserva la sciarpa con aria perplessa. «Non trova che ha gli occhi un po' troppo vicini?» «Secondo me il viso ha proporzioni perfette. Allora, vediamo... Sembra proprio che questo splendido Adone sia stato colpito in testa con un corpo contundente. Qualcuno ha già trovato l'arma del delitto?» Cormac si gira di scatto. La caccia è iniziata! Olivia cerca in cucina. Barbara apre gli armadi mentre Declan guarda il telefono e sorseggia il suo drink. Margaret trova quasi subito l'arma in uno dei nascondigli preferiti di Abigail: sotto il lavandino. Sventola la bottiglia di champagne come un trofeo. «Ahah!» dice. «Fammela vedere, fammela vedere» dice Cormac. La esaminano insieme attentamente. «Ah, sì!» dice Stephen. «Devono aver usato questa per colpire sulla testa quel bellissimo uomo.»

Abigail ha dato a Olivia un indizio importante a proposito della bottiglia di champagne. Lei è l'unica a sapere quello che ciascuno ha bevuto quella sera, e soltanto quattro di loro hanno bevuto champagne. Le impronte indicheranno a chi avrà la vista più acuta che l'assassino era mancino, restringendo ulteriormente il campo.

In cucina c'è soltanto un altro indizio, ed è Barbara a trovarlo. Si china a raccogliere il biglietto che pochi minuti prima Abigail ha infilato sotto una gamba del tavolo. «Non sono sicura...» dice. «È un indizio?» Stephen se lo fa dare e lo esamina. «Dev'essere caduto dalla tasca dell'assassino durante la lotta» dice. Lo mostra agli altri: un biglietto per una rappresentazione di *Un ispettore in casa Birling* del 23 dicembre.

Tutti controllano le loro schede per vedere se sono stati a teatro quella sera. Abigail vede lo sguardo di Cormac illuminarsi quando legge sulla propria scheda che parecchi dei presenti sono stati spettatori della commedia, e lui li ha visti. Ha già ridotto a tre l'elenco dei possibili colpevoli. Benjamin è un po' silenzioso e in disparte, ma Abigail sa perché: è lui l'assassino. Ogni anno lei cambia vittima e assassino, e qualcuno ha la faccia da poker più di altri. «Potete cercare nel resto della casa» suggerisce Abigail. «E potreste fare qualche interessante scoperta al piano di sopra.» Tutti si precipitano su tranne Declan, che è ancora sulla porta della sala da pranzo, imbronciato. «Quanto ci vorrà ancora, Ab?» chiede. «E dai, entra un po' nello spirito del gioco» gli dice Abigail. Non sopporta quando la chiama Ab. «Non si sa mai. Potresti anche scoprire l'assassino.» «Improbabile» borbotta lui.

Di tanto in tanto, Abigail fornisce delle indicazioni a qualcuno se ritiene che ce ne sia bisogno o per mandare avanti il gioco. Indica a Barbara l'orologio da taschino nascosto dietro la pendola del salotto e tutti si congratulano con Barbara per questa scoperta. Sul retro dell'orologio, Abigail ha incollato una scritta che dice semplicemente *AMOR MIO, R.* «Ancora tu» dice Cormac a Olivia. Lei controlla la sua scheda. «No, qui dice che le mie iniziali sono MW. Non sono io.» Allora Cormac si rivolge a Stephen. «Dio, certo che ti davi parecchio da fare, eh?» «Oh, non ricordo mai i nomi, potete dirmi chi ha il nome che inizia per R?» «Io sono Angela North» dice Barbara, «perciò non sono io di sicuro.» Allora tutti si girano verso Margaret. «Mai chiedere a una signora le sue iniziali» risponde lei. «Che civettona!» ribatte Cormac ridendo.

Ci mettono due ore a trovare tutti gli indizi e le false piste mentre bevono e si esibiscono in scenette parlando come nell'Età del Jazz. Una volta radunati gli indizi, li posano sul tavolo della sala da pranzo. «Molto interessante, molto interessante» dice Stephen osservandoli. «Dovremmo riunirci in soggiorno, così il detective Allen potrà interrogarci» dice Abigail.

Quando sono riuniti, Stephen si arriccia i baffi finti. «È stato un caso molto intrigante» dice. «Ho dovuto dare fondo alle mie piccole cellule grigie, fino all'ultima. Ma devo ancora chiarire alcune questioni.» Recupera una busta da una tasca interna e la sventola teatralmente. «Farò a ciascuno di voi una serie di domande a cui dovrete rispondere in modo aperto e sincero» dice Stephen, che adesso ha in bocca una pipa. Inizia l'interrogatorio: sei mancino o destro? Sai se c'è un motivo per cui qualcuno dei presenti avrebbe voluto vedere morto Sir Hubert Handesley? Parli francese? Tutti fanno delle ipotesi – Margaret sospetta Cormac e Cormac sospetta Margaret – ma nessuno ci azzecca. Quest'anno Abigail è stata più furba di loro. «E per concludere» dice Stephen, «il vero assassino vuole rivelarsi?» Benjamin fa un passo avanti. «Avrei dovuto saperlo» geme Stephen. «Proprio il mio migliore amico.»

Verso le undici partono i primi fuochi artificiali e tutti escono di casa, ma sono troppo lontani per riuscire a vederli, e inoltre ci sono troppi alberi in mezzo. Senza le luci e i colori, sono soltanto un rumore deludente. Abigail tiene d'occhio costantemente Margaret e suo fratello, ma non tradiscono alcuna emozione. La gioia di stare fuori al freddo ad ascoltare i fuochi d'artificio si esaurisce molto rapidamente, così tornano dentro, al caldo.

In salotto, Olivia se ne sta per conto suo, comodamente sistemata in poltrona. «Ciao, come va?» dice Abigail. «Benissimo. Non preoccuparti. Mi sto davvero divertendo» risponde lei. «Mi è piaciuta la cena con delitto. Credo di averne colto lo spirito, finalmente. L'anno prossimo mi ci metterò d'impegno.» «Non so se a Cormac farebbe piacere essere battuto da te» dice Abigail. Olivia ride. «Sì, una volta l'ho battuto a tennis – pura fortuna, ma a lui non dirlo – e non abbiamo mai più neanche accennato alla cosa.» Ridono entrambe. «Sai, anche io sono parecchio competitiva» dice Olivia alzando le spalle. «Mi piace metterci impegno. Mi piace vincere. Però, se non vinco, la cosa non mi rovina la settimana.» «Mi sembra un atteggiamento molto sano» dice Abigail. Olivia la guarda. «È un po' assurdo che noi due ci conosciamo così poco. Non so se sia un problema di età, ma da quando mi sono trasferita qui non è stato tanto facile farmi delle amiche.» «Oh, allora dobbiamo organizzare qualcosa. Anche con Cormac. O senza di lui.» Olivia sembra contenta all'idea. «Volevo chiederti una cosa. Barbara...» Olivia lascia in sospeso il resto della frase. Abigail fissa Barbara, che è in piedi accanto alla porta e sta parlando animatamente con qualcuno che non vedono, poi torna a guardare Olivia. «Barbara...» continua Olivia. «Cormac e io ci chiedevamo: lei e Benjamin sono...» «Oh» dice Abigail, che capisce qual è la domanda. «Oh, no. È solo una collega.» Olivia non sembra molto convinta. «La conoscevi già?» le chiede educatamente. «Mi pare che ci eravamo già incontrate un paio di volte. Ma non è che proprio la conosco, se è quello che volevi sapere.» «No, no, è solo... Cormac era curioso. E non sapevamo a chi chiedere.»

Con l'approssimarsi della mezzanotte Declan comincia a girare attorno a Barbara e le mette *casualmente* una mano in fondo alla schiena. Ma Barbara è tutt'altro che remissiva. Nel corso degli anni è diventata espertissima a respingere i vari Declan, e anche di questo si libera facilmente. Comunque, lui è così ubriaco che a mezzanotte si è già dimenticato di Barbara e cerca di baciare Stephen. Altre bottiglie di champagne sono state svuotate, altro cibo è stato mangiato, e poi inizia il countdown, e ben presto tutti smettono di gridare «Buon Anno» e iniziano a cantare «Tanti auguri a te» a Benjamin. Abigail abbraccia forte suo fratello e lo bacia su una guancia.

La festa continua. Ballano al pianterreno e continuano fuori, in cortile. Declan ulula nella notte e per una volta non dà fastidio a nessuno. Abigail di colpo si ricorda della torta. La prende nella dispensa, la toglie dalla scatola e prepara le candeline. Dà un'occhiata fuori. Stephen, Margaret e Cormac sono in cortile e stanno fumando. «È il momento della torta» dice Abigail, «in sala da pranzo. Dov'è Benjamin?» Non lo sanno. Gli altri sono in soggiorno, e lei li manda di corsa in sala da pranzo. «Dov'è Benjamin?» chiede a Declan quando si incrociano sulla porta. Lui alza le spalle. «Sarà fuori» dice. «Dio» dice lei. «Per una volta che proprio mi serve, non c'è.» «Forse è andato in bagno» suggerisce Cormac.

Abigail corre di sopra. La porta del bagno è accostata, e lei la apre. Ma Benjamin non c'è. Esprime la frustrazione con una specie di gemito e poi percorre il corridoio fino alla camera da letto grande. Si scontra con Benjamin che sta uscendo dalla stanza. «Che stai facendo?» gli chiede. «Niente» risponde lui. «Be', c'è la torta. In sala da pranzo.» Lo vede un po' letargico e gli mette fretta dandogli una lieve spinta. «Non è possibile che hai già sonno» dice.

Sotto, Margaret ha spento la luce centrale e fa segno a Abigail che sono pronti. Quando vedono le candeline accese, tutti ricominciano a cantare «Tanti auguri a te». Stephen spinge Benjamin avanti e Abigail gli mette la torta di fronte. Quando smettono di cantare, Abigail lo abbraccia e dice: «Esprimi un desiderio! Esprimi un desiderio!». Benjamin si sporge in avanti, si ferma solo per un istante, poi spegne le candeline in un unico soffio. Tutti applaudono e Benjamin arrossisce. È diventato un po' timido. Margaret accende la luce e distribuiscono la torta, anche se nessuno ha appetito. Poco male: la mangeranno domattina a colazione.

Mezz'ora dopo, Declan, stremato, si addormenta in soggiorno. Chiudono la porta e continuano la festa nel resto della casa. Presto Olivia e Cormac decidono di andare a letto, e quelli che restano – Benjamin, Stephen, Margaret, Abigail e Barbara – si siedono per terra in salotto a giocare a *Snap* e a *Cluedo* e a mangiare gli avanzi di formaggio. Chiacchierano come si fa a luci basse e avvolti da una vaga sonnolenza da champagne. Benjamin tiene la testa appoggiata al bordo del divano. Abigail è seduta di fronte a lui. Stephen vuole giocare all'*Allegro Chirurgo*, e anche se sono di gran lunga troppo ubriachi per giocare come si deve scoppiano a ridere rumorosamente ogni volta che il tabellone fa *buzz*. Verso le due Barbara decide di ritirarsi in camera sua.

«Vi ricordate quella volta che ci siamo accampati nel vostro giardino?» dice Stephen. «E subito prima che uscissimo da casa vostra mamma ci ha informati con grande noncuranza che in zona girava un evaso.» Abigail e Benjamin scoppiano a ridere. «Un classico della mamma» dice Benjamin.

«A dodici anni tu eri molto impressionabile.» «Subito naturalmente non ci ho creduto. Ho pensato che scherzasse. Poi però abbiamo cominciato a raccontarci storie di paura, e sono partito con la fantasia» continua Stephen, «e poco dopo mezzanotte ho sentito dei passi fuori dalla tenda e qualcuno che grattava sulla tela...» «E allora sei corso alla porta sul retro, ma era chiusa...» dice Benjamin. «La prendevi a pugni come un pazzo.» «E tu eri così assurdamente tranquillo. Pensavo che sarei impazzito» dice Stephen. «Semplicemente, io ero abituato agli scherzi di mia madre» replica Benjamin. «Mamma adorava quel genere di cose» dice Abigail. «Era proprio matta.» «Ogni volta che parlate di lei, mi rammarico di non averla conosciuta» dice Margaret. «Ti sarebbe piaciuta» dice Benjamin. «Era... davvero simpatica, una comica mancata. Faceva apposta dei capitomboli per farci ridere. È stranissimo che si sia messa con papà, ma immagino che si equilibrassero.» «Cantava in un coro. Faceva dolci favolosi. E aveva sempre un rossetto rosso in borsa casomai la avessero invitata a qualche festa» dice Abigail. «Oh, che bella questa cosa» dice Margaret. «Adesso Abigail è uguale a lei» dice Benjamin. Lei lo guarda, e ha gli occhi lucidi.

Poco dopo Margaret decide che la serata per lei è finita, e augura buonanotte agli altri tre. Si china a baciare Abigail su una guancia, e Abigail ha l'impressione che in quella luce fioca gli occhi di Margaret vogliano dirle qualcosa. Si sofferma appena un po' più del necessario sulla porta.

I tre rimasti si siedono a gambe incrociate sul tappeto persiano. La loro energia si esaurisce parlando della scuola e delle vacanze estive e dei locali e delle gite nelle Gaeltacht e della casa che Stephen e Benjamin avevano affittato l'estate dopo il primo anno di college.

«Ti ricordi quando abbiamo trovato un anatroccolo sotto la macchina di papà?» chiede improvvisamente Benjamin.

Abigail scuote la testa e Benjamin raddrizza la schiena. «Devi ricordatelo. Papà era uscito a portare la spazzatura e ha sentito questo debolissimo *quac quac* e sotto la macchina vicino alle ruote posteriori c'era un anatroccolo.» «Quanti anni avevo?» «Dunque, mi pare che io ne avessi sette, quindi tu potevi averne quattro... appena compiuti...» «Non me lo ricordo» dice Abigail. «Veramente? Ero andato a raccogliere insetti e vermi per dargli da mangiare e tu stavi di guardia in caso un gatto di passaggio lo avesse trovato.» Abigail scuote la testa. «Papà aveva telefonato a qualcuno» continua Benjamin, «che gli aveva dato dei consigli su cosa fare e... poi non mi ricordo bene com'è andata.» «Io non mi ricordo un bel niente di questa storia» dice Abigail. «Che roba assurda. Ero sicuro di sì. Non ho pensato che eri proprio piccola.» Benjamin si lascia di nuovo andare contro il divano. «Immagino che dovremmo fare i buoni propositi per l'anno nuovo» dice Stephen. «Io voglio correre la maratona. So che lo minaccio da anni, ma credo che questa volta lo farò davvero. E smetterò di fumare...» «Non hai detto che avresti smesso di fumare a ogni Capodanno negli ultimi dieci anni?» chiede Benjamin. «Sì, ma se lo abbino alla maratona avrò più possibilità di farcela» dice Stephen. «E tu?» chiede a Benjamin. «Oh, non saprei» risponde Benjamin. «Non sono tanto incline ai buoni propositi.» «E Abigail?» Stephen si gira verso di lei. Abigail gli dice che neanche lei fa buoni propositi, ma non è vero. Solo che la metterebbe troppo in imbarazzo rivelarli. Ricominciano a parlare di quando erano adolescenti, degli insegnanti che ricordano, di quando si sono ubriacati per la prima volta, di una ragazza per cui a momenti Benjamin e Stephen litigavano. Abigail più che altro ascolta, la testa appoggiata al bracciolo del divano che ha alle spalle.

Benjamin decide che è ora di andare a dormire. Stephen lo saluta restando per terra, ma Abigail si alza e lo abbraccia e bacia su entrambe le guance. «A domani» dice. Stephen e Abigail canticchiano in un sussurro «Tanti auguri» mentre lui esce, e prima che la porta si chiuda c'è ancora un lampo del suo sguardo. Stephen sbadiglia, ma Abigail si sente improvvisamente sveglissima. «Magari riordino un po'» dice Abigail, sapendo che Stephen si sentirà obbligato a restare ad aiutarla. Controllano Declan, che russa. Cominciano a radunare in un angolo le bottiglie di vino, champagne e birra, poi gettano tutto il resto nei sacchi dell'immondizia. Fuori, le braci bruciano in silenzio. Abigail le spegne rovesciandoci sopra un pentolino d'acqua e comincia a raccogliere i rifiuti. «Oh, lascia perdere» dice Stephen. «Va bene» dice Abigail, ma continua a raccogliere i rifiuti lo stesso. «Dai, lo faccio io domattina. O almeno... quando ci svegliamo.» «Voglio solo radunare un po', così domani facciamo prima. Per favore prendi un sacchetto per i mozziconi?» chiede Abigail. «No, Abigail, molla. Dai, per favore, molla lì. Mi fai sentire in colpa.» Le afferra le mani per farla smettere, e la lattina di birra che lei ha in mano cade per terra. Lei lo guarda. «Sei gelata» dice lui. «Devo scaldarti un po'.» Si toglie la giacca e gliela mette sulle spalle. Poi le prende le mani ghiacciate fra le sue e le sfrega. La tira contro di sé e si avvolge attorno a lei facendo aderire il corpo di Abigail al suo petto e alla camicia. Lei sente il calore del suo corpo. Poi lui le mette le mani sulle spalle. Poi fra i capelli. E di colpo Abigail non ha più freddo. Inclina leggermente la testa all'indietro e con un solo movimento entrambi si sporgono in avanti e si baciano dolcemente e naturalmente come se lo avessero sempre fatto. Intorno a loro tutto sparisce, e lei non è conscia di nient'altro se non delle labbra e delle dita di Stephen. «Lascia tutto così. Lo faccio io domattina» dice piano Stephen, e Abigail si quieta. Lui la spinge dentro e poi su per le scale. Lei si ferma dove la scala gira e lo vede controllare che la porta di casa sia chiusa e poi guardare in sala da pranzo, presumibilmente per vedere se c'è ancora Declan. Abigail esita, si chiede cosa fare, se aspettarlo o no, ma non vuole rovinare tutto.

In camera sua, Abigail crolla sul letto. Pensa che non ci metterà nulla a addormentarsi, ma prima deve togliersi le lenti a contatto e sciacquarsi la faccia. La sensazione di aver sonno la accompagna in bagno mentre si strucca. Torna in camera, si spoglia, indossa un pigiama e si infila sotto il piumone. Non ricorda nient'altro.

Poco dopo, dormono tutti. La casa si sta riprendendo dallo sconquasso... Mozziconi di sigaretta nascosti fra la ghiaia, gocce di vino che macchiano il bancone della cucina, gente che russa in soggiorno, l'asso di cuori sotto il divano.

Poco prima dell'alba, la sveglia di Abigail suona. Lei è intontita ma accende la lampada sul comodino, sbadiglia, si sfrega il viso e poi si alza. Ancora in pigiama, sparecchia la tavola di sotto e porta le bottiglie in lavanderia. Nei dintorni ci sarà un posto dove depositarle, ci andrà dopo in macchina. Comincia a preparare la colazione. Vuole che sia pronta, così quando gli altri inizieranno a scendere basterà mettere tutto in forno e accendere il bollitore.

Questo, chissà perché, le fa venire in mente Declan, che naturalmente non è di sopra. Va a controllare. È ancora nel soggiorno, e respira; gli mette una mano sotto le narici per essere sicura. Se sono fortunati, potrebbe saltare la colazione. La prima a scendere è Margaret. Ha un aspetto fresco e riposato e sembra contenta di trovare Abigail da sola. Parlano un po' della sera precedente mentre Margaret prepara il tè. Olivia e Cormac si svegliano poco dopo, seguiti subito da Barbara, che è di nuovo molto silenziosa. Abigail accende il forno mentre Cormac e Margaret aiutano con piatti e tazze e pane tostato. Olivia sta cercando di capire come funziona la macchina del caffè. Dice che è come quella che c'è al lavoro, ma ha più tasti. Stephen scende dopo aver fatto la doccia. «Oh, bene, caffè» dice. «Proprio quello di cui ho bisogno.» Discutono brevemente se sia il caso di svegliare Declan, ma decidono che è meglio di no. «Dov'è il festeggiato?» Benjamin dorme ancora. Stephen va a dare un'occhiata, ma quando torna dice che ha bussato ma non ha ricevuto risposta. «Lasciamolo riposare» dice Margaret, e gli altri sono d'accordo. Quando sono a metà della colazione, arriva Declan. Nonostante la lunga dormita, ha un aspetto tremendo. Benjamin non è ancora sceso, perciò Stephen dice che va a vedere. «Se necessario, lo tiro giù dal letto» dice. «Si è riposato abbastanza.» Ma torna subito dicendo che la porta è chiusa a chiave. Abigail sale con lui. Bussano forte e lo chiamano a gran voce, ma non c'è risposta. E la porta è proprio chiusa a chiave. Lo chiamano sul cellulare. Lo sentono suonare, ma scatta la segreteria senza che lui si svegli. "Ciao, sono Ben..." A Abigail non piace quando usa il diminutivo. Il suo nome non è Ben. Così è come lo chiamano gli altri. Non è giusto. Adesso Margaret li ha raggiunti e vede che sono preoccupati. «Dobbiamo sfondare la porta» dice Stephen. Più facile dirlo che farlo. I colpi fanno salire anche gli altri. Ci prova Cormac, ma la porta non vacilla. Ed ecco Declan. Si butta contro la porta e la schianta. A momenti cade nella camera. Abigail si precipita dentro. Stephen è dietro di lei. Lei grida il nome di Benjamin. Ma c'è qualcosa che non va. Lui non sembra lui. Abigail lo tocca sul petto, e sente che è freddo.

SECONDA PARTE

Lesse per tutta la notte dal tramonto all'alba, e per tutto il giorno dal levar del sole al crepuscolo, finché la pressoché assoluta mancanza di sonno e la troppa lettura disseccarono il suo cervello ed egli perse la ragione ... Decise di diventare un cavaliere errante, e viaggiare in tutto il mondo con il suo cavallo e le sue armi, in cerca di avventure e facendo tutto ciò che, secondo i suoi libri, i cavalieri di un tempo facevano.

MIGUEL DE CERVANTES, *Don Chisciotte*

Ogni assassino probabilmente è un vecchio amico di qualcuno.

AGATHA CHRISTIE, *Poirot a Styles Court*

Personaggi principali
(in ordine di apparizione)

Auguste Bell è il nostro illustre detective. Già noto per i due best seller internazionali *Un delitto nella canonica* e *Il mistero della penna stilografica*, risolverà questo caso in meno di trenta capitoli. Ha qualcosa di Poirot, un tocco di Sherlock Holmes e una sorprendente dose di ispettore French.

Il maggiordomo desiderava diventare un maggiordomo da quando aveva cinque anni. Legge Tolstoj in russo, è allergico ai frutti di mare e ha licenziato tre persone perché rubavano l'argenteria.

Margaret è la rossa ex fidanzata del defunto. Di nascosto, porta ancora l'anello di fidanzamento al collo, appeso a una catenina.

Il dottore pensa di aver già risolto il caso.

L'ispettore di polizia locale non vuole seccature.

Abigail è la sorella del defunto.

Stephen è un ex compagno di scuola del defunto. Sa di essere attraente e sfrutta la cosa. Pensa sempre di essere il protagonista, in ogni situazione.

Declan è un amico d'infanzia del defunto. Gli piacciono le corse dei cani e le mete tecniche nel rugby.

Barbara è la segretaria del defunto, ma chi invita la segretaria a Capodanno?

Cormac è un ex compagno di università del defunto. Non gli piace perdere. Olivia è la cosa più importante della sua vita.

Olivia è la fidanzata di Cormac. Da ragazza è stata campionessa di ginnastica e da adolescente è scappata con un circo con cui è rimasta per tutta l'estate, fino a quando i suoi genitori adottivi l'hanno trovata e riportata a casa.

Dorcas la cameriera lavora per la famiglia da quasi trent'anni. È incredibilmente devota, ma anche tremendamente pettegola.

L'ispettore Ferret è il poliziotto.

Sacker è un Watson. Per citare la prefazione di A.A. Milne all'edizione del 1926 di *The Red House Mistery*: "È obbligatorio avere un Watson? Lo è... e che sia un po' tardo, come lo sono tanti di noi, ma amabile, umano, simpatico...".

La zia è la sorella del defunto padre di Abigail. Non se ne conosce l'età. Molti uomini le hanno lasciato ingenti somme di denaro nei loro testamenti, con gran dispiacere delle loro mogli.

Il locandiere e famiglia sono autenticamente felici.

La sensitiva crede in tutto quello che dice.

Lord e Lady Mallowan, il figlio Freddie e la figlia Clarissa sono padroni della maggior parte della contea. Amano il loro potere e non si rendono conto di quanto rapidamente si può perdere.

Il giardiniere cerca solo di guadagnarsi il pane.

Benjamin è morto.

Le regole del fair play

Le regole di T.S. Eliot in *Omaggio a Wilkie Collins: una recensione di nove romanzi gialli*, pubblicato sul "New Criterion" nel gennaio del 1927:

1. La storia non deve basarsi su travestimenti elaborati e incredibili... i travestimenti devono essere occasionali e non determinanti.
2. Il carattere e le motivazioni del colpevole devono essere normali.
3. La storia non deve basarsi su fenomeni paranormali, o, che è più o meno la stessa cosa, su misteriose e assurde scoperte fatte da scienziati solitari.
4. Macchinari complessi e bizzarri non hanno alcun interesse... Gli autori che vanno matti per tesori nascosti in strani luoghi, alfabeti cifrati e codici, rune e rituali non andrebbero incoraggiati.
5. Il detective dev'essere assai intelligente, ma non un superuomo. Dovremmo essere in grado di seguire i suoi ragionamenti e riuscire quasi, ma solo quasi, a farli con lui.

Introduzione di Padre Knox a
I migliori romanzi polizieschi del 1928-29 (Faber, 1929)

1. Il colpevole deve essere un personaggio che compare fin dalle prime pagine della storia, ma il lettore non deve avere la possibilità di seguire i suoi pensieri.
2. Interventi soprannaturali o paranormali devono essere esclusi dalla storia.
3. Non sono concessi più di una camera o di un passaggio segreti.
4. È vietato utilizzare veleni finora sconosciuti, né qualsiasi marchingegno che richieda una lunga spiegazione scientifica alla fine.
5. Nella storia non devono comparire cinesi.
6. Non devono avvenire incidenti che aiutano il detective, il quale non deve avere un'intuizione inspiegabile e gratuita che poi si rivela esatta.
7. Il colpevole non deve essere il detective stesso.
8. Il detective non deve imbattersi in alcun indizio che non venga istantaneamente messo a disposizione del lettore.
9. L'amico stupido del detective, il Watson, non deve nascondere nessun pensiero che gli passi per la testa; la sua intelligenza dev'essere leggermente, ma molto leggermente, inferiore a quella del lettore medio... Esiste allo scopo di offrire al lettore uno sparring partner contro il quale possa misurare il suo cervello. "Sarò anche stato un po' tonto" dirà a sé stesso posando il libro, "ma se non altro non così babbeo come il povero vecchio Watson."
10. Fratelli gemelli o sosia in generale non devono comparire a meno che il lettore non sia stato accuratamente preparato.

Venti regole per scrivere un romanzo poliziesco,
di S.S. Van Dine, pubblicato in
"The American Magazine" nel settembre del 1928

1. Il lettore deve avere le stesse possibilità del detective di risolvere il mistero.
2. Il lettore non deve subire trucchi e inganni.
3. Non deve esserci una storia d'amore.
4. Il detective stesso o uno degli investigatori ufficiali non deve mai risultare colpevole.
5. Il colpevole deve essere individuato grazie a deduzioni logiche, non per caso o coincidenza o immotivata confessione.
6. Il romanzo poliziesco deve contenere un investigatore; e l'investigatore non è un investigatore se non investiga.
7. È necessario che in un romanzo poliziesco ci sia un cadavere, e più il cadavere è morto, meglio è.
8. La soluzione del crimine dev'essere raggiunta con metodi assolutamente razionali.
9. Dev'esserci un solo detective, o meglio una sola persona che deduce, un unico *deus ex machina.*
10. Il colpevole dev'essere una persona che ha avuto un ruolo rilevante nella storia.
11. L'autore non deve scegliere il colpevole fra i ranghi della servitù, ovvero maggiordomi, domestici, camerieri personali, guardacaccia, cuoche e simili.
12. Il colpevole dev'essere uno solo, indipendentemente dal numero degli omicidi commessi.
13. In un romanzo poliziesco non devono trovare posto società segrete, mafia, camorra e così via.
14. Il metodo del delitto e il modo di individuarlo devono essere razionali e scientifici.
15. La soluzione del problema deve essere sempre evidente, posto che il lettore sia abbastanza furbo da vederla.

16. In un romanzo poliziesco non devono esserci lunghe descrizioni, nessuna divagazione letteraria, né raffinate ed elaborate analisi psicologiche, né particolare attenzione all'"atmosfera".
17. In un romanzo poliziesco il colpevole non può mai essere un criminale professionista.
18. In un romanzo poliziesco alla fine l'omicidio non deve mai risultare come un incidente o un suicidio.
19. In un romanzo poliziesco si uccide esclusivamente per motivi personali.
20. E per concludere questa mia professione di fede, ecco un elenco di espedienti a cui ormai nessun autore di romanzi polizieschi degno di questo nome vorrà fare ricorso.

    Scoprire chi è il colpevole confrontando un mozzicone di sigaretta rimasto sulla scena del crimine con la marca fumata da uno dei sospetti. Una finta seduta spiritica per spaventare il colpevole tanto da indurlo a rivelarsi. False impronte digitali. L'alibi fornito da un fantoccio. Il cane che non abbaia rivelando così che l'intruso è una persona di famiglia. Il delitto che risulta commesso da un gemello o altro parente che assomiglia moltissimo all'innocente sospettato. La siringa ipodermica e il potente sonnifero. L'omicidio eseguito in una camera chiusa a chiave ma dopo che la polizia ha già fatto irruzione. La colpa rivelata grazie ad associazioni di parole. La lettera cifrata o in codice che viene alla fine decifrata dall'investigatore.

1
Arriva il detective

Il caso che ha reso famoso Auguste Bell non è stato il più difficile né il più spettacolare, ma è stato il più importante. Anche se da allora ha fatto una grande carriera, lui ha sempre messo quel caso al di sopra di tutti gli altri.

Il suo futuro era cambiato quel giorno, sul traghetto da Tallin, mentre si recava in visita dal suo amico Sven Hjerson. Avevano trovato un cadavere a bordo e nel giro di due ore Bell aveva indagato, interrogato i testimoni, arrestato una persona e spiegato la soluzione nei minimi dettagli agli esterrefatti poliziotti in attesa al porto di Helsinki.

La stampa lo aveva battezzato *Il mistero del traghetto*, anche se Bell non aveva trovato per nulla misteriosa la faccenda. Anzi, la soluzione era stata da subito chiarissima: il cadavere non era quello della dama di compagnia di Lady Frankenthorpe, ma si trattava invece proprio dell'erede dell'impero del cibo per gatti. La dama di compagnia – una lontana cugina in ristrettezze – aveva una relazione con un importante membro di una gang di criminali estoni, il quale aveva cercato una rapida via d'uscita da quella vitaccia costellata di crimini. Avevano progettato insieme di nascondere la morte della ricca lady: con l'aiuto di trucco e parrucca, la cugina avrebbe preso il posto dell'ereditiera, che sarebbe entrata in possesso del suo patrimonio il mese successivo al compimento dei venticinque anni. A quel punto la coppia avrebbe incassato e poi sarebbero fuggiti.

Gli indizi erano miriadi: le morbide e curatissime mani della defunta, il fatto che la presunta ereditiera fosse apparentemente ingrassata nel volgere di una notte, più un curioso incidente che avevano raccontato a Bell poche sere prima, durante una cena a Tallin. Una signora presente aveva incontrato Lady Frankenthorpe in un hotel di Vilnius, poco tempo dopo l'omicidio della sua dama di compagnia. Con disgusto appena trattenuto, aveva notato che la donna aveva ordinato uova strapazzate ben cotte. Sapendo benissimo che nessuna autentica ereditiera europea potrebbe mai mangiare uova tanto asciutte, Bell intuì che quella colazione rappresentava un banco di prova per la dama di compagnia e il suo amante criminale, e con l'aiuto di altri indizi dedusse rapidamente quanto era successo.

Le guardie presenti sul traghetto impedirono alla finta ereditiera di fuggire, e il povero complice la attendeva al porto già ammanettato. Bell diventò una star, e molti esponenti della mondanità e membri dell'aristocrazia lo invitarono nelle loro dimore di campagna o ville ai Caraibi nella speranza che avvenisse qualche omicidio. E spesso succedeva davvero, un fatto che lo infastidì, ma solo leggermente.

E così iniziò la sua carriera di detective privato. Continuò a risolvere casi, e la sua reputazione crebbe.

Quando l'autista parcheggiò la Daimler nel cortile già piuttosto affollato della imponente dimora che si stagliava di fronte a lui, Bell notò che accanto alle vetture di lusso si trovavano le più modeste figure di un'ambulanza e una vettura della polizia.

Un osservatore casuale avrebbe potuto avere l'impressione che Auguste Bell si limitasse ad andare dall'auto fino al portone della casa. Ma chiunque lo conoscesse bene avrebbe potuto dirvi che durante quel breve tragitto il detective aveva già osservato una mezza dozzina di particolari. La Daimler si allontanò lungo l'imponente viale di accesso mentre un uomo che Bell identificò come il maggiordomo apriva la porta. Bell si presentò e fu invitato a entrare, ma prima che il maggiordomo facesse in tempo a prendergli il cappotto comparve una giovane donna con i capelli rossi.

«Ah, siete arrivato» disse. Si vedeva che era piuttosto provata, ma gli occhi d'acciaio tradivano una grande forza interiore. Si presentò come Margaret e lo accompagnò in gran fretta verso il salotto.

«Siamo tutti qui» disse, ma Bell non la seguì.

«Aspettate un attimo, *mademoiselle*» disse, porgendo cappotto, guanti, cappello e sciarpa al maggiordomo. «Prima vorrei che rispondeste a due domande.» Diede un lieve colpo di tosse. «Una è questa: ha piovuto durante la notte?»

Margaret sbatté gli occhi.

«Non... non ricordo» disse.

«Ma certo» rispose Bell. «E la seconda domanda è: questa casa ha il riscaldamento centralizzato?»

Margaret lo guardò, stupita da quella domanda tanto insulsa.

«Credo di sì» disse. «Ma non vedo come...»

«Ah! Benissimo. Adesso andrò di sopra a ispezionare la scena del delitto e a parlare con la polizia e il dottore.»

Margaret gli parve un po' seccata.

«Non volete venire prima nel salotto?» disse. «Anche solo per conoscere Abigail?»

«No, non ancora, se non vi spiace. Dovete scusarmi, ma è il mio metodo» spiegò Bell. Prima che lei potesse aggiungere altro, si diresse verso le scale, e dopo un attimo sentì che la porta del salotto si chiudeva.

Mentre saliva le scale, Bell prese nota di ogni scricchiolio dei gradini, ogni imperfezione nella lucidissima ringhiera e nella carta da parati. Controllò che tutte le luci funzionassero. Ammirò le splendide finestre piombate dai vetri variopinti. Ispezionò la collezione di fucili e altre armi in bella mostra sulla parete del pianerottolo, notando lo spazio vuoto al centro. Osservò una macchia di umido sul soffitto. Una foglia secca, probabilmente entrata grazie alla suola della scarpa di qualcuno, era attaccata al tappeto.

Tutte queste informazioni sarebbero rimaste a ribollire nella sua mente finché alla fine – più o meno verso il capitolo 23 – la soluzione sarebbe emersa in superficie.

Non fu necessario che gli indicassero la camera in cui era avvenuta la tragedia: era ovvio.

2
La testimonianza del dottore

In camera da letto c'erano un dottore, un giovane agente di polizia e un cadavere. Bell colse ogni elemento in un istante.

«Sono Auguste Bell, il detective privato. Forse avrete sentito parlare di me» disse, porgendo al dottore il proprio biglietto da visita. «La padrona di casa mi ha mandato a chiamare per indagare sulla morte di suo fratello.» Il dottore diede un'occhiata al biglietto e poi rivolse a Bell uno sguardo carico di sospetto.

«Vi fa perdere tempo» disse il dottore.

«Come sarebbe?» chiese Bell incuriosito.

«È un suicidio. Chiaro e semplice.»

«Voi non avete il minimo dubbio?» si informò Bell.

«Assolutamente no.»

«Durante la nostra telefonata, la sorella del defunto mi è parsa molto sicura che non si trattasse...»

Il dottore sospirò. «I familiari sono sempre convinti che non possa essere un suicidio. Non vogliono crederci. Vogliono sentirsi dire che è stato un aneurisma, un infarto, un colpo» indicò Bell, «o un omicidio... Purtroppo, le cose stanno così. Io guardo ai fatti, ai dati scientifici, è il mio lavoro.»

«È vero che dovete fare il vostro lavoro» disse Bell. «Ma anch'io devo fare il mio.»

Il dottore alzò le spalle e chiuse la sua valigetta.

«Potreste rispondere a qualche domanda, prima di...» iniziò Bell.

Il dottore lo interruppe. «Ormai la routine la conosco, Bell» disse. «L'ora della morte si colloca fra le tre e le quattro del mattino. La causa della morte... ovviamente me ne farò un'idea più precisa grazie all'autopsia. La porta era chiusa dall'interno e uno degli ospiti ha dovuto sfondarla. Tutto sommato, direi che il caso è già chiuso. Spero che non farete pagare troppo la povera signorina.»

Era arrivato il momento di trasportare il corpo nell'ambulanza che attendeva all'esterno. Bell si spostò di lato in modo da permettere ai paramedici di fare il loro lavoro. Quando sollevarono il morto per metterlo sulla barella, Bell notò un piccolo oggetto lucente che scivolava fuori dal taschino del pigiama e finiva tra le pieghe del piumone. Bell osservò il volto dei presenti, ma comprese che nessun altro aveva notato la cosa. Appena il dottore e i paramedici uscirono, Bell si avvicinò al letto con discrezione e si intascò l'oggetto.

Non ebbe il tempo di osservarlo, però, perché sulla scena del crimine lo raggiunse subito l'ispettore della polizia locale. Non sembrava entusiasta, pensò Bell, e per forza, era Capodanno, e probabilmente l'ispettore aveva previsto un turno di tutto riposo. Era un uomo alto e sottile con i baffetti e una certa aria di superiorità. Rivolse a Bell uno sguardo diffidente.

Bell fece per presentarsi, ma l'ispettore lo fermò.

«So chi siete» disse. «Mi hanno detto che stavate arrivando. Temo che abbiate sprecato il vostro tempo.»

«Ah! Quindi siete d'accordo con la valutazione del nostro ottimo dottore?» chiese Bell.

«È un suicidio. Un caso facile, grazie a Dio» disse l'ispettore. Bell lo ignorò educatamente.

«Spero che mi permetterete comunque di rivolgervi qualche domanda. Vi sarò davvero grato per la vostra collaborazione» disse Bell.

«Naturalmente» disse l'ispettore. «È sempre un piacere aiutare un collega.» Fece un sorrisetto. Bell aveva l'impressione che l'ispettore di polizia non tenesse in gran conto i detective privati come lui.

«Qualcosa è stato spostato? Hanno per caso cambiato la disposizione di qualche mobile nella stanza?» gli chiese Bell.

«Naturalmente no» rispose l'ispettore. «I miei uomini sono esperti professionisti. Sanno che non devono toccare niente.»

«Sì, ma dopo che il dottore lo ha dichiarato un suicidio, so che a volte è facile mollare un po' la presa» disse Bell.

L'ispettore scosse la testa con decisione. «Non qui, signore, non oggi. Non se ci sono io.»

«La finestra del balcone era aperta, quando siete arrivati?» chiese Bell.

«Era chiusa, ma non bloccata. Uno dei miei uomini è uscito a ispezionare il balcone.»

«E la sveglia era per terra, così?»

«Uno dei miei agenti me l'ha fatta notare quando sono arrivato. Non è stata spostata. Aveva il vetro rotto. Come vedete, le lancette si sono fermate, e segnano le tre e mezzo, cioè l'ora della morte secondo il dottore.»

«Sì, assai comodo. Bene, grazie mille» disse Bell. «Voi e i vostri uomini avete fatto davvero uno splendido lavoro.»

«Che tristezza» disse l'ispettore, fattosi di colpo cupo. «Non è il primo suicidio di cui ho dovuto occuparmi nella mia carriera. Mi spiace per la sorella, naturalmente, e per il resto della famiglia. Ma, come ha detto il dottore, noi ci concentriamo sui fatti.»

«Voi avete finito il vostro lavoro» disse Bell. «E così immagino che adesso inizierò il mio.»

Quando nella camera non rimase più nessuno, Bell si mise una mano in tasca e tirò fuori l'oggetto che aveva raccolto dal letto: un orecchino d'oro.

3
La scena del delitto

Per prima cosa, ispezionò la porta. Controllò la serratura, le maniglie e i cardini. La chiave era posata sopra il cassettone. La osservò attentamente. Erano presenti lievi abrasioni, ma era una vecchia chiave, ed era impossibile capire da quanto tempo quei graffi fossero presenti. Comunque ne prese nota mentalmente.

Si girò e osservò la stanza nel suo insieme: era ampia, spaziosa e molto luminosa. Le lenzuola erano ammonticchiate da un lato. Sul pavimento, a sinistra del letto, c'era la sveglia rotta. Tre e mezzo. Chissà.

Le finestre erano due: le esaminò entrambe e le trovò sicure, non c'erano vetri rotti sul davanzale o sul pavimento, ed erano tutte e due ben chiuse dall'interno. Poi rivolse la sua attenzione alla grande porta finestra a due ante che dava sul balcone. Vide che non era stata manomessa, nessun danno ai cardini o alla serratura. Ovviamente, dato che la finestra non era chiusa a chiave quando era arrivata la polizia. Era una fredda giornata invernale ed era improbabile che il defunto avesse passato molto tempo all'aperto.

Bell uscì sul balcone, che era vuoto a parte due oggetti: un pallone da calcio sgonfio e una mangiatoia per uccellini rotta. Il pavimento aveva bisogno di manutenzione, ed era un pochino scivoloso. Esaminò la ringhiera di ferro e vide che era molto robusta.

Da quel balcone si aveva un'ampia vista sul patio e il retro della casa. Notò un fuoco con le braci ormai fredde, qualche bottiglia vuota e una piccola collezione di mozziconi. E proprio sotto di lui, in un vaso di terracotta, un bottiglia di champagne giaceva su un fianco. "Dev'essere stata una gran bella festa" pensò Bell. Si chiese se fosse possibile arrampicarsi da lì sotto fino al balcone. C'era un traliccio che avrebbe potuto rendere la cosa relativamente semplice per una persona atletica. Pensò che in seguito avrebbe dovuto fare un esperimento. Gli rammentava un suo vecchio caso, *Il delitto della tripla petunia*, ma l'esperienza gli aveva insegnato che le trame non si ripetono.

Tornato all'interno, esaminò il bagno: nella doccia c'erano un flacone di shampoo e un pezzo di sapone, e accanto al lavandino uno spazzolino da denti, il dentifricio e un rasoio. Niente pillole, né medicinali. Niente che fosse degno di nota.

Nel cassettone trovò capi di vestiario e biancheria. Nell'armadio completi eleganti, abiti da caccia e cappotti.

Nel cassetto del comodino c'era un bell'orologio, che non era rotto e mostrava l'ora giusta, e un paio di occhiali da lettura. Accanto all'abat-jour, un flacone di pillole di sonnifero, vuoto.

L'ispezione era finita.

Scese le scale e trovò padrona di casa e ospiti ad attenderlo in salotto.

«Scusatemi se non sono venuto prima a presentarmi» disse Bell, «ma ciascun detective ha i suoi metodi. Io preferisco esaminare subito la scena del crimine senza interferenze, che siano di natura fisica o psicologica. L'ho fatto, e adesso sono pronto a parlare con ciascuno di voi a turno e a rispondere alle vostre domande.»

Il gruppo lo fissava: tutti erano pallidi e spaventati. Bell studiò attentamente i loro visi. Nessuno sapeva cosa dire.
«Forse potremmo cominciare dalle presentazioni» propose.
Una giovane donna con i capelli scuri e gli occhi azzurri si alzò in piedi e disse, un po' esitante: «Io sono Abigail. Abbiamo parlato al telefono».
«Ah sì, certo. Abigail.» Bell le strinse la mano. «Vi porgo le mie più sincere condoglianze per la perdita del vostro caro fratello» disse.
«Lui è Stephen» disse lei, voltandosi verso l'uomo che aveva accanto. Stephen si alzò per stringere la mano a Bell. Era un uomo attraente dai capelli castano chiari.
«Stephen era a scuola con Benjamin. Si conoscono da tantissimo tempo» disse Abigail.
«Più di vent'anni» disse Stephen. Il suo viso era impassibile.
«Per voi dev'essere stato un vero choc» disse Bell.
Un uomo più robusto, dal volto rubizzo, che puzzava di alcol e indossava un abito tutto spiegazzato, dichiarò di chiamarsi Declan.
«Un buon amico di Benji. Ci conosciamo da quando avevamo cinque anni.»
Bell gli strinse la mano. Conosceva già Margaret, e accanto a lui c'era una donna che si presentò come Barbara.
«Anche voi siete stata a scuola con il signor...» iniziò a chiedere Bell.
«No, io lavoro... Sono la sua segretaria» spiegò lei. Bell prese nota della lieve esitazione nella risposta. Notò anche una distanza quasi impercettibile fra lei e gli altri. Era qualcosa su cui avrebbe dovuto soffermarsi nei capitoli successivi.
E, per ultima, la giovane coppia. L'uomo presentò sé stesso come Cormac, e la fidanzata come Olivia.

«Fidanzata?» esclamò Margaret. Tutti gli altri li guardarono stupiti.

«Sì, volevamo fare oggi l'annuncio ufficiale, ma...» Cormac non aveva bisogno di aggiungere altro. Guardò Olivia e lei gli strinse una mano.

«Congratulazioni» sussurrò Abigail.

«Sì, congratulazioni» si unirono gli altri.

«Ho conosciuto Ben all'università» disse Cormac. «E Olivia lo conosce da un paio d'anni.»

«A quanto sembra siete tutti buoni amici. È importante avere amici che ti stiano vicino in un momento come questo. È un grande conforto» disse Bell.

«Certo, avete ragione. Ma questa mattinata è stata molto stressante per noi tutti. Abbiamo bisogno di tornare a casa al più presto» disse Cormac. «Dobbiamo proprio andare. Olivia... noi... abbiamo proprio bisogno di tornare a casa. È la cosa migliore.»

Abigail scattò in avanti.

«Non potete andarvene. Non ancora» disse. «Non prima che abbiamo trovato la soluzione.»

«Sì» disse Bell. «Purtroppo, non vi sarà consentito di andarvene fino a quando non avrò completato la mia indagine.»

«E quanto ci vorrà?» chiese Cormac.

«Il tempo che ci vuole» disse Bell.

«Esatto» disse Abigail.

«Ma certo» sussurrò Stephen, e Margaret annuì.

Cormac sembrava sul punto di mettersi a discutere, ma Olivia gli diede un piccolo colpo affettuoso sulla mano e lui si rilassò leggermente. In quel momento Bell provò una strana sensazione, come di essere trasportato indietro nel tempo, un fruscio nella memoria che non riuscì ad afferrare prima che si volatilizzasse.

«Penso che la cosa migliore sarebbe mangiare qualcosa»

continuò Bell. «Anche se non ne avete voglia, costringetevi a farlo. Avete bisogno di sostentamento. Avete subito uno choc e dovete recuperare le forze. E io parlerò prima di tutto con... Abigail?»

Lei sollevò la testa e lo guardò.

«Possiamo andare in un'altra stanza?» le chiese il detective, e Abigail senza dire una parola lo condusse in biblioteca.

LA POLIZIA INDAGA SUL "COMPLESSO DI CIRCOSTANZE" DOPO CHE IL CADAVERE DI UN UOMO È STATO RINVENUTO IN UN AIRBNB IL GIORNO DI CAPODANNO

Domenica 1° gennaio 2023 - 13.24

La polizia ha aperto un'indagine dopo che il corpo di un trentenne è stato trovato in una casa dopo la festa di Capodanno.

Un paio d'ore fa il cadavere è stato portato all'obitorio. Nei prossimi giorni verrà eseguita l'autopsia.

La polizia dichiara che i risultati dell'esame determineranno il corso dell'indagine e che sta vagliando il "complesso di circostanze" relative alla scoperta.

4
La testimonianza della sorella

Quando furono in biblioteca, Bell prese posto in una poltrona di fronte a Abigail. Era una stanza buia con file di libri che arrivavano fino al soffitto. C'era un vago odore di sigaro e di whisky. Quella stanza, pensò Bell, aveva qualcosa di rassicurante.

«A quanto ho capito si trattava di una festa di compleanno» iniziò.

«Sì, il compleanno di mio fratello è... oggi.» Abigail chiuse gli occhi. «Dio, me n'ero già dimenticata» aggiunse. Bell le diede un attimo per riprendersi.

Lei continuò: «E perciò, come facciamo spesso, abbiamo unito la festa di compleanno al Capodanno. Abbiamo invitato qualche amico per un paio di giorni. Lo facciamo da parecchio tempo.» Adesso parlava pianissimo.

«In questa casa vivete solo voi e vostro fratello?»

«Sì, i nostri genitori sono morti. Nostra madre morì quando avevo tredici anni, e nostro padre circa dieci anni fa. Di solito, durante la settimana, Benjamin si ferma in città: da quando nostro padre è morto lui si occupa dell'azienda di famiglia, ma nei weekend torna a casa.»

«E voi...»

«Io mando avanti la casa meglio che posso, e mi occupo di beneficenza con una organizzazione locale.»

«Vorrei rivolgervi qualche domanda, e la prima è questa: potete dirmi qualcosa di più a proposito dell'umore di vostro fratello nei giorni precedenti alla festa?»

«Abbiamo passato il Natale qui, noi due soli, come sempre. Abbiamo dato il giorno libero al personale. Ci piace questa piccola pausa. Lui era di buon umore. È molto raro che si prenda un giorno libero. Ma Natale è una promessa che ci siamo fatti. Poi è andato in città per pochi giorni perché doveva portare a termine un paio di cose, e ieri è tornato. Mi sembrava in forma. Felice. Normale. Non ricordo che ci fosse nulla di strano in lui.»

«Vostro fratello aveva dei nemici?» chiese Bell. «Ha mai ricevuto minacce? C'è qualcuno che volesse fargli del male?»

«No, no. Non so bene che tipo di vita facesse in città, ma Benjamin era simpatico a tutti.»

«Vostro fratello aveva dei problemi economici? Debiti?»

«No» disse Abigail. «Siamo benestanti.»

«Ha mai avuto difficoltà a prendere sonno?»

«Non che io sappia. Non mi hai mai accennato a qualche problema del genere.»

«E per finire, come mai non siete d'accordo con l'affermazione della polizia che si tratta semplicemente di un suicidio?»

Abigail fece un gran sospiro.

«La polizia non sa quello che dice. Appena sono arrivati, è stato evidente che non avevano intenzione di indagare sul serio. Avevano già deciso» disse con voce rotta.

«Ma la dichiarazione del dottore...»

«Lui non era qui ieri sera, non ha visto... non c'era nessun segnale, non il minimo indizio. Conosco mio fratello. Lo avrei capito. Avrei visto. Non è possibile...» si interruppe e guardò Bell. «E comunque, non può assolutamente essere un suicidio. Infrangerebbe il diciottesimo comandamento di Van Dine.* Non avrebbe senso.»

Aveva gli occhi lucidi e supplichevoli.

«Ho bisogno del vostro aiuto» disse. «Dovete aiutarmi a comprendere che cosa è successo.»

Bell tacque per un attimo, strofinandosi il mento. Rifletteva su tutto ciò che gli era stato detto.

«Penso di potervi aiutare» disse alla fine, in tono tranquillo. «Sono convinto che tutti gli indizi di cui ho bisogno si trovino in questa casa. Per prima cosa, però, raccontatemi cos'è successo da quando vi siete svegliata ieri mattina.»

Abigail, con un'espressione che tradiva un certo sollievo, ripercorse per lui il giorno precedente: l'arrivo degli ospiti, la cena, i drink, i fuochi d'artificio, e la buonanotte.

«A che ora siete andata a dormire?»

«Dopo le tre, più o meno. Non sono sicura.»

«Allora, vediamo se ho capito bene: tutti sono andati a letto al piano di sopra tranne una persona, Declan, che si è addormentato nel soggiorno.»

«Esatto» disse lei. «Stephen è andato a dormire subito dopo di me.»

«Ah, bene. E c'era qualche tensione fra gli ospiti? Intendo dire, qualcuno ha litigato con vostro fratello?»

Abigail scosse la testa. «No» disse. «Siamo tutti buoni amici. Cioè, Margaret... Benjamin e Margaret sono stati fidanzati qualche anno fa, poi hanno rotto. Ma sono rimasti in buoni rapporti. Tutti gli altri sono amici di vecchia data, persone che conosciamo da anni. Tranne Barbara e Olivia, naturalmente.»

«Già, Olivia... La conoscete bene?»

* In un romanzo poliziesco alla fine l'omicidio non deve mai risultare come un incidente o un suicidio.

«Ormai sono più di tre anni che frequenta Cormac, perciò la conosciamo piuttosto bene, ma non siamo precisamente amiche intime. Cormac e Benjamin sono amici dai tempi dell'università. Io lo vedo un paio di volte all'anno. Olivia però mi sembra simpatica. Anche a Benjamin piaceva. Probabilmente lui la conosceva meglio di me.»

«E Stephen?»

«Oh, ecco, Benjamin e io conosciamo Stephen da quando eravamo dei ragazzini. È un grande amico di entrambi.»

«Ah, sì, e a quanto ho capito Barbara lavora nell'azienda di famiglia. È normale che Benjamin inviti una dipendente a una festa di compleanno?»

Abigail esitò.

«Non lo aveva mai fatto prima» disse. «Credo che gli spiacesse un po' per lei. Ha detto che non ha una famiglia, e che sarebbe stata sola, sapete, in questo periodo dell'anno... Benjamin aveva anche del lavoro da sbrigare, e così l'ha invitata per qualche giorno. Batte a macchina le sue lettere.»

«Ah, vostro fratello era un uomo generoso» disse Bell. «E poi stamattina...?» Il suo tono si fece più dolce.

Abigail chiuse gli occhi e raccontò tutto ciò che era successo in mattinata dal momento del suo risveglio.

«Vostro fratello aveva l'abitudine di chiudersi a chiave?»

«Che io sappia no, ma d'altra parte di solito in casa ci siamo soltanto noi due.»

«Certo.»

Bell si accorse che gli occhi di Abigail si stavano riempiendo di lacrime. Cercò di distrarla. Mise una mano in tasca e tirò fuori l'orecchino che aveva trovato mentre spostavano il corpo.

«Ah, sapevo che qui c'era qualcosa. Appartiene per caso a voi, questo orecchino?» chiese. Abigail lo prese in mano e lo osservò attentamente.

«No» disse, e glielo restituì. «Non è uno dei miei.»
«Lo riconoscete? Avete per caso visto una delle vostre ospiti che lo indossava?»
«No, ma non potrei affermarlo con sicurezza. Non noto mai questo genere di cose. Non mi sembrano nello stile di Margaret, ma per Olivia e Barbara non saprei. Mi spiace di non poter essere di maggiore aiuto.»
Lui si rimise l'orecchino in tasca.
«È importante?» chiese Abigail.
«Non ne sono ancora sicuro» disse Bell. «Potrebbe essere una falsa pista. Vedremo. Andate pure, adesso. Credo che vi farebbe bene un riposino. E vorrei di nuovo invitarvi a mangiare anche se non avete particolarmente fame. Recuperate le forze.»
«Volete interrogare gli altri?» chiese lei.
«Sì, tra un attimo. In questo momento, ho bisogno di riordinare le idee» disse Bell.

A: Abigail
Da: Fred (H.R.)
Re: permesso per motivi personali
Data: 3 gennaio 2023

Abigail,

in riferimento alla tua mail, ti confermo un periodo di permesso per motivi personali della durata di due settimane.

Vorrei porgerti ancora una volta le nostre condoglianze, e se hai bisogno di qualcosa durante il periodo in cui sarai assente o in seguito ti prego di non esitare a contattarmi con una mail o chiamando il mio numero diretto.

Come ti avevo già detto, aggiungo qui i contatti per l'assistenza in caso di lutto, compresa la consulenza psicologica, che sono gratuitamente a disposizione di tutti i dipendenti.

5
Una lezione sulla camera chiusa

Bell rifletteva, tranquillamente seduto. Poteva già dire, perfino in questa fase iniziale, che questo sarebbe stato un caso tutt'altro che semplice. Sentiva che Abigail non si era resa conto fino in fondo di quale compito gli avesse affidato, e si preoccupò all'idea che la soluzione a cui lei tanto aspirava probabilmente non la avrebbe resa felice.

Ma, comunque sia, aveva un compito da portare a termine.

Appena si sentì pronto e rinvigorito, raggiunse il gruppo in salotto dove, constatò con piacere, alcuni di loro stavano prendendo il tè e mangiando qualcosa. Abigail gli offrì una tazza e un sandwich al tonno, ma lui li allontanò con un gesto della mano.

«Avete già capito tutto?» chiese Declan.

«No, neppure io posso risolvere questo crimine in così poco tempo» disse Bell.

«Crimine?» chiese Cormac. «Dunque si tratta di omicidio?»

«Sono un detective. Risolvo casi di omicidio. Se non si trattasse di omicidio, non sarei qui.»

Stephen posò il suo piatto. Improvvisamente aveva l'aria di stare poco bene.

«Spero che non trascinerete la cosa troppo per le lunghe» disse Declan.

«Ci metterò il tempo necessario a risolvere questa faccenda.»

Bell si schiarì la voce, e tutti istintivamente posarono tazze, piatti e posate.

«Abbiamo qui» dichiarò Bell «il classico mistero della camera chiusa.»

Seguì una pausa a effetto.

«Prima di iniziare, e al solo scopo di darvi delle conferme, vorrei chiedere al lettore di tornare indietro di qualche pagina e leggere da cima a fondo le Regole del Fair Play che probabilmente prima ha saltato. Attenderò qui il vostro ritorno. Personalmente, il mio preferito è il Decalogo Knox. Non fatevi ingannare dal numero cinque. Non è problematico come sembra.* Conoscerete tutti, spero» proseguì, «la lezione del dottor Fell sulla Camera Chiusa nel capitolo 15 di *Le tre bare* di John Dickson Carr. E potreste conoscere anche la discussione sul medesimo argomento nel capitolo 13 di *Morte dal cappello a cilindro* di Clayton Rawson o l'eccellente articolo di John Pugmire nel numero cinquantanove della rivista "Crime and Detective Stories". Prima di tutto, devo scoprire se al momento dell'omicidio l'assassino era presente nella camera oppure no. Questo è il punto cruciale. Secondo, possiamo già scartare una serie di elementi: io escludo il sovrannaturale per antipatia personale, anche se voi potreste non essere d'accordo...»

Si fermò per un attimo, ma nessuno protestò.

«Non c'è un camino, quindi anche quello è eliminato.

* "[Knox] si prendeva gioco di quegli autori di polizieschi la cui dipendenza da sinistri cattivi orientali era già diventata un cliché razzista." *The Golden Age of Murder*, di Martin Edwards.

Ho frugato bene la stanza in cerca di un qualche meccanismo, ma non l'ho trovato. Non ci sono nemmeno aperture nascoste, ho eseguito un esame assai accurato. Niente serpenti velenosi o simili. Posso altresì affermare con una certa sicurezza che i cardini della porta e le finestre non sono stati manomessi. Neanche la porta finestra che dà sul balcone è stata manomessa, anche se non era chiusa a chiave, il che fornisce all'assassino una possibilità di entrare.»

«Quindi cosa pensate che sia successo?» chiese Margaret, andando dritta al punto.

«Sto lavorando su alcune teorie, che prevedono tutte elementi di illusionismo o trucchi. Hanno bisogno ancora di un po' di tempo per formarsi e affiorare in superficie nella mia mente. Dovrò parlare con tutti gli ospiti e con la servitù, forse più di una volta. Dovrò esaminare ogni centimetro di questa casa. Dovrò sbrogliare parecchie cose. Vi prego di perdonarmi se nel corso della mia indagine farò casualmente altre scoperte. A volte succede. E ci tengo a sottolineare espressamente che se le mie deduzioni fino a questo momento sono corrette, ciò significa che qualcuno presente in questa casa è responsabile della morte di Benjamin.» Li guardò lentamente in faccia, uno per uno. «L'assassino è uno di voi» disse in tono cupo.

«Non c'è la possibilità che si tratti di qualcuno venuto da fuori? Se la finestra del balcone non era bloccata...» chiese Abigail. «Qualcuno non potrebbe essere entrato e poi fuggito da lì?»

Bell la guardò intensamente e con attenzione.

«Naturalmente prenderò in esame tutte le possibilità, ma al momento ritengo improbabile che la morte di vostro fratello sia avvenuta nel modo che avete descritto.»

Osservò la sua reazione.

«Immagino che sembri un po' troppo teatrale» ammise Abigail.

«Non è il lato teatrale a farmi scartare l'idea, ma quello logistico. Nel capitolo 22 farò un esperimento con l'aiuto di Cormac, Stephen e un giovane poliziotto in cui ciascuno di loro tenterà di arrampicarsi sul balcone. Nessuno ci riuscirà. Ma ovviamente al momento non sono ancora giunto ad alcuna conclusione. Qualcuno ha domande da farmi?» chiese.

Ma nessuno ne aveva.

*

Abigail vuole essere cremata. Lo aveva detto a Benjamin qualche tempo dopo la morte del loro padre. Aveva assistito a un numero di funerali sufficiente a farle capire esattamente cosa desiderasse. Ne era certa: «Disperdi le mie ceneri sulle tombe dei nostri genitori e sulla scogliera vicino alla baia». Pensa che lui volesse la stessa cosa, ma non ha un ricordo chiaro e preciso e così adesso, dovendo decidere che cosa fare dei suoi resti, non è ben sicura. La zia l'ha accompagnata all'incontro con gli impresari di pompe funebri. Abigail apprezza il modo in cui la zia ha saputo essere presente dopo la morte di ciascun genitore e ne riconosce l'importanza come anello di congiunzione con le generazioni precedenti. Ma la trova un po' tradizionalista. Anzi, non è questa la parola giusta. Un pochino superstiziosa, o qualcosa del genere. Non è una cattolica osservante che va a messa tutte le domeniche, ma prega sant'Antonio e a suo tempo ha sepolto in giardino un certo numero di Gesù bambini di Praga. Ha occasionalmente consultato delle chiromanti e a casa sua c'è un angolino dedicato alla collezione di cristalli. La zia è decisa a far seppellire Benjamin, e l'idea della cremazione le provoca un moderato orrore. «Dev'essere sepolto con i vostri genitori. È quello che avrebbe voluto tua madre» dice in un sussurro. E così, travolta dallo choc, Abigail la lascia fare. La zia sceglie la bara perché a Abigail non importa, ma quando inizia a parlare di preghiere e di inni Abigail punta i piedi. Niente religione. Non sarebbe giusto. «Magari solo la benedizione del prete» dice sua zia. «No, niente.» Abigail insiste. «Ci saranno letture, poesie, discorsi, tutto quello che vuoi. Ma niente preti» dice. L'impresario prende nota. «Ma Abigail, sai, metti caso che...» «Secondo la chiesa cattolica i suicidi in paradiso non ci vanno in nessun caso, quindi tanto vale» dice Abigail, fremente. Ha l'affanno, anche se non si è mossa dalla sedia. Sua zia non sa cosa rispondere. È davvero così. Decidono la data e l'ora e parlano del necrologio. «Non voglio che ci siano espressioni tipo *tragicamente* o *improvvisamente* o *inaspettatamente*» dice Abigail. «Basta *è morto*, e stop. E citiamo i suoi amici. L'elenco dei nomi. È importante. Per lui era importante.» Dopo accompagna a casa la zia e restano per un po' sedute in macchina a parlare tranquillamente. In questo momento la vita di Abigail consiste nell'organizzare le cose. Come per un matrimonio. La zia le sta dicendo a chi ha telefonato o scritto per comunicare la notizia. Abigail non capisce perché lo ha fatto. «È importante che le persone abbiano la possibilità di farti le condoglianze. Non tutti controllano regolarmente i necrologi. Può capitare di perdere la notizia e so che ci sono persone a cui dispiacerebbe veramente non poter partecipare al funerale.» In questi giorni a Abigail non interessano particolarmente i sentimenti degli altri, ma capisce qual è il senso: è il modo di sua zia per gestire un'altra tragica perdita. Solo che non è sicura di essere in grado di affrontare tutti, di uscire di casa e di indossare i collant e le scarpe scomode. La routine della morte è faticosa, e sembra progettata tenendo conto di tutti meno che di lei. Quella sera, telefona a Margaret per dirle cosa hanno deciso. Abigail vorrebbe che qualcuno parlasse al funerale. Quello che vogliono: un ricordo, una poesia, una canzone. Margaret le dice di non preoccuparsi, che di questo si occuperà lei. Sapeva di poter contare su Margaret. Adesso Abigail deve soltanto passare in qualche modo il tempo fino al funerale. Guarda uno dopo l'altro episodi di "Friends", e ciascuno lentamente svapora in quello successivo. Fa bollire l'acqua per farsi la pasta e poi si rende conto di non avere fame. Allora la usa per riempirsi la borsa dell'acqua calda e si rannicchia sul divano. Parte un nuovo episodio. Abigail si fissa sul corpo delle attrici. Non aveva mai notato quanto fossero magre. Ha sonno, e potrebbe addormentarsi lì, ma sa benissimo che se va di sopra e si mette a letto non si addormenterà mai. Succederà qualcosa che le metterà ansia e si ritroverà sveglissima. Comincia a piangere – senza motivo, senza una causa immediata – e sente le lacrime che le scorrono sulle guance. Adesso singhiozza. In strada qualcuno sta mettendo fuori i bidoni dell'immondizia. Passa una macchina. Inizia la sigla. Va a prendersi una banana nella coppa della frutta e la mangia. Apre la dispensa e resta lì, paralizzata, incapace di scegliere. Si siede di nuovo, ma questa volta su una sedia, una della sala da pranzo, meno comoda del divano. Stringe forte la borsa dell'acqua calda. Pensa a come consolarsi con l'aiuto di cibo o musica o sonno, ma non va bene niente. Niente la placherà. Dovrebbe lavarsi i capelli, ma per farlo è necessario spogliarsi ed è un pensiero assolutamente insopportabile. Spegne il televisore e le luci, sale le scale al buio e crolla sul letto, trascinandosi addosso il piumino. Lo stomaco borbotta. Il cuscino è scomodo. Ci mette due ore a addormentarsi. Si sveglia all'improvviso pensando di aver sentito un rumore e quando guarda l'ora vede che ha dormito soltanto per pochi minuti. Si sente confusa, ha paura di aver dimenticato di mettere l'allarme, ma quando è a metà della scala capisce che è tutto a posto: la luce verde sul display pulsa rassicurante. Si addormenta e si sveglia e si addormenta e si sveglia prima di dormire finalmente sodo da poco dopo le tre a quando suona la sveglia, alle otto.

6
La testimonianza della servitù

Bell decise che avrebbe condotto gli interrogatori in biblioteca. Prima chiese a Abigail di parlargli del personale di servizio.

«Allora, c'è Dorcas, la cameriera, che vive qui durante la settimana e nei weekend torna a casa sua. Abbiamo anche un maggiordomo, il signor O'Brien, che è con la mia famiglia da parecchio tempo. Di solito ci sono anche una cuoca e una sguattera, ma sono andate a casa per le vacanze. A Natale ci piace cavarcela da soli. E c'è un giardiniere che viene due volte alla settimana.»

«Avete sempre avuto un personale così ridotto?» chiese Bell.

Abigail scosse la testa. «Quando eravamo bambini, i nostri genitori avevano una squadra di giardinieri, cameriere e autisti, ma Benjamin preferisce – preferiva – vivere con maggiore semplicità.»

«Direi che per prima vorrei sentire la cameriera» disse Bell. «E vi pregherei cortesemente di lasciarci soli. Ho notato che la servitù è piuttosto restia a dire tutta la verità di fronte al datore di lavoro.»

Mentre aspettava, Bell girò intorno alla stanza, riflettendo intensamente sugli elementi di arredo e i chiavistelli delle finestre. Abigail tornò subito, insieme a Dorcas. Era una donna di mezza età che sembrava più vecchia per via dei capelli grigi e della gonna lunga. Bell apprezzò il suo aspetto da classica domestica vecchio stile.

«Vi prego, Dorcas, sedete. Sono Augustus Bell, detective privato. Potete chiamarmi Bell o comunque vi aggrada.»

Dorcas si sedette di malavoglia e Abigail uscì.

«Da quanto tempo lavorate per questa famiglia?» chiese Bell. Stava cercando di metterla a suo agio.

«Oh, dunque, vediamo... ventotto anni» disse Dorcas.

«Un servizio così prolungato presso la stessa famiglia tradisce una natura molto leale» disse Bell.

Dorcas si rilassò appena. «È molto gentile da parte vostra, signore. Credo che ci sia stata lealtà da entrambe le parti. Dopo la morte della signora e poi del signore, Abigail e Benjamin si sono dimostrati molto leali a tenermi.»

«Dovete averli conosciuti che erano bambini» disse Bell.

«Oh, sì, li conosco praticamente da quando sono nati. Sono due ottime persone. I loro genitori ne sarebbero orgogliosi.»

«Vi piace il vostro lavoro?»

«Moltissimo. Sono nata da genitori a servizio. E loro anche. Oggi sono pochissimi i giovani a cui interessa questo tipo di vita. Credo che a loro appaia un lavoro troppo faticoso.» Espresse il suo disprezzo sbuffando leggermente.

Bell si sedette di fronte a lei.

«So che per voi sarà motivo di turbamento, ma vorrei che rispondeste ad alcune domande, nel modo più completo e sincero possibile. Non ci saranno recriminazioni di alcun tipo. Ciò che sapete, per quanto insignificante possa sembrare, mi sarà di grande aiuto. Quindi, potete dirmi cosa è successo ieri?»

«È stato un giorno normalissimo. Ho sbrigato i miei compiti, cioè preparare le camere per gli ospiti e arieggiare le stanze al pian terreno. Gli ospiti hanno iniziato ad arrivare verso le due e mezzo. Io sono rimasta solo fino all'ora di cena. Abigail è molto generosa nel concedermi del tempo libero. Sono andata a casa e ho fatto una buona cena accompagnata da un bicchiere di vino a casa di mia sorella. Ha preparato un pasticcio di carne, che per i miei gusti era un pochino insipido, ma comunque mi ha fatto tanto piacere stare in compagnia. E poi, credo che Abigail e Benjamin volessero trascorrere la serata soli con i loro amici.»

«Durante il giorno è accaduto qualcosa? Qualcosa che riguardi Benjamin?» chiese lui.

«No» disse Dorcas.» Non mi viene in mente niente.»

Bell intuì che gli stava nascondendo qualcosa.

«Proprio niente? Vi prego, cara Dorcas. Se sapete qualcosa è meglio dirmelo immediatamente» disse Bell.

«C'è stato un litigio» disse rigida Dorcas.

«Un litigio? Ditemi.»

Dorcas si agitò sulla sedia.

«Non ho ben capito di cosa si trattasse» disse. «Magari non era un litigio. Non sono sicura di quel che ho sentito.»

Bell assunse un tono severo. «Apprezzo la vostra devozione, ma adesso è il momento della verità. Penso che sappiate perfettamente che cosa avete sentito.»

Dorcas parve colpita.

«Ah, signore, immagino che la situazione sia cambiata. Avete ragione. Benjamin e Stephen hanno litigato.»

«A proposito di cosa?» chiese Bell.

«Vorrei chiarire che non ho l'abitudine di ascoltare dietro le porte.»

«Ma certo.»

«Non ho capito quello che dicevano, il suono era attutito, ma ho sentito la voce di Stephen, ed era molto forte. Mi piace Stephen. È sempre educato. Veniva da noi già da ragazzino. Ma credo che a volte sia un po' una testa calda. Si lascia trascinare, perde il controllo. Essere amici di Benjamin può risultare difficile: per lui è tutto così facile. Stavo riordinando in salotto, che è accanto all'ufficio di Benjamin, e così li ho sentiti litigare. Non sono una pettegola.»

«Ma certo, Dorcas. E a che ora è avvenuta questa lite?»

Dorcas rifletté per qualche istante.

«Subito dopo che avevo sparecchiato, perciò dovevano essere più o meno le tre.»

«E siete sicura che le voci che avete sentito erano quelle di Benjamin e Stephen?»

«Certamente. Li conosco da quando erano ragazzi.»

«Grazie, Dorcas, non ho altro da chiedervi.» Si alzò, invitandola a fare lo stesso.

Dorcas si alzò lentamente. «Spero di non aver detto nulla che sia fuori luogo. Stephen mi piace, è un bravo ragazzo. Non avrebbe mai fatto una cosa così... brutta.»

«Capisco» disse Bell.

Dorcas si girò per andarsene, poi si fermò. «Interrogherete tutti gli ospiti, signore?» chiese.

«Sì, come parte della mia indagine.»

«Allora quando parlerete con Declan ditegli che se lo restituisce entro oggi, non dirò nulla a Abigail. Per favore, diteglielo, vi spiace?»

Bell era perplesso.

«Sì, ditegli di restituire il cacciavite del signor Hudson senza far storie» disse Dorcas.

«Cacciavite?»

«Sì, quello del signor Hudson. Il giardiniere. Anche se adesso viene soltanto il martedì e il venerdì. Una volta c'erano tre giardinieri a tempo pieno, ma i tempi cambiano, si sa. Subito prima di cena – l'ho visto con i miei occhi –, Declan stava frugando nel casotto del signor Hudson, e quando sono andata a controllare il cacciavite piccolo non era al suo posto. Non so proprio cosa possa farsene. Niente di buono, poco ma sicuro. Stephen mi piace, è un bravo ragazzo, ma quel Declan ha sempre portato guai, anche da bambino. Tra l'altro, non è che per caso era l'arma del delitto?»

«No, madame. Niente affatto. Ma interrogherò Declan in proposito. Oh, prima che ve ne andiate... Qualcuna delle signore ospiti si è per caso lamentata di aver perso un orecchino?»

Dorcas parve confusa.

«No. Nessuna mi ha detto niente.»

«Benissimo, allora è tutto» disse Bell. «Potreste essere tanto gentile da mandarmi il signor O'Brien?»

Il signor O'Brien, il maggiordomo, era un individuo discreto e brusco a cui non garbava affatto essere interrogato in quel modo. Bell intuì che non sarebbe stato facile da manipolare quanto la cameriera, quindi non ci provò neanche.

Gli raccontò quello che gli aveva detto Dorcas e come aveva ricostruito la sequenza degli eventi della sera prima.

«Ditemi, quando vi siete ritirato nelle vostre stanze?»

«Verso le undici. Abigail mi ha detto che non avrebbero più avuto bisogno di me fino al mattino. Ho letto per circa un'ora, li ho sentiti festeggiare la mezzanotte e poi mi sono addormentato.»

«Vi siete mai svegliato nel corso della notte?» chiese Bell.

«No» rispose O'Brien. «Ho un sonno molto pesante.»

Bell lo aveva intuito.

«E questa lite... Dorcas ve ne ha parlato?»

Il signor O'Brien sospirò.

«Dorcas ha molta immaginazione. Esagera sempre. Fossi in voi, farei la tara a quello che dice. Probabilmente il litigio che ha ascoltato era molto meno grave di quello che lei ha immaginato.»

«Sembrava molto sicura di quello che ha sentito» disse Bell.

«È possibile che abbia voluto fare colpo su di voi. Dorcas legge molti romanzi polizieschi. Anzi, credo che abbia letto anche alcuni dei vostri libri.»

«Ah! Voi avete notato animosità tra gli ospiti?»

Il signor O'Brien rifletté sulla domanda.

«Benjamin conosce da molto tempo Stephen, Cormac e Declan, e sono sicuro che nel corso degli anni ci siano state tante liti, ma è naturale.»

«E poi Margaret, naturalmente... la rottura del fidanzamento...»

«Sono un uomo antiquato, lo so. Un tradizionalista. Oggi ci si farebbe beffe delle mie idee. Ma credo che alcune cose siano giuste e corrette. Quello che c'è stato fra Benjamin e Margaret non sono affari miei. Il fidanzamento è stato rotto e forse lui aveva le sue ragioni. Ma frequentare la segretaria e invitare Margaret a esserne testimone? È troppo. Questo non è il Benjamin che conosco io.»

Il signor O'Brien si interruppe, e assunse l'espressione di uno che si era lasciato sfuggire qualcosa, ma Bell era dell'opinione che il signor O'Brien non avesse mai commesso un solo errore nel corso della sua vita professionale. Quello che stava dicendo era sicuramente intenzionale.

«La segretaria sarebbe Barbara?»

«Sì. Sono certo che sia una splendida giovane donna, ma si è messa in una situazione difficile.»

«Hanno una relazione?»

«Chiamatela come volete. Altrimenti perché l'avrebbe invitata in questa occasione?»

«Forse sono amici. O magari era sola nei giorni di festa.»

Il signor O'Brien guardò Bell come se fosse un perfetto imbecille.

«Sì, può darsi» replicò gelido.

«Avrei ancora un'ultima domanda prima di lasciarvi andare: esiste una chiave in più della camera da letto di Benjamin o un passepartout che apra quella porta?» chiese Bell.

Il signor O'Brien confermò che non esisteva, e Bell gli permise di tornare ai suoi compiti.

Bell ricominciò a misurare a grandi passi il perimetro della stanza. Aveva molto su cui riflettere. Abigail apparve sulla soglia.

«Prima che io inizi a interrogare gli ospiti» disse Bell, «mi permettete di esaminare l'ufficio di Benjamin?»

«Certamente» rispose lei, e lui la seguì nell'atrio. Bell entrò nella piccola stanza e scrutò rapidamente ciò che conteneva. Era molto pulita e ordinata; ogni cosa era al proprio posto.

«Benjamin lavorava soprattutto in città» disse Abigail.

«Ma durante le vacanze usava questo ufficio?»

«Sì, esatto. Lui e Barbara.»

«Capisco.»

Bell aprì i cassetti della scrivania: gli ultimi due erano praticamente vuoti, ma il primo era chiuso a chiave.

«Avete la chiave di questo cassetto?» chiese a Abigail.

«Purtroppo no. Non entro mai qui. Potrebbe essere da qualche parte sulla scrivania?»

Ma la scrivania era talmente ordinata che non offriva nascondigli. Bell si guardò attorno. Dietro la porta c'era un gancio, a cui era appesa una giacca scura. Bell mise una mano nella tasca sinistra, trovandola vuota, e poi in quella destra... vittoria. Sollevò una piccola chiave d'argento. Si adattava perfettamente alla serratura del cassetto. Dentro c'erano documenti personali: passaporto, certificato di nascita, certificato di matrimonio dei genitori e una piccola agenda. Ne lesse le settimane precedenti, ma non gli balzò agli occhi nulla di notevole. C'erano due appunti per il giorno seguente: "Chiamare FWC" e uno scarabocchio indecifrabile con una stellina accanto.

«Avete trovato qualcosa?» chiese Abigail.

«Forse» disse Bell. «Per caso avete idea di cosa possa significare questo?»

Abigail guardò l'appunto.

«Nessuna idea» rispose infine.

Sono affettuosamente vicino a Abigail e famiglia. Benjamin riposi in pace.

Sono andato all'università con Ben e, anche se non ci vedevamo da un paio d'anni, sono rimasto sconvolto dalla notizia della sua morte improvvisa. Lo ricordo così brillante e spiritoso e sempre un po' avanti rispetto a noi altri. Quando usciva un libro interessante era il primo a leggerlo, conosceva tutte le canzoni che sentivamo alla radio. In questi anni mi sono chiesto dove fosse finito, certo che lo attendesse un futuro luminoso. Rimpiango di non averlo cercato negli ultimi tempi. Le mie più sincere condoglianze alla famiglia di Benjamin.

Mi dispiace terribilmente per la perdita di tuo fratello, Abigail.

Ho passato tutta la mattina a cercare di scrivere qualcosa che avesse un senso, ma ogni volta che rievoco un bel ricordo di Ben mi viene da piangere. Per me è stato un vero choc. Non riesco a capire. Il mio pensiero è con voi.

Ni bheidh a leithéad ais ann.*

* In gaelico: "Non ne vedremo più uno come lui". (*NdT*)

Mi spiace immensamente per la tua tragica perdita. È tanto difficile da comprendere. Riposa in pace, Benjamin.

Condoglianze alla famiglia di Benjamin sarà un bellissimo angelo in paradiso che per sempre ti proteggerà che la sua anima meravigliosa riposi in pace.

Ho conosciuto Benjamin e la sua famiglia per quasi tutta la sua vita. Era uno splendido ragazzo e un uomo bello e gentile. Auguro a Benjamin di riposare in un luogo pieno di pace. Era molto amato da tutti.

7
L'arrivo dell'ispettore

Al suono del campanello si guardarono.

«Aspettiamo qualcuno?» chiese Abigail.

Bell guardò l'orologio.

«Ah, sarà l'ispettore Ferret. Era ora che si facesse vivo. Qualcuno può andare ad aprire?»

Ma il maggiordomo era già alle prese con l'ospite. Condusse l'ispettore nell'ufficio e si richiuse la porta alle spalle.

«Ah, ispettore. Amico caro. Da quanto tempo» esclamò Bell, allargando le braccia.

«Salve, Bell» disse Ferret con lo stoicismo che lo caratterizzava. «Non dovrei essere sorpreso di trovarvi qui. Le vecchie dimore di campagna a quanto pare sono proprio il vostro ambiente.»

«Infatti» disse Bell. «È da un paio di libri che non affrontavo un caso di omicidio classico. Ultimamente sono stato parecchio all'estero, in luoghi dal clima più caldo. L'ultima volta ero in un sottomarino. Un piccolo esperimento che non ha funzionato granché. In realtà, direi che siete voi a essere un po' fuori dalla vostra giurisdizione, ispettore. State indagando anche voi su questo caso?»

«In un certo senso. La polizia locale mi ha informato che questa faccenda è stata archiviata come suicidio, ma appena ho saputo che eravate coinvolto voi, ne ho dedotto che le cose non stessero proprio così» disse l'ispettore.

«Infatti. Sto indagando su un omicidio. Lei è Abigail, la sorella del defunto.»

«Vi porgo le mie più sentite condoglianze, signora» disse Ferret, togliendosi il cappello. «Il vero motivo per cui sono in questa zona è per controllare una casa a qualche chilometro da qui. Probabilmente voi non avrete ascoltato i notiziari – data la situazione –, ma c'è stato un furto in quella casa. Hanno rubato dei gioielli e aperto la cassaforte. Il padrone di casa si è svegliato mentre c'erano i ladri e ne ha ricavato un brutto taglio in testa.»

«Oh, poveretto, si riprenderà?» chiese Abigail.

«In questo momento il dottore si sta occupando di lui. Lui e sua moglie sono sotto choc, come potrete immaginare, ma niente di grave. È il terzo furto in questa zona negli ultimi mesi.»

«E voi pensate che potrebbero essere collegati alla tragica morte di Benjamin?» suggerì Bell.

«È una teoria su cui sto lavorando» disse l'ispettore. Si rivolse a Abigail. «Avete notato se manca qualcosa? Gioielli, denaro eccetera?»

«No» disse Abigail. «Niente del genere.»

«Avete una cassaforte?» chiese l'Ispettore.

«Sì, ed è proprio in questa stanza. Là, nascosta nel muro alle vostre spalle.»

L'ispettore si spostò di lato e Abigail staccò dalla parete un quadro che rappresentava una scena fluviale, svelando lo sportello della cassaforte. La osservò girare il quadrante e poi aprirla per controllarne il contenuto.

«È tutto a posto» confermò, prima di richiudere la cassaforte.

«Cosa ci tenete?» chiese Bell.

«Soprattutto documenti» disse Abigail. «Più qualche

gioiello e orologi che erano dei nostri genitori. Nulla di eccezionale.»

«Vorrei continuare con gli interrogatori, se non vi spiace. Potreste per favore far accomodare Stephen in biblioteca? Accompagno io l'ispettore alla porta.»

Abigail si girò per andarsene, poi si fermò.

«C'è ancora una cosa» disse. «L'altra notte avrei giurato di aver sentito un rumore. Non capivo se veniva dal tetto – a volte gli uccelli fanno un gran fracasso... – o da fuori. Ho pensato che forse avevo sognato, ma non ne sono sicura.»

«Che genere di rumore?» chiese l'ispettore.

«Come un tonfo, mi pare. Un unico tonfo. Poi non ho sentito più niente.»

«Siete sicura, mademoiselle» le chiese gentilmente Bell, «che non sia soltanto una speranza, la vostra? Sperate di aver udito un rumore. La cosa sarebbe assai utile per tutti. Vorreste che fosse qualcuno venuto da fuori anche dopo tutto quello che vi ho detto?»

«Oh, sì, probabilmente avete ragione, certo» disse Abigail. «Però mi sembrava giusto dirvelo. Non so quali informazioni siano pertinenti e quali no.»

«No, avete fatto bene a dircelo. E se vi viene in mente qualcos'altro, vi prego di non esitare a informarmi.»

Prima di far uscire Ferret, Bell gli chiese: «Credete davvero che possa essere stata opera di un ladro?».

«È soltanto una teoria su cui stiamo lavorando, Bell. Stiamo cercando di capire, proprio come voi.»

«Teniamoci informati a vicenda» disse Bell. «E, a proposito, qual è la vostra opinione professionale sull'ispettore locale? Quel signore era molto deciso a considerarlo un suicidio.»

«Penso che sia un uomo che ama la vita facile. Fidatevi del vostro istinto» disse Ferret, prima che Bell lo congedasse.

Porgiamo le nostre più sincere condoglianze a Abigail per la tragica e improvvisa scomparsa del suo caro fratello. I nostri pensieri sono con te e con la vostra famiglia in questo difficilissimo momento. Riposi in pace.

Benjamin è stato un grande amico, attento, affettuoso, empatico, sempre capace di ascoltare. È difficile immaginare che non sia più fra noi. Gli avevo parlato un paio di settimane fa e mi pareva di ottimo umore. Spero che abbia trovato finalmente un po' di pace.

Abigail, ti penso in questi momenti difficili. Ho acceso una candela per Benjamin. Mi piange il cuore per te.

Tu non mi conosci, ma ho letto la notizia della morte di tuo fratello e sento il bisogno di dire qualcosa. Mi ha riportato alla mente il ricordo della mia tragedia personale. Quattro anni fa. Un altro povero giovane. Come ben presto scoprirai, nulla tornerà come prima. Riesco ad alzarmi ogni mattina, e ad andare avanti con la mia vita. Ma non è veramente vivere. È solo contare i giorni fino a quando lo rivedrò.

*Ti sono profondamente vicina. Ti mando tanta forza per questo difficile momento. Suaimhneas síoraí dá anam.**

Da parte di tutta la squadra, vorrei porgere le nostre condoglianze alla famiglia di Benjamin. È stato un collega capace e generoso e per molti di noi anche un buon amico. Ci mancherà.

Sincere condoglianze per la perdita di Benjamin. Riposi in pace.

I miei pensieri e le mie preghiere per la famiglia in questo difficilissimo momento.

* In gaelico: "Riposi in pace". (*NdT*)

8
La testimonianza del compagno di scuola

«Adesso chi interroghiamo?» chiese Sacker, saltando fuori da una poltrona in un angolo della biblioteca, come se fosse sempre stato lì.

«Ah, eccoti qui, Sacker!» disse Bell. «Ti stavo aspettando.»

«Il mio arrivo è stato posticipato, perciò stavo mettendomi in pari» rispose l'altro, chiudendo un tascabile stazzonato prima di rimetterselo in tasca. «Allora? A chi tocca adesso? Alla ex scaricata o all'amante?»

«Penso che inizieremo da Stephen» disse Bell.

«Oh, no, Bell. Che noia. Dobbiamo aggiungere un po' di sesso a questa storia.»

Bell scosse la testa, impaziente.

«Ma Stephen è quello che ha scoperto che la porta era chiusa a chiave, e poi c'è stato quel litigio, sentito dalla domestica... Mi sembra logico interrogare lui per primo» disse Bell.

«Immagino di sì» disse Sacker, che però non sembrava affatto convinto.

Stephen arrivò quasi subito, accompagnato da Abigail. Bell stava per chiederle di lasciarli soli, ma fu colpito dall'evidente vicinanza tra loro e pensò che forse avrebbe ricavato maggiori informazioni se fossero rimasti tutti e due.

Li invitò a sedersi di fronte a lui, e loro lo fecero, sporgendosi in avanti con le mani serrate. Stephen aveva una sua noncurante bellezza. Bell riusciva a capire perché Dorcas lo trovasse affascinante.

«Grazie per aver accettato di parlare con me» disse Bell. «So che per voi questo è un momento molto doloroso. Cercherò di non tenervi impegnato troppo a lungo.»

Stephen annuì in silenzio e diede un'occhiata a Sacker.

«E lui è naturalmente Sacker. Il mio aiutante, il mio collaboratore. Il mio Watson, capite? Probabilmente prima non lo avete visto, ma il suo ruolo è molto importante sotto il profilo letterario.* Tirerà fuori tutta una serie di idee di cui io invariabilmente mi farò gioco fino a quando una delle sue insulse teorie accenderà in me una scintilla. In caso di necessità, può anche avere un piccolo sviluppo narrativo personale.»

«Ma certo» disse Stephen. «Come state?» Strinse la mano a Sacker. «Siamo lieti di avere anche il suo aiuto in questa faccenda.»

«La prima cosa che vorrei chiedervi» continuò Bell «è se siete d'accordo con la valutazione che la polizia ha dato del caso. Credete che il vostro amico si sia ucciso?»

«No» disse Stephen, anche se sbatté per un attimo le palpebre. «No, non... cioè, non riesco a immaginare...»

«Non avete mai notato nel comportamento di Benjamin qualcosa che suggerisse un disagio?»

«No.»

«Stephen era il migliore amico di Benjamin» disse Abigail. «Lo avrebbe saputo, se ci fosse stato qualcosa che non andava.»

* "Farci sapere un capitolo dopo l'altro che cosa pensa il detective. A questo scopo egli deve affidarsi a un soliloquio o a un Watson..." A.A. Milne, prefazione a *The Red House Mystery*.

«E ditemi... durante la festa è successo qualcosa di insolito? Benjamin vi ha accennato a qualcosa? Avete discusso di questioni importanti?»

Stephen scosse la testa.

«Nulla di rilevante» disse, ma ci fu ancora quel battito incontrollato.

«Siete stato voi ad andare a chiamare Benjamin e a trovare la sua porta chiusa a chiave, giusto? Ditemi cosa è accaduto stamattina dal momento in cui vi siete svegliato.»

Stephen fece un lungo e lento respiro.

«Mi sono svegliato, purtroppo non so esattamente a che ora. Ieri sera abbiamo fatto festa e ho bevuto, perciò quando ho aperto gli occhi all'inizio non mi sentivo troppo bene. Sono rimasto a letto per qualche minuto, poi mi sono fatto una doccia, ho lavato i denti, queste cose qui. Ho cercato di ritornare un essere umano. Mi sono vestito e sono sceso per fare colazione, e a un certo punto ci siamo accorti che mancava Benjamin e così...»

Si interruppe e guardò Abigail perché continuasse lei.

«Stephen è andato di sopra a svegliarlo» iniziò Abigail. «La porta era chiusa a chiave e...»

Tacquero entrambi, e Abigail prese una mano di Stephen fra le sue. Avevano proprio l'aria di essere una coppia, pensò Bell.

«Vi conoscete da molto tempo» disse Bell a bassa voce. «Questo dev'esser un gran conforto per entrambi.» Voleva fare un tentativo. Dare un'accelerata. «Per cosa avete litigato prima della festa?» chiese.

Stephen lo fissò.

«Prima di cena qualcuno vi ha sentiti litigare in ufficio» spiegò Bell.

«Qualcuno chi?» chiese Stephen.

«Quindi avete effettivamente litigato» disse Bell.

«Avete litigato?» chiese Abigail, perplessa.

«Niente di che» disse Stephen, con noncuranza.

«Vi prego di dirmi cosa è successo» disse Bell.

«Ecco» Stephen scambiò una breve occhiata con Abigail. «Benjamin e io abbiamo avuto una piccola discussione prima di cena, davvero una sciocchezza. Colpa mia, e non è stato un vero litigio. Ma era... non ha niente a che fare con quanto è successo. Ecco perché non ne ho parlato. Non c'entrava niente con questa cosa... con la sua morte.»

«Penso che dovrei essere io a decidere» disse severo Bell.

«Sinceramente, niente di serio, davvero; un semplice battibecco. Per poco non venivo alla festa. Ero proprio arrabbiato con lui, ma la mia ragazza mi ha convinto a venire. Ha detto che sarebbe stata l'occasione per fare la pace.»

Bell notò che Abigail si era irrigidita sentendogli dire "la mia ragazza".

«La domestica ha detto che litigavate a voce molto alta» disse Bell.

«La domestica...» disse Stephen. «Sarà anche stato così. Io e Benjamin siamo molto emotivi. Irascibili, forse. A volte perdiamo la testa.»

«Litigavate spesso con Benjamin?» chiese Bell.

«Ci conoscevamo da tanto di quel tempo...» disse Stephen. «Non è che possiamo essere migliori amici tutti i giorni tutte le settimane. Voi non avete mai litigato con un amico? È solo che mi sembrava che non fosse più presente. Non mi rispondeva al telefono. Cominciava a essere una cosa un po' unilaterale. Io ci provavo, ma lui era sempre... Adesso mi sembra una tale sciocchezza. Davvero, non ha importanza.»

«Stephen non avrebbe mai fatto del male a Benjamin» disse Abigail. «Ve lo assicuro. Per qualunque cosa abbiano litigato, di sicuro non ha avuto conseguenze.»

«In realtà» continuò Stephen con occhi improvvisamente luminosi, «al momento di andare a dormire... non so se fosse l'alcol a rendermi sentimentale, ma ho pensato di scusarmi con lui, se era ancora sveglio. Perciò ho provato ad aprire la porta di camera sua, ma era chiusa a chiave. Ma è la verità. Io gli volevo bene. Era il mio migliore amico.»

A quel punto Stephen si mise a singhiozzare, e Abigail lo abbracciò.

«Che ne pensi?» chiese Sacker, quando se ne furono andati entrambi.

«Difficile a dirsi» disse Bell. «Di sicuro Abigail gli crede.»

Sacker si sedette accanto a lui e mise i piedi sul tavolo.

«Non mi piacciono i belli» si lamentò Sacker. «È troppo difficile capire quado mentono. Soprattutto le donne.»

«Se solo di te avessero fatto un medico, caro Sacker» disse Bell, lanciandogli un'occhiataccia. «Almeno saresti stato una persona rispettabile.»

A: Abigail
Da: Airbnb
RE: Valuta il tuo soggiorno
Data: 5 gennaio 2023

Lei ha appena lasciato Yew Tree House. Dedichi qualche minuto a dare una valutazione del suo soggiorno e faccia sapere al suo *host* come si è trovata.

Ha la possibilità di lasciare un feedback privato soltanto per l'*host*, e in più scrivere una recensione pubblica che apparirà nella loro pagina e aiuterà gli ospiti futuri a sapere cosa aspettarsi.

Non condivideremo con Brian nulla di quello che lei dirà finché non scriveranno una recensione anche loro.

9
La visita della zia

Una grande automobile era entrata nel vialetto e aveva rumorosamente frenato davanti alla casa. Subito dopo ci fu un notevole frastuono: qualcuno bussava con violenza, poi dall'ingresso giunse una tonante voce femminile, e alla fine quella di Abigail.

Bell e Sacker andarono a vedere cosa stesse succedendo. Si trovarono di fronte una donnina con i capelli grigi che abbracciava la povera Abigail dandole vigorose pacche sulla schiena. Quando vide Bell si interruppe.

«Signor O'Brien» disse la donna, «Avete messo su peso, vedo.»

«Oh no, zia. Non è il maggiordomo. Il signore è Auguste Bell, il famoso detective» disse Abigail, imbarazzata.

«Non preoccupatevi, madame» disse Bell. «Sono lieto di fare la vostra conoscenza, anche se naturalmente vorrei che non fosse avvenuta in queste dolorose circostanze.»

«Un detective?» gridò la zia. «Oh, Abigail, perché hai assunto un detective? Che cosa volgare. Non è da te.»

«Bell è molto considerato» disse Abigail.

«Io non ne ho mai sentito parlare» disse la zia. «Eppure conosco tutti.»

«Bell è un uomo piuttosto celebre» spiegò Sacker. «Ha risolto alcuni dei casi di omicidio più famosi del mondo.»

«Omicidio!» dichiarò la zia. «Credevo che si trattasse di un atroce suicidio. Anche se non so cosa sia peggio.»

Abigail prese sottobraccio la zia e la trascinò via.

«Andiamo di sopra a sistemarti» disse. «Ti faccio portare in casa i bagagli?»

«No, cara. Non mi fermo» disse la zia. «No, no, sarebbe tutto troppo sconvolgente per me.»

«Ma devi assolutamente fermarti. Dove andresti, altrimenti?» chiese Abigail.

«Sono ospite qui vicino, dai miei cari amici Mallowan. Li conosci, credo che tu sia andata a cavallo con la loro figlia. Sono soltanto passata a trovarti. Dovresti venire con me, Abigail. È inquietante restare in una casa dove è morto qualcuno. Non ti fa impressione?»

«Devo rimanere fino alla conclusione delle indagini» disse Abigail. «Non posso andarmene adesso.»

«Poveri noi» disse la zia. «Sei sempre stata così razionale, anche da piccola. Volevi sempre che ti si spiegasse tutto. Ma non potrai restare qui per sempre. A un certo punto dovrai tornare nel mondo reale.» Guardò l'orologio. «Vedo che per il momento non riuscirei a farti cambiare idea. Tornerò tra un paio di giorni, sperando che nel frattempo la faccenda si sia conclusa. Ti lascio questa candela; ti aiuterà a purificare la casa dagli spiriti maligni.» Abigail prese la grossa candela mentre sua zia sbirciava Bell con aria di disapprovazione. «*Mmmh*» disse. «Bene, sai dove trovarmi, cara.»

«Che personaggio» commentò Bell quando la macchina della zia era già ripartita.

«Devo scusarmi per lei» disse Abigail. «A volte è veramente impetuosa. Come un uragano. Ma le intenzioni sono buone.»

«Oh, non c'è bisogno di scusarsi per i propri familiari» disse Bell.

«È l'unica parente che abbiamo, e anche se a volte è un po' ingombrante, per me è importante mantenere buoni rapporti con lei» disse Abigail. «Anche se, tutto sommato, probabilmente è meglio che non si sia fermata. Avrei dovuto occuparmi di lei tutto il tempo.»

«I Mallowan abitano in zona?» chiese Bell.

«A un quarto d'ora di macchina. Le nostre terre confinano con le loro, anche se non li conosco molto bene. Qui non socializziamo molto con i vicini» disse Abigail. «Forse sono andata a cavallo con la loro figlia, ma non me ne ricordo.»

*

Nella camera ardente, siede accanto alla zia e stringe la mano a ondate successive di persone. Riconosce qualcuno, molti altri no. Ci sono tanti amici dei suoi genitori: persone di cui conosce il viso ma i cui nomi sono svaniti negli anni. Poi i vicini. Colleghi. Una donna che era stata la loro baby sitter quando erano piccoli. Vecchi amici di famiglia. Una sfilza di donne giovani e belle: le ex di Benjamin. Una in particolare, di cui non ricorda il nome e che era uscita con suo fratello per sei mesi, la abbraccia gemendo e viene trascinata via da due amiche. Vede che Margaret alza gli occhi al cielo al suo passaggio. Benjamin si sarebbe tanto divertito per tutto questo, e il pensiero le mette una gran tristezza. C'è Barbara, esitante e educata. Abigail le dà la mano come se fossero due estranee, il che naturalmente sono. Hanno condiviso semplicemente quest'unica cosa, questa strana sovrapposizione delle loro vite. E poi Stephen e la sua ragazza. Lui è pallido, ha gli occhi rossi. La ragazza gli tiene un braccio attorno alla vita, praticamente lo sorregge. Lo guida attraverso la sala delle pompe funebri. Quando passano accanto a Abigail, Stephen tiene la testa rivolta verso la bara. Stringe più forte la sua ragazza e gli sfugge un gemito. Abigail vorrebbe avvicinarsi e toccarlo. Arriva già qualcun altro, e lei ricomincia a stringere mani e accettare condoglianze. E dopo un attimo ecco Declan, agitatissimo. La minuscola madre di Declan la abbraccia e la bacia e dice «grazie al cielo i tuoi non ci sono più» e Abigail deve lasciarselo dire. Cormac e un gruppo di altre persone che hanno fatto l'università con Benjamin si avvicinano, e tutti la trattano come se fosse una vecchia zitella. E poi ancora i suoi vecchi amici, quelli con cui è andata a scuola, le ragazze con cui ha giocato a camogie, ex colleghe e colleghi, altre persone che non ha più visto dai tempi dell'università. La commuove che siano venuti in tanti. Che abbiano visto la notizia. La sua vita è veramente stracolma di persone e per un attimo la cosa la sfinisce e nello stesso tempo la nutre. Infine la fila si esaurisce, e Abigail riesce a respirare. Poi accompagna la zia a casa e accetta la sua proposta di entrare a prendere il tè e mangiare una fetta di torta. Abigail non ha fame, ma non ha mangiato niente in tutto il giorno. La zia continua a parlare. «Non è carino che i tal dei tali siano venuti, non li vedevo da anni», e «Dio mio, quanto è invecchiata *bla bla bla*.» Parlano del giorno seguente: il funerale. La zia le chiede se ha preparato l'elogio funebre. «Non vorrei chiamarlo così» dice Abigail. «Sembra troppo pomposo.» La zia sta tagliando con attenzione una fetta di torta all'arancia che una vicina le ha portato. «Va bene, cara» dice, porgendole la fetta su un piattino. «Fallo come vuoi tu. Non è necessario esprimere tutti i tuoi sentimenti in una volta.»

Più tardi, a casa, all'improvviso ricorda la fotografia. Apre il gruppo su WhatsApp, che è inutilizzato da più di una settimana, e cerca la foto che le ha mandato Stephen. Sembrano tutti molto felici. Zooma Benjamin. La parte inferiore del viso è nascosta dai capelli di Barbara, perciò non si vede se sta sorridendo. Ha le braccia lungo il corpo. Gli occhi sono senza espressione. Qualunque cosa lei stia cercando, non la troverà lì.

10
La testimonianza dell'ex fidanzata

Trovandosi circondato da tanti giovani, Bell finì col ripensare alla propria giovinezza, che ora si rendeva conto di aver completamente sprecato. Avrebbe dovuto essere più avventuroso, avrebbe dovuto tentare di più la sorte, innamorarsi, farsi dei nemici. Guardando quel gruppo, perfino in quei giorni terribili, invidiò tutto il tempo che avevano davanti. Lui che cosa poteva mostrare, in cambio? Le scelte che aveva fatto da giovane non lo avevano reso un detective migliore. Non lo avevano reso felice.

«Mi hai sentito?» chiese Sacker.

«Ti chiedo scusa, caro Sacker. Stavo pensando ai tempi della mia giovinezza» disse Bell.

«Non è da te rimuginare sul passato» disse Sacker.

«Vedere tutti questi giovani mi ha messo nostalgia» disse Bell.

«Riprenditi. Non stai bene?»

«No, sto benissimo. Vagavo solo un po' col pensiero...»

«Se può servire a interrompere le tue divagazioni per un attimo, volevo chiederti quali saranno le prossime mosse.»

«Ah sì, certo» disse Bell.

Abigail comparve sulla porta della biblioteca.

«Per favore, aiutatemi a ricordare» le chiese Bell. «Chi è venuto in macchina con vostro fratello, ieri?»

«Benjamin è arrivato con Declan e Margaret» rispose Abigail.

«Ah, sì, Margaret, l'ex fidanzata. Per cortesia, pregatela di venire qui.»

Abigail eseguì la richiesta, e Margaret si presentò per essere interrogata. Aveva modi eleganti e controllati, e sembrava padrona di sé.

Bell le chiese di narrare gli eventi delle quarantotto ore precedenti e lei lo fece con una serie di affermazioni precise e concrete. Non era il tipo da fare illazioni o commenti. Era una che si teneva tutto dentro.

«Quando ho conosciuto Benjamin avevo vent'anni. Avevamo entrambi vent'anni. Per un po' siamo stati amici e poi tra noi è nata una relazione. Siamo stati insieme per tre anni, tre anni e mezzo. E per circa un anno siamo stati fidanzati ufficialmente. Ma non avevamo ancora iniziato a progettare il matrimonio. Questo probabilmente era un cattivo segno. Abbiamo rotto il fidanzamento ma siamo rimasti in buoni rapporti. Cosa di cui sono contenta. Soprattutto adesso. È stato una persona importante nella mia vita.»

«E al momento della sua morte, eravate ancora solo... amici?» chiese Bell.

«Sì, sì, solo amici.»

Bell rifletté che Margaret non corrispondeva affatto all'immagine dell'innamorata respinta.

«E potete dirmi qualcosa dei vostri movimenti tra, diciamo, mezzanotte e le nove di stamattina?»

«A mezzanotte ero fuori insieme a tutti gli altri, a brindare all'anno nuovo. Dopo i fuochi artificiali, sono rientrata e mi sono trattenuta con loro fin verso, direi, le due, più o meno, poi sono andata a letto. Mi sono addormentata e mi sono svegliata dopo le nove. Non sono sicurissima. Non ho guardato l'ora.»

«Prima di andare a dormire avete guardato in camera di Benjamin? O magari prima di scendere stamattina?»

«No» rispose con semplicità Margaret.

«Durante la serata avete parlato con Benjamin?»

Lei tirò su con naso. «Sì, abbiamo parlato, ma poco. Non era l'occasione giusta, c'era una festa.»

«Dopo la rottura del vostro fidanzamento avete frequentato spesso Benjamin? Voglio dire, era insolito che vi avesse invitata per il suo compleanno?»

«Non era insolito. Siamo rimasti in buoni rapporti. E sono amica di Abigail, perciò lei mi invita sempre alle feste di Capodanno e a quelle che fanno d'estate.»

«Qual è stata la causa della rottura?»

Margaret parve irritata.

«È pertinente?»

«Potrebbe esserlo. È importante raccogliere tutte le informazioni e poi vagliarle per scoprire che cosa è utile.»

«Non è stato nulla di speciale. Semplicemente, ci siamo allontanati. Stavamo insieme da quando eravamo ragazzi. E crescendo le persone cambiano. Le nostre vite andavano in direzioni differenti.»

Bell sentì che questa era una risposta provata e riprovata. Quante volte si era già esibita in quel monologo?

«Quindi è stata una rottura amichevole.»

«Sì» disse Margaret, in tono conclusivo. Su questo argomento non sarebbe riuscito a farle dire altro.

«Ho saputo che siete venuta con Benjamin e Declan» disse Bell. «Durante il viaggio avete parlato di qualcosa di rilevante?»

«Direi di no. Cioè, come al solito Declan ha tirato fuori i suoi problemi di soldi...»

«Soldi?» disse Sacker, improvvisamente interessato.

«Sì, Declan è un giocatore terribile, e per terribile intendo dire che perde sempre. Benjamin deve continuamente toglierlo dai guai, ma questa volta ha puntato i piedi e si è rifiutato di fargli un altro prestito. Ha fatto bene. Glielo consigliavo da anni» disse Margaret.

«Sembrerebbe un movente» disse Sacker.

«O santo cielo!» esclamò Margaret. «Non intendevo assolutamente dire questo!»

«Non ritenete Declan capace di una cosa del genere?»

«Naturalmente no. Declan è un idiota. Inoffensivo. La sola idea è ridicola.»

«Nelle ultime ventiquattr'ore è successo qualcos'altro? Un particolare qualsiasi su cui vorreste richiamare la mia attenzione?»

Margaret si guardò rapidamente attorno.

«Non mi viene in mente proprio nulla. Tutta questa cosa è un tale incubo. Ecco, direi...» si interruppe. «Direi che l'unica cosa che mi è sembrata strana è la telefonata che ha fatto Barbara ieri nel tardo pomeriggio nell'ufficio di Benjamin.»

«E come mai questa telefonata vi è rimasta impressa?»

«Non sentivo quello che diceva. Parlava pianissimo. Ma qualcosa nel suo tono di voce mi ha colpita. Non sembrava lei, per niente. Non che io la conosca bene. Nessuno di noi la conosce. Ma sembrava molto secca, severa. Perfino un po' arrabbiata. E dopo ho notato che era piuttosto alterata.»

«E a che ora avete sentito questa telefonata, mademoiselle?»

«Oh, è stato mentre salivo a cambiarmi per la cena, perciò direi tra le sei e le sei e mezzo. Ci tengo a precisare che non stavo origliando. È stato un caso.»

«Ma certo.» Bell le fece un ampio sorriso. «E sapete se è stata Barbara a fare la telefonata o se l'ha ricevuta?»

«L'ha fatta lei. Di sicuro. Altrimenti avrei sentito suonare il telefono.»

«Potrebbe essere stata una telefonata di lavoro per conto di Benjamin? Avevano lavorato, prima.»

Margaret socchiuse gli occhi. «Può darsi» disse con cautela.

«Vi ha stupita che Benjamin abbia invitato Barbara alla festa?»

Margaret strinse la mascella.

«Per niente.»

«Lo avevate previsto?»

«No. Non direi questo, ma Benjamin è un... datore di lavoro molto generoso.» Di nuovo tirò su col naso. «Mi pare di avervi detto veramente ogni minima cosa che possa essermi venuta in mente, perciò, se volete scusarmi, credo che Abigail abbia bisogno di me.»

«Sì, certo. Per il momento è tutto.»

Mentre Bell rifletteva su quanto gli era stato detto, una mano gli scivolò in tasca. Tirò fuori l'orecchino d'oro.

«Un'ultima cosa... riconoscete questo?» disse Bell.

Margaret lo osservò bene.

«No» disse poi. «È importante?»

Bell non rispose.

«Avete visto qualcuno indossare questo orecchino, ieri sera? Per favore, guardatelo bene.»

«Onestamente non saprei» rispose Margaret alla fine.

«Benissimo, allora andate pure» disse Bell.

«Finalmente qualcosa si muove» disse Sacker. «Soldi! Flirt! Intrighi!»

«Sapevo che ti avrebbe stimolato» disse Bell.

«Avevo un po' di paura che questo caso si rivelasse una noia, come *L'indizio del petalo scarlatto*» disse Sacker. «Quella volta nella seconda parte ho preferito assentarmi.»

«Ah, sì, ti hanno picchiato e hai perso i sensi, vero?» disse Bell.

«Sì, mi ero ripreso solo dopo la spiegazione finale. Però era servito a risolvere il delitto, no?» disse Sacker. «Quella cosa della telefonata di Barbara è interessante, anche se naturalmente non abbiamo testimoni. Potrebbe anche essersela inventata.»

«Infatti» rispose Bell. «Ma anche le bugie che mi dicono sono interessanti, non trovi?»

*

Il funerale è pieno di musica. Stephen ha scelto alcune delle canzoni preferite di Benjamin, e le ascoltano seduti in silenzio. Segue una serie di letture, poesie e racconti. Abigail ha invitato Declan a parlare ma lui non ha voluto, e lei non ha insistito. Stephen legge una poesia. Alcuni colleghi fanno brevi interventi. Cormac legge qualche pagina dal libro preferito di Benjamin e Margaret condivide fotografie e ricordi: Benjamin abbronzato in kayak; Benjamin e Margaret in abito da sera fotografati dal padre di Benjamin; Benjamin in un pub che rivolge all'obiettivo un sorriso sognante. Poi si alza a parlare Abigail. E in quel momento, guardando il foglio che ha in mano, odia quello che ha scritto. Troppo sentimentale, troppo impersonale, non ha nulla a che fare né con lei né con Benjamin. Sembra solo un cliché. Una bugia. Scopre di non saper descrivere suo fratello appena morto. È come se tutti i bei ricordi le fossero sfuggiti dalla testa. Quando ha finito, torna a sedersi vicino alla zia. Margaret, nella fila dietro, si sporge e le stringe una spalla. Dopo un po' l'impresario si avvicina e le chiede se sono pronti ad andare. Intende dire pronti ad andare al cimitero. Pronti a deporre il corpo di suo fratello nella terra. Abigail dice che è pronta anche se non lo è.

E come potrà mai esserlo? Cormac, Stephen, Declan e altri tre si alzano e prendono la bara. La bara esce, lei la segue, sotto braccio alla zia, e gli altri vengono dietro di loro. La bara scivola nel carro funebre, e quello ha il sapore di una fine. Lei sente una stretta al petto. In quella scatola c'è la sua infanzia. I ricordi dei loro genitori, di tutte le mattine di Natale, delle gite al mare. Un breve percorso in macchina fino al cimitero, che in seguito non ricorderà, non ricorderà se guidava lei o qualcun altro, né che macchina avevano preso, e poi si incamminano verso la tomba dei loro genitori. Tira vento, al cimitero tira sempre vento, fa sempre freddo anche nelle giornate più calde. Tutti si riparano dal vento, cupi. Ma a lei quel clima sferzante piace. È vita. Solo quando vede la bara calare nella tomba si rende conto. Tre bare. Adesso è piena. È come se qualcosa la colpisse in pieno petto. Cerca di inghiottire e le sembra di soffocare. Cerca di inspirare aria ma non ci riesce. La zia, che la sta sostenendo, la stringe in un abbraccio, e questo peggiora le cose. Non riesce a respirare. È come se i suoi polmoni si fossero sgonfiati. Cerca di respirare col naso ma non riesce. La zia capisce che c'è qualcosa che non va e la lascia andare. «Che succede?» le chiede e finalmente, come un lampo di sole attraverso una tenda, una piccola quantità di aria riesce a entrare. Inspira ancora, con una mano sulla spalla della zia, e nel suo petto si apre maggiore spazio. Ci vogliono altri cinque respiri molto profondi prima di tornare più o meno alla normalità. Le tremano le mani. «Non riuscivo a respirare» dice con voce roca. L'impresario di pompe funebri è arrivato con una bottiglietta d'acqua e lei la beve piano piano, a scatti. Tutti la guardano: sta dando spettacolo. «Dovresti sederti. È lo stress» dice la zia. «No, no, sto bene» dice Abigail. «Siamo... pronti?» chiede l'impresario. La zia annuisce per lei. Margaret è lì, adesso, e tutte e tre si tengono strette, si sostengono mentre la bara viene liberata e loro, in silenzio, permettono che avvenga. Adesso è fatta, pensa Abigail. «Cos'è successo?» chiede Margaret. «Credo che abbia avuto un attacco di panico» dice la zia. Margaret la porta praticamente di peso fino a una panchina e poi resta lì a guardarla, incerta. Abigail sente di dover dire una cosa, anche se non sa che senso abbia. Però qualcuno lo deve sapere. «Voglio essere cremata» dice. «E le mie ceneri sparse sulla nostra tomba. Non seppellitemi da qualche altra parte.» Margaret annuisce. «Voglio essere cremata» ripete. La sua voce è un sussurro rauco. «Non seppellitemi da sola.»

11
La testimonianza della segretaria

«Ah, l'amante!» dichiarò Sacker. «Adesso la faccenda si fa un po' più interessante.»

Bell sospirò sonoramente. Sacker non aveva rispetto per il metodo. Gli interessavano soltanto i momenti glamour, voleva essere eccitato e stimolato, bramava l'avventura. A Bell piaceva che le cose emergessero lentamente in superficie. Ma, supponeva, era proprio per questo che Sacker era tanto utile; era perché erano due personaggi completamente diversi.

«Per favore, vai a chiamare Barbara e portala qui» disse Bell, e Sacker schizzò letteralmente fuori dalla biblioteca. Tornò subito con lei, chiudendole la porta alle spalle con gesto teatrale.

«Ah, Barbara. Grazie per essere venuta. Vi prego, sedetevi lì. Spero che sarete comoda.»

Barbara prese una sedia e fece un cenno a entrambi gli uomini.

«Ho l'impressione» disse Bell pesando le parole «che voi abbiate informazioni particolarmente utili a proposito della vicenda su cui stiamo indagando.»

Barbara sembrò leggermente spaventata.

«Non saprei... non credo... come potrei?»

«Non intendo assolutamente mettere in dubbio ciò che voi dite, bensì sottolineare che voi avevate una conoscenza del defunto che nessun altro aveva.»

Barbara si limitò a fissarlo.

«Perché lavoravate insieme, e voi siete l'unica che lo vedeva ogni giorno in un ambiente specifico. Le segretarie sanno tante cose dei loro datori di lavoro.»

«Sì, immagino sia vero» disse Barbara, evidentemente più tranquilla, «ma non credo di avere nessuna informazione che possa esservi di aiuto nell'indagine.»

«Non c'è bisogno di essere amici intimi per acquisire informazioni. Benjamin aveva delle preoccupazioni? Dei problemi? Difficoltà economiche?»

«Non era il tipo che si preoccupava facilmente. Aveva un grande controllo, e un notevole equilibrio. Non so nulla della sua situazione economica. Non me ne occupavo io. Ma l'impresa mi è sempre parsa solida. Sono stata felice di lavorare per loro.»

«Vi è sembrato insolito che il vostro principale vi invitasse a casa sua per Capodanno?»

Prima di parlare, lei rifletté per un istante. Bell si rese conto che tutti quelli che aveva interrogato erano stati sempre molto attenti a ciò che dicevano.

«Sì, un pochino, ma Benjamin è sempre stato buono con me. Non sono sposata e non ho figli. Mio padre è morto quando ero una ragazzina, e mia madre di recente è entrata in una casa di cura perché la sua salute era molto peggiorata e io non potevo più occuparmi di lei. Benjamin lo sapeva. Questa era una piccola vacanza, per me. E poi, naturalmente, dovevamo anche lavorare.»

«Sì, ieri avete trascorso un po' di tempo nel suo ufficio.»

«Aveva bisogno che battessi a macchina delle lettere.»

«Che lettere?»

«Lettere d'affari. Niente di scandaloso.»

«Voi capite però come appaia tutto ciò, mademoiselle.»

«Cosa intendete dire?» chiese lei, e a Bell parve di vedere una sincera perplessità sul suo viso.

«Un uomo porta la sua segretaria a una festa nella sua casa di campagna. Dà l'idea che i due avessero una relazione» disse con garbo.

«Oh» disse Barbara, che sembrava sinceramente inorridita. «Oh, non ci avevo proprio pensato. È questo che credono tutti?»

«Non saprei dirvi che cosa credono tutti. Ma sospetto che tra gli altri ospiti questo sia un argomento di conversazione.»

«Ecco io... voi dovete chiarire con loro che io... oh, povera me...»

«Quindi ne deduco che tra voi e Benjamin non ci fosse un'intesa romantica» disse Bell.

«Oh no, naturalmente no» disse Barbara.

«Perché vi dico questo: se qualcosa c'era, io lo scoprirò. Sarebbe inutile mentire. Soprattutto adesso.»

Ma Barbara mantenne la sua posizione con notevole veemenza.

«Tutta questa faccenda dev'essere molto strana, per voi» disse Bell.

«È strana per tutti noi. Noi non siamo famosi detective privati. Non siamo abituati a cose come l'omicidio.»

«Intendo dire che voi per gli altri siete un'estranea. Loro possono consolarsi reciprocamente, mentre voi avete soltanto voi stessa. Dovete sentirvi un po' sola in questa casa» disse Bell.

«Oh, no, la situazione non è poi così brutta. In questo momento lamentarsi per una cosa del genere sarebbe una sciocchezza.»

«Ma voi non vi lamentate. Mi limito a supporre quali debbano essere i vostri sentimenti. Tutti qui hanno qualcuno, tranne voi. Non vi preoccupate, non vi tratterremo ancora a lungo. Vi viene in mente qualcos'altro che potrebbe essere d'aiuto? Qualche informazione rilevante?» chiese Bell.

«Ecco, ricordo, o almeno credo di ricordare, che durante la notte qualcuno ha cercato di entrare in camera mia.»

«Continuate, mademoiselle. Potrebbe essere molto importante.»

«Qualcosa mi ha svegliata... per essere sincera, al mattino ho pensato che fosse stato un sogno... Nel cuore della notte è difficile capire che cosa è reale e che cosa non lo è. Ma sono abbastanza sicura che nelle prime ore del mattino qualcuno abbia provato a girare la maniglia della mia porta. Naturalmente era chiusa a chiave. Lo faccio sempre. Tutto qui. Non so a cosa potrebbe servirvi.»

«Tutte le informazioni sono utili» disse Bell.

«Come amante è stata un po' deludente» disse Sacker. «Anzi, non è un'amante per niente. Che spreco.»

«Tu credi alla sua storia?» chiese Bell.

«Tu no?» rispose Sacker.

«Io credo che non avesse una storia d'amore con Benjamin» disse Bell, cauto.

«E allora che cosa aveva in mente il nostro amico? Era davvero un uomo gentile ma sciocco o stava cercando di creare uno scandalo?» chiese Sacker.

«Per una volta, Sacker, la tua domanda è molto astuta.»

*

La zia aveva insistito per invitare al ristorante chi aveva partecipato al funerale. Aveva detto a Abigail che bisogna nutrire chi fa un viaggio per assistere a quella cerimonia, si usa così. Dopo la morte di sua madre, non avevano invitato nessuno. Erano tornati a casa col padre e la casa era così vuota e fredda che lei alle cinque era andata a letto, ma non aveva più dormito veramente. Così aveva cominciato a odiare casa loro. Cercava di passare fuori più tempo possibile. Aveva praticato tutti gli sport di squadra e si era iscritta a tutte le associazioni. Durante i weekend faceva volontariato e a sedici anni si trovò un lavoro part time. Passava il tempo nei centri commerciali e dormiva a casa delle amiche ogni volta che ne aveva occasione. Qualcosa era cambiato nel posto che chiamava casa, e non sarebbe mai più riuscita a considerarlo intimo e confortevole. Quando era morto il padre, lei e Benjamin avevano organizzato un pranzo, perché sembrava un gesto da persone adulte. Poi avevano venduto la casa. Non andava bene per nessuno dei due, ed entrambi ormai la consideravano con distacco. Non era più la casa di famiglia. Si divisero il ricavato e ciascuno ne comprò una per sé. Lei amava casa sua. Era il suo spazio. Ogni volta che faceva un viaggio e poi ci tornava provava quella sensazione che aveva sempre desiderato: essere a casa. Una volta, anni prima, aveva preso la macchina ed era andata alla loro vecchia casa, la casa della sua famiglia. Si era fermata dall'altra parte della strada e la aveva osservata: i nuovi proprietari avevano messo finestre più moderne con i doppi vetri e avevano fatto qualche lavoro in giardino. Il cancello era stato pitturato di verde e la porta era nuova. Non provò nessuna fitta, nessun senso di familiarità. E ne fu felice, felice che venderla non si fosse rivelato un errore. Non si può tornare indietro. Il fatto è questo. Non si può tornare indietro. Sarebbe sbagliato anche solo provarci. Non andò mai più a vederla. Non era più sua, non lo era mai stata veramente. Girò la macchina e tornò a casa.

12
La testimonianza dell'amico di infanzia

«Sono sicuro che sul mio conto ve ne avranno raccontate di tutti i colori» disse Declan, prima ancora di essersi seduto. «Ed è tutto vero.» Concluse, prima di esplodere in una risata roboante che riempì la stanza.

«Ho sentito un paio di cose... diciamo non troppo lusinghiere» confermò Bell. «Ma sono un uomo metodico, e non mi formo mai un giudizio definitivo finché non ho certezze. Preferisco farmi un'opinione mia. Vi darò tutto il tempo di dimostrarmi che hanno torto.»

«Proprio qui sta il problema. Probabilmente non hanno torto. Non del tutto, almeno» sospirò Declan. «Ho combinato un gran pasticcio con la mia vita. E la colpa è soltanto mia.»

«Ditemi tutto.»

Declan gonfiò le guance e poi soffiò fuori l'aria attraverso le labbra strette.

«Non sono nato ricco come Ab e Benji. Cioè, non fraintendetemi, i miei genitori stanno bene, ma la mia infanzia non è paragonabile alla loro. Non c'era una azienda di famiglia ad aspettarmi. E ho avuto la fortuna di fare amicizia con Benjamin e andare in vacanza con loro e abituarmi a un certo tipo di vita. Ma mi ci sono abituato troppo.

Ho dissipato molto velocemente il mio fondo fiduciario e i miei genitori si sono rifiutati di cavarmi dai pasticci. Hanno tagliato i ponti. Ma Benji è sempre stato buono con me. È sempre rimasto al mio fianco. Mi ha dato un lavoro e io ho combinato un casino. Me ne ha dato un altro, e ho combinato di nuovo un casino.»

«E i debiti di gioco?»

«Ah, avete saputo anche di quelli, eh? Be', sì, mi piace scommettere. Mi piace tanto. E Benji mi ha salvato un sacco di volte. Lo davo per scontato.» La voce di Declan si incrinò. «Immagino di essere stato geloso di tutto quello che aveva. Di come fosse tutto facile, per lui. Sentivo che era in debito con me, per tutta quella fortuna.»

«E poi vi ha allontanato?»

«Esatto. Si è stufato di me, come alla fine fanno tutti. Per essere giusto, ha resistito più di quasi chiunque altro. Ma si è rifiutato di farmi un altro prestito. Ero arrabbiatissimo e... oh, lo so cosa sembra... ed è per questo che ammetto così apertamente i miei difetti. Non avrei mai... cioè, litighiamo per i soldi e poi lui viene trovato morto, ma giuro che non avrei mai... sono un cretino, ma non un assassino.»

Bell annuì.

«Stanotte avete dormito qui sotto. È giusto?»

«Sì, avevo bevuto troppo. Ero in una fase di auto compatimento. E sinceramente pensavo che non mi avrebbero più invitato a una festa qui, perciò tanto valeva divertirmi il più possibile. Mi sono addormentato nel salotto, non ricordo a che ora.»

«Vi siete mai svegliato?»

«Una volta. Non so a che ora, ma la casa era silenziosa. Dovevo pisciare.»

«Quindi siete andato di sopra?» chiese Bell.

«I particolari sono un pochino annebbiati, ma dopo essere andato in bagno ho cercato la mia camera e mi sono perso, non sono abituato a una casa così grande, perciò sono tornato di sotto e mi sono riaddormentato sul divano. Mi hanno svegliato il profumo della colazione e, poi, il rumore che veniva da sopra.»

«Ricordate qualcosa di fuori dall'ordinario durante il vostro vagabondaggio notturno?»

«No» disse Declan. «Per quello che ne so dormivano tutti. C'era silenzio. A essere sincero, non è che capissi poi tanto. Ho un sacco di lividi sulle gambe. Durante la notte devo aver sbattuto contro un paio di cose. E come vi ho detto non riuscivo nemmeno a trovare la mia camera. Ho provato un paio di porte...» Le parole gli morirono sulle labbra e gli venne uno sguardo vitreo, come se stesse pensando ad altro.

«Ma sì, certo. E avete idea di chi potrebbe aver ucciso Benjamin?»

Declan era distratto.

«Scusate, come avete detto?»

«Sospettate qualcuno per l'omicidio?»

«Oh» disse Declan, risvegliandosi dalla sua *rêverie*. «No. No, direi di no.»

Bell lo osservò con attenzione. «Mi hanno anche chiesto di trasmettervi un messaggio» disse.

«Un messaggio per me?»

«Sì, da parte di Dorcas.»

Sul viso di Declan apparve una sincera confusione.

«La cameriera» spiegò Bell.

«Ah sì, la vecchia Doris» disse Declan. «Certo.»

«Mi ha chiesto di dirvi che se entro oggi rimetterete a posto il cacciavite del giardiniere, non dirà niente a Abigail.»

«"Rimettere a posto il cacciavite del giardiniere"» ripeté Declan. «Cos'è, un eufemismo?»

«Non sapete a cosa si riferisca?» chiese Bell.

«Per niente» disse Declan.

«Allora per il momento è tutto, Declan. Se avessimo ancora bisogno di voi, ve lo faremo sapere.»

«Un tipo schietto» disse Sacker, alzandosi della poltrona in un angolo della biblioteca, appena Declan fu uscito. «Molto onesto sul proprio conto.»

«Sì, davvero. E ammette tranquillamente di essere andato di sopra, spiegando così i rumori che hanno svegliato Barbara. Se è lui l'assassino, perché ammetterlo?»

«Ovviamente potrebbe essere un doppio bluff per mandarci fuori strada» disse Sacker. «Magari stava cercando di prenderci in giro.»

«Sospendo il giudizio su Declan, per il momento» disse Bell.

A: Abigail
Da: Ufficio del Coroner
Re: dettagli personali
data: 18 gennaio 2023

Grazie per la sua mail. Le sarei grato se volesse comunicare i seguenti dettagli, via posta o email (per favore indichi "dettagli personali" come oggetto della mail) per completare il Certificato di Morte:

Nome completo
Indirizzo di residenza
Data e luogo di nascita
Stato civile: Celibe/Sposato/Vedovo/Divorziato/Separato legalmente
Occupazione del defunto (se in pensione indicare per favore l'occupazione precedente)
Occupazione del coniuge (se presente)
Nome, indirizzo e telefono del medico di famiglia
Codice Fiscale
Nome del padre
Nome della madre (incluso nome da signorina, se diverso)
Parente più prossimo: nome, indirizzo, numero di telefono
Persona da contattare se diversa dal parente più prossimo

Come saprà, il certificato di morte completo verrà rilasciato soltanto quando questo ufficio riceverà il referto dell'autopsia. I tempi per l'emissione del referto dell'autopsia sono i seguenti:

10-12 settimane se il membro della sua famiglia al momento della morte era ricoverato in ospedale.

4-5 mesi in tutti gli altri casi; per esempio quando una persona cara muore a casa sua o in un'altra residenza.

13
Bell e Sacker vanno alla locanda

«Sei sicuro che non sia pericoloso lasciarli soli stanotte?» chiese Sacker mentre aspettavano il taxi che li avrebbe portati alla locanda.

«Sicurissimo. Questa è assolutamente una storia con un unico morto. Non abbiamo niente da temere.»

Il taxi arrivò subito. Salirono entrambi dietro e l'autista imboccò il lungo vialetto, poi le tortuose stradine di campagna finché arrivarono a un grazioso edificio che sembrava l'illustrazione su una scatola di cioccolatini. La padrona della locanda li accolse sulla porta e insistette per prendere i loro bagagli e i loro cappotti, quindi li invitò ad accomodarsi accanto al fuoco che scoppiettava nel camino. Furono ben lieti di accontentarla.

«Vi porto qualcosa di caldo?» chiese, e loro dissero sì, grazie. La donna tornò subito con due tazze di porto fumante, e sorseggiando quel liquido inebriante i due uomini iniziarono a rilassarsi.

«Ti ricordi quando ci siamo conosciuti?»

«A Helsinki. Certo che me lo ricordo.»

«È stato subito dopo che tu avevi risolto *Il mistero del traghetto*. Avevo letto la vicenda sul giornale, e all'improvviso ti ho visto entrare nella hall del mio albergo.»

«Avevo bisogno di un Watson...» disse Bell. «È curioso che tu ne parli adesso. Stavo proprio pensando a quel caso.»

«Se non ricordo male, la colpevole era la parente povera. Stai ipotizzando che sia coinvolto qualche personaggio minore? Non sospetti di Dorcas, vero?»

«No, naturalmente.* Non so bene perché mi sia tornata in mente quella storia» disse Bell. «In questi giorni penso tanto al passato. Cerco qualcosa che... Oh, non saprei. Sono un po' stanco, dopo aver interrogato tutta quella gente.»

«Ci conviene mangiare qualcosa e andare a letto» disse Sacker. «Ti farà un mondo di bene.»

Chiamò la signora, che portò loro un pentolone di stufato e due bicchieri di vino rosso.

«Mica male...» disse Sacker.

Bell aveva più fame di quel che credeva. Quando lavorava, a volte si dimenticava di mangiare, di dormire, di fare qualunque cosa tranne concentrarsi sul caso.

«Allora, chi è stato?» chiese Sacker. «Chi di loro mente?»

«Potrebbe essere più di una persona» disse Bell, distrattamente.

«Una situazione tipo *Orient Express*?» chiese Sacker eccitato.

«Non intendevo questo. Pensavo semplicemente che le bugie potrebbero essere parecchie. E non collegate fra loro. Una copertura che in realtà non copre niente.»

Sacker era confuso, come spesso gli accadeva.

* "L'autore non deve scegliere il colpevole fra i ranghi della servitù, ovvero maggiordomi, domestici, camerieri personali, guardacaccia, cuoche e simili. Significherebbe aggirare il punto. Sarebbe una soluzione troppo facile. Sarebbe insoddisfacente e il lettore avrebbe la sensazione di aver perso il suo tempo. Il colpevole dev'essere una persona di valore, qualcuno di cui normalmente non si sospetterebbe mai; perché se il delitto fosse la sordida azione di un servo, l'autore non avrebbe avuto motivo di imbalsamarla in un libro." S.S. Van Dine, *Twenty Rules for Writing Detective Stories*.

«Non posso credere che Abigail sia coinvolta. Cioè, si tratta di suo fratello.»

«Ma tu dimentichi, Sacker, che molti dei delitti su cui abbiamo indagato sono stati commessi da familiari. Ricorderai *Morte nella grondaia* o *Il mistero del cappello buono della signora Plimpton*. La famiglia può uccidere, e lo fa. A volte per pura follia. A volte per gelosia, per un'incomprensione, per un'eredità.»

«Oh, *Morte nella grondaia*» disse nostalgico Sacker. «Quando quella splendida rossa mi spezzò il cuore. Pensi che si potrebbe tirar fuori una dama per me, questa volta? Vorrei divertirmi un po'.»

Subito dopo si ritirarono in camera. Sacker si addormentò immediatamente, come al solito, ma Bell incontrò qualche difficoltà. Alla fine rinunciò. Accese la luce e si sedette al tavolo.

Bell si concentrò sul possibile movente. Il suo compito era sbrogliare le dinamiche e trovare il modo di farsi strada tra gli ostacoli. Risolvere un crimine non era poi difficile come pensavano in tanti. Bisognava soltanto insistere un po' finché le persone non si lasciavano sfuggire qualcosa, che poteva essere una colpa o una omissione, oppure qualche genere di tensione, qualche scricchiolio tra due vite. Era un lavoro lento, ma quando arrivava la rivelazione il sollievo era magnifico. Bell aveva imparato a essere paziente, e a permettere alle rivelazioni di giungere fino a lui.

Non aveva ancora pienamente compreso l'atmosfera nella magione, né aveva ancora una narrazione precisa su come interagissero fra loro quelle persone. Aveva stabilito che ci fosse qualcosa tra Abigail e Stephen che andava scandagliato ulteriormente. Poteva darsi benissimo che non avesse nulla a che fare col delitto, ma sarebbe stato d'aiuto avere un quadro completo della vita intima degli ospiti in quella casa.

Naturalmente Stephen era un sospettato, ma in quella fase lo erano tutti. Aveva avuto l'opportunità, ma quale poteva essere il suo movente? Quello era il punto. Abigail era stata la prima a vedere il cadavere, ma lei era la cliente. Un tentativo di doppio bluff? No, perché la polizia aveva già dichiarato il suicidio. Perché attirare l'attenzione su di sé in quel modo? E anche in questo caso non sembrava ci fosse un movente. La posizione di Barbara non era ancora chiara, il che insospettiva automaticamente Bell, ma non c'era nulla di concreto su cui basarsi. Declan con i suoi debiti di gioco poteva aver il movente, ma era quello con la minore opportunità. E poi c'era Margaret, che era ancora un enigma.

Per il momento, Bell aveva concluso. Non poteva fare nulla di più. Tornò a letto, spense la luce e dormì di un sonno irrequieto per il resto della notte.

Quando si svegliò al mattino, si preparò e scese a fare colazione con Sacker.

«Era da un po' che non dormivo su un materasso così comodo» disse Sacker. «Devo chiedere alla signora dove l'ha comprato, così posso prenderne uno uguale per casa mia. Hai dormito bene?» chiese Sacker, prima di ricordare che durante le indagini Bell non dormiva mai bene. «Ah, no, ovviamente no.»

Arrivò la signora, che si informò educatamente sul conto di entrambi. Era chiaro che sapeva chi fosse Bell ma cercava di mostrarsi discreta. A Bell la discrezione non interessava. A lui servivano informazioni.

Sacker chiese aringhe e pane tostato e Bell ordinò uova e caffè. Quando lei tornò con le ordinazioni, Bell colse l'occasione per tentare la sorte.

«Grazie, abbiamo bisogno di nutrirci bene per affrontare la giornata che ci aspetta.»

«Ma certo, signore. Spero che non vi spiaccia se ve lo chiedo, ma siete il famoso detective che è stato chiamato alla casa grande? Quella storia tremenda...»

«Sì» disse Bell. «Conoscete la famiglia?»

«In un certo senso» rispose lei. «Non sono il tipo di persone che frequentano una come me, ma ogni tanto li vedo in giro. Più spesso la ragazza, che è tanto carina. Mi è spiaciuto tanto per loro quando sono morti i genitori. Mio padre faceva dei lavoretti in quella casa, e ha sempre detto che erano brave persone. Non mi ha mai detto mezza parola negativa su di loro.»

«E Benjamin?» chiese Bell.

«Ci stava poco, qui. Lo ricordo da bambino e poi, stranamente, l'ho visto il giorno in cui è morto...» disse la donna. Le brillavano gli occhi. Bell comprese che non vedeva l'ora di dargli quella informazione.

«Il giorno in cui è morto? Come è successo, signora?»

«È arrivato con una donna e un altro uomo. Credo venissero dalla città. Aveva bisogno di mettere l'olio nel motore e mio marito è il meccanico locale, perciò mentre aspettava gli ho detto di entrare. Lui e la donna hanno accettato per ripararsi dal freddo, mentre l'altro uomo è rimasto fuori a fumare. Non mi piace che fumino dentro. Ho i polmoni delicati.»

«Potreste descrivermi la donna?» chiese Bell, e la padrona della locanda fornì un ritratto approssimativo di Margaret.

«Ah, sì» disse Bell. «E c'è qualche informazione che vorreste darmi a questo proposito?»

«Ecco, sì, una cosa» disse la signora. «Non mi piace spettegolare, ma stavano litigando. Alla donna non piaceva quello che lui le stava dicendo.»

«E che cosa le stava dicendo?» chiese Bell.

«Non ho sentito granché. Era qualcosa tipo "è passato tanto tempo; dovresti averla superata", e poi anche "è la mia vita, posso scegliere di passare il tempo insieme a chi voglio". Questo è tutto quello che ho sentito. Non si capiva bene. A Natale mi sono presa un brutto raffreddore, e dall'orecchio sinistro ci sento ancora un po' male. Quando mio marito è tornato con l'olio, la donna sembrava molto arrabbiata. Benjamin ha faticato a convincerla a tornare in macchina. Spero di non aver parlato a sproposito.»

«Niente affatto» disse Bell. «Mi siete stata di grande aiuto.»

La signora li lasciò a riflettere su quanto aveva detto. Sembrava piuttosto soddisfatta di sé stessa.

«A quanto pare Margaret non aveva superato poi così bene la rottura» disse Sacker.

«Pare di no» disse Bell.

«E questo conferma la relazione con Barbara» aggiunse Sacker.

«Sì, però...» disse Bell. «Mi chiedo...»

La donna portò dell'altro caffè.

«Avete bisogno di un passaggio per tornare alla casa grande?» chiese.

«Chiamiamo un taxi» disse Sacker.

«Oh, non ce n'è bisogno. Mio marito sarà felice di accompagnarvi.»

Bell fece un sorrisetto. Era chiaro che la donna e il marito erano curiosi di saperne di più. Il loro status in paese sarebbe notevolmente cresciuto se avessero potuto far circolare qualche informazione interessante.

«Sarebbe molto gentile da parte sua, signora» disse Bell.

Il marito li aiutò a caricare i bagagli in macchina, poi seguirono le stradine tortuose fino a Yew Tree House.

«Spero che mi moglie non abbia cianciato troppo» disse l'uomo.

«Oh no, per niente. Anzi, ci è stata molto utile» disse Bell.

«Non mi piacciono i pettegolezzi, preferisco la discrezione. Soprattutto adesso. Cioè, non è il caso di parlare del fatto che hanno dovuto licenziare due giardinieri e mettere il terzo a part time. O che hanno smesso di comprare la legna da ardere più costosa qui al villaggio. Non è giusto raccontare in giro queste cose.»

«Sono d'accordo» disse Bell.

*

La sveglia di Abigail suona alle sette. Lei dice: «Ehi, Siri, spegni», ma non succede niente. Si schiarisce la voce e inumidisce le labbra, e ripete: «Ehi, Siri, spegni», e la sveglia tace subito. Non si alza. Non può. Non è esatto, in realtà. Fisicamente sarebbe in grado di alzarsi, ma si sente la testa così pesante che ha l'impressione che qualunque movimento sia impossibile. Tutto sembra così difficile. Ripassa mentalmente l'elenco di cose da fare, ed è molto semplice: farsi la doccia e lavarsi i capelli, vestirsi e mettersi la crema sul viso e truccarsi e poi asciugarsi i capelli e stirarli. Fare un po' di spesa. Il sabato, il supermercato apre alle otto. Poi, tornata a casa, metterà a posto la spesa e pulirà il bagno prima di fare colazione e uscire. Si dice che se riesce a fare la doccia entro le sette e mezzo sarà a posto. Questo vuol dire che può restare a letto ancora un pochino, e al momento ha la sensazione che il concetto stesso di alzarsi comporti un livello tale di sofferenza che lei non sarebbe in grado di sopportarlo. Il cervello le dice che è tutto sbagliato, che lei è sbagliata, che restare a letto è sbagliato, ma che anche alzarsi sarebbe sbagliato. Magari, se dorme ancora un pochino – è così stanca –, poi riuscirà ad alzarsi. Ma quando guarda di nuovo l'ora sono le otto e un minuto. Si tocca i capelli e li sente unti, e si rende conto che ormai prima di arrivare al supermercato saranno almeno le nove, troppo tardi. Non vale la pena. La giornata ormai è rovinata. Tanto vale restare a letto. È solo una giornataccia. Magari domani andrà meglio. Domani lei starà meglio. Domani rispetterà il programma e non si sentirà quel peso sul petto. Qualunque cosa dovesse fare oggi la farà domani. Se lo merita. Oggi non consideriamolo. Non si riaddormenta, ma scivola nel dormiveglia. Quando si alza sono le dieci e mezzo. Ha già sprecato un bel po' di giornata. Che senso ha? Si fa la doccia e questo la fa sentire un pochino meglio, e poi anche un pochino peggio perché alla fine era così facile. Si veste, si mette la crema sul viso e si asciuga i capelli alla bell'e meglio. Sono le undici e venti e metà giornata è già andata. Si sente pressata. Non vuole andar adesso a fare la spesa, le piace farlo la mattina presto, perciò sposta quella voce sulla lista di cose da fare. Potrebbe pulire il bagno, si dice. Va di sotto e prende quello che serve. Per prima cosa raccoglie il flacone dello shampoo e quello del balsamo e quello del bagnoschiuma che sono appoggiati sul piatto della doccia. Raduna tutti gli asciugamani e li mette in lavatrice. Poi dà una passata veloce alla doccia, al water e al lavandino. Non ha pulito davvero bene, ma può comunque eliminarla dalle cose da fare. È mezzogiorno e non ha ancora mangiato niente. Apre il frigo e fruga all'interno. Non c'è del vero cibo, lì dentro, niente che abbia voglia di mangiare. Va a vedere nella dispensa. E poi nel freezer. Niente da mangiare, niente da mangiare. Deve compilare meglio la lista della spesa. Potrebbe cucinarsi qualcosa; potrebbe andare a comprare qualcosa nel negozietto di quartiere, ma tutto questo le appare come uno sforzo sovrumano. Non vuole andare a mangiare fuori; in questo momento la opprimerebbe troppo. Si siede in una poltrona, prende il telefono e controlla la lista di cose da fare. Oggi non può farne nessuna. Le sposta tutte a domenica. Ma qualcosa deve pur fare. Prima di tutto guarda Instagram. E poi la sua mail. E poi la app del "Guardian". E poi di nuovo Instagram. E poi di nuovo la lista delle cose da fare. Controlla quella della settimana seguente. Dovrebbe camminare un po'. Cerca di imporsi almeno mezz'ora di attività fisica ogni giorno. Decide di pulire e riordinare la cucina, ma dopo dieci minuti è già esausta. Ha fatto abbastanza, si dice.

14
Il ritorno della polizia

Abigail si presentò in biblioteca per informare Bell che era tornato l'ispettore Ferret.

«Ah, deve avere delle novità importanti» disse Bell. «Non lo aspettavo fino almeno al capitolo 18.»

Ferret, in attesa nell'atrio, le mani nelle tasche del suo lungo trench marrone, era evidentemente a disagio in quella nobile dimora.

«Ah, ispettore. Avete qualche novità?»

«Possiamo parlare privatamente, Bell?»

Bell lo accompagnò in biblioteca e chiuse la porta.

«Scusatemi per la richiesta di segretezza, ma stiamo cercando di non far trapelare nulla» disse Ferret.

«Ma certo, capisco. Riguarda i furti?»

«Sì, ma detto fra noi non sono qui per indagare su qualche furtarello insignificante.»

«Infatti mi stavo giusto chiedendo» disse Bell «perché mai un ispettore dovesse precipitarsi in campagna alla caccia di ladruncoli di bassa lega!»

«Questi non sono ladri qualsiasi, Bell. Stiamo cercando di sgominare un giro di contrabbando di gioielli con base ad Anversa, e siamo convinti che questi furti siano stati eseguiti da quell'organizzazione criminale. A quanto pare sono in possesso di una serie di informazioni su ciò che si trova nelle dimore più importanti. È un anno che gli diamo la caccia in tutto il paese. Ma adesso gli siamo addosso. Ultimamente hanno compiuto i loro furti con eccessiva disinvoltura. Molto presto qualcuno farà un errore decisivo, e li prenderemo.»

«Come li avete tracciati fin qui?»

«Ci è arrivata una soffiata. Sono qui intorno, Bell» disse Ferret.

«Sembra proprio una strana coincidenza che una banda di criminali sia in zona la notte in cui è stato commesso un omicidio» disse Bell.

«Sono d'accordo. Come sapete, non amo le coincidenze. La nostra fonte sostiene che la banda non si è spostata dopo il furto di quattro giorni fa, e questo è insolito. E dato che voi state indagando su un omicidio, mi chiedevo se nel corso dell'indagine avete scoperto qualcosa che possa suggerire un coinvolgimento della gang.»

Bell sentiva il peso dell'orecchino d'oro che aveva in tasca. Decise che non era il momento di mostrarlo all'ispettore. Sapeva perfettamente quanto sia importante rivelare gli indizi gradualmente, in modo da far crescere la tensione. E comunque, quell'orecchino non dimostrava ancora niente.

«Non ho trovato prove evidenti, anche se, come sapete, Abigail dice di aver sentito dei rumori nella notte. E se continuate a leggere fino al capitolo 16, parlerò presto con qualcuno che dirà la stessa cosa, anche se al momento non posso ancora confermare le loro affermazioni. Inoltre, la mia ispezione delle camere nel prossimo capitolo dimostrerà che parecchi gioielli di valore sono rimasti in questa casa nei giorni scorsi, per non parlare del denaro contenuto nella cassaforte e dei quadri, tutte cose che non sono state toccate.»

«Sì, ecco, come vi ho detto» rispose Ferret. «È una remota possibilità, ma volevo che ne foste informato. E, ripeto, non mi piacciono le coincidenze.»

«Grazie mille, ispettore. Se venite a sapere qualcos'altro, vi prego di avvertirci.»

Bell accompagnò l'ispettore Ferret alla porta e lo salutò.

«Cosa voleva dirvi l'ispettore?» chiese Abigail appena Ferret se ne fu andato.

«Hanno localizzato una banda di ladri di gioielli in questa zona. Mi tiene informato nell'eventualità che ci sia una relazione con l'omicidio di vostro fratello.»

«Oh, mio Dio» disse Abigail, sconvolta. «La polizia pensa che questa banda abbia ucciso Benjamin?»

«Stanno raccogliendo indizi, ma al momento sembra improbabile» disse Bell. Non voleva darle false speranze.

L'arrivo di Stephen li interruppe.

«Scusatemi» disse. «Mi chiedevo se tu avessi fame, Abigail. Non hai mangiato niente in tutto il giorno.»

«No, no, sono a posto» disse Abigail.

«Credo che dovresti mangiare qualcosa» disse affettuosamente Stephen, prendendole una mano. «Dai, vieni, anche solo una tazza di tè e un po' di pane tostato.» Mentre la portava verso la cucina, Bell lo sentì scherzare. «Dovrai insegnarmi come si usa il bollitore.»

*

L'agente è gentile, ma in un modo che glielo fa odiare. Le offre tè, caffè, acqua, ma lei non vuole niente. Fa una battuta sciocca che le fa venire voglia di alzarsi, andarsene e non tornare mai più. Non è colpa sua. Probabilmente con gli altri funziona. Ma lei oggi non ha voglia di essere tranquilla e disponibile. Ha una buona scusa, anche. Non possono darle della stronza perché non sorride. «Suo fratello ha mai sofferto di depressione, ansia, o di una qualunque malattia mentale diagnosticata?» chiede l'agente. La risposta sarebbe un semplice "no", ma le sembra troppo facile. Non avrebbe spiegato niente, non sarebbe stata di nessun aiuto, ma nemmeno un "sì" sarebbe la verità, e così Abigail dice semplicemente: «Non credo», perché al momento le sembra ciò che più si avvicina al vero. «Aveva problemi economici?» (Non lo sapeva.) «No.» «E sentimentali?» (Questo è un po' più complicato.) «No.» «I vostri genitori... sono morti anche loro?» (Finalmente qualcosa di facile.) «Sì, mia madre sedici anni fa e mio padre quasi dieci.» L'agente la guarda. «Mi dispiace tanto. Ha dei parenti stretti?» «Una zia. Vive non lontano da casa mia.» «Bene, benissimo.» Sembra che stia rassicurando più che altro sé stesso. «Può ricostruire nei particolari tutto ciò che è successo il 31 dicembre e il 1° gennaio?» chiede. Nelle ultime settimane ha ripetuto questa storia talmente tante volte che ormai la racconta con molta scioltezza, ci è tornata così spesso che adesso ha preso forma e consistenza proprie. L'agente si imita ad ascoltare, e ogni tanto prende appunti. La interrompe un paio di volte per chiederle precisazioni sull'ora ma nient'altro. La lascia fare il suo racconto. Quando lei ha finito, la ringrazia, e sembra sincero. Le dice che se ha bisogno di qualcosa deve solo chiamare in centrale e chiedere di lui. Ha una voce molto gentile. Le chiede il nome del suo agente di collegamento, e quando lei glielo dice risponde che è una bravissima persona e un poliziotto molto valido. «Può fare affidamento su di lui, se vuole» dice. «È lì apposta.» Lei non vuole odiarlo, ma pensa che se non lo vedrà mai più sarà comunque stata una volta di troppo. Si stringono la mano e lei lascia il posto di Polizia. Va alla fermata del pullman ma poi continua a camminare. Non si mette le cuffiette come farebbe normalmente, e non ripassa mentalmente la lista delle cose da fare perché non ha una lista di cose da fare. Si chiede dove stiano andando tutti gli altri: qualcuno sta tornando a casa come lei, altri iniziano adesso la loro giornata di lavoro, altri ancora sono diretti a bere qualcosa. Le altre vite continuano senza di te. Questo pensiero le fa girare la testa e deve fermarsi un attimo e appoggiare una mano al muro. E poi quando alza lo sguardo improvvisamente lo vede, le dà la schiena e aspetta il verde al semaforo. I capelli, la curvatura delle spalle... è Benjamin. Tutto il rumore della strada si riduce a un breve suono metallico. Un gomitolo di panico ben avviluppato le si è conficcato in gola. Le brucia la pelle. Abigail si muove verso di lui, andando a sbattere contro persone che non vede chiaramente. Sta per chiamarlo, ma si blocca perché sa che non è lui. Non può essere lui. Non è Benjamin. Non è suo fratello. l'uomo gira appena il viso e lei vede che è molto più vecchio. E al panico si sostituisce una travolgente tristezza.

15
Le camere degli ospiti

Bell e Sacker raggiunsero gli altri nel salotto.

«È arrivato il momento di ispezionare la vostre camere» dichiarò Bell.

«L'ha già fatto la polizia» disse Cormac. «E non hanno trovato nulla di rilevante.»

«Ho il massimo rispetto per la polizia» disse Bell. «Fanno un lavoro importante e conosco degli ottimi poliziotti, ma tendono a trascurare i dettagli. Soprattutto quando si sono già fatti una loro opinione. Commettono degli errori. E naturalmente io ho i miei metodi.»

«Ma certo» disse Abigail. «Vi faccio strada?»

Mentre lei li guidava al piano superiore, Bell si fermò per un istante davanti alla collezione di armi sul pianerottolo ed esclamò un «ah!» quasi impercettibile prima di continuare.

Abigail gli spiegò la disposizione delle stanze: «Benjamin aveva la più grande, e naturalmente sapete dove si trova. Di fronte a lui c'era Stephen nella camera gialla, e accanto c'è la cameretta dove dormivo io. Ho lasciato la mia stanza a Cormac e Olivia dato che sono l'unica coppia. Ho messo Barbara in quella che noi chiamiamo la camera azzurra, e Margaret in questa. Quella sarebbe stata la camera di

Declan, se non si fosse addormentato di sotto. Ma le sue cose naturalmente sono tutte lì, se è quello che vi interessa.»

«Benissimo, mademoiselle, penso di avere ben chiara la disposizione. Quando avremo finito, verrò da voi.» Attesero finché non fu più possibile sentire i suoi passi.

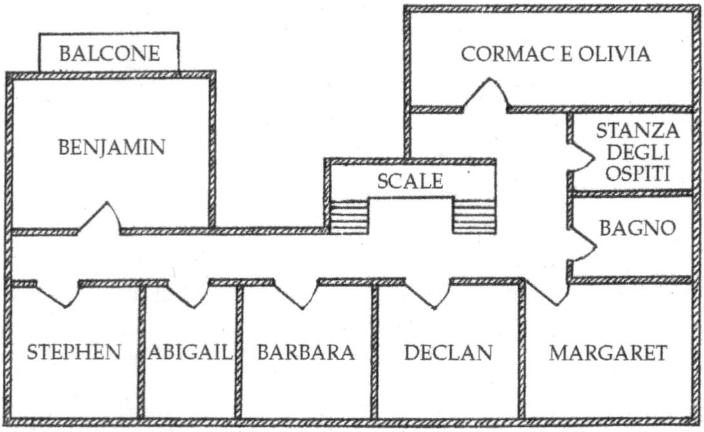

«Da dove vuoi cominciare?» chiese Sacker.

«Direi dalla stanza di Cormac e Olivia.»

La camera di Cormac e Olivia dava sul retro e aveva una gradevole vista sui campi e gli alberi. Non era particolarmente in ordine. Il letto era sfatto, e sopra, sparpagliati ovunque, c'erano dei vestiti. L'ispezione di Bell fu lenta e metodica. Aprì l'armadio; controllò il cassettone. Nel primo cassetto c'era una bottiglia di Clairol e una trousse per il trucco.

«Davvero gentile Abigail a cedere la sua stanza. Per lei dev'essere stata una seccatura spostare tutte le sue cose» disse Sacker.

«Credo che ci tenga a essere una perfetta padrona di casa» disse Bell.

«Ancora niente pistola fumante?» chiese Sacker.

«Conosci i miei metodi» rispose Bell. «Dobbiamo lasciare che le cose affiorino in superficie.»

Poi Bell si spostò in camera di Margaret e Sacker lo seguì. La stanza era molto ordinata, come prevedibile: una serie di abiti da sera nell'armadio, una boccetta di profumo vuota e alcuni delicati gioielli d'argento sulla toilette, e il resto dei capi di vestiario piegati con cura nei cassetti. Sacker guardò Bell che controllava ogni oggetto.

Quella accanto era la stanza di Declan.

«Non si è neanche dato la pena di disfare i bagagli» disse Sacker. E in effetti tutti i vestiti di Declan erano ancora nella valigia. L'armadio era vuoto, e così il cassettone. Naturalmente, il letto era intatto.

«Di chi è la camera accanto?»

«Di Barbara.»

«Ah» disse Sacker. «La tentatrice!»

La camera di Barbara aveva le pareti di un azzurro brillante, e la sua occupante l'aveva mantenuta in ordine e pulita.

«Cos'è che stiamo cercando, di preciso? Qualcosa di compromettente?» chiese Sacker guardando dalla finestra che dava sul vialetto di ingresso.

«Non stiamo cercando qualcosa in particolare. Controlliamo semplicemente se la polizia ha trascurato i particolari. Qualche dettaglio che potrebbe saltarmi all'occhio.»

Bell aprì l'armadio e passò un dito lungo gli indumenti che erano appesi: un bel vestito da sera, uno da viaggio, e un cappotto. Poi andò al cassettone. Sopra c'erano un piccolo portagioielli, un barattolo di crema, una spazzola e dei prodotti per il trucco. Bell aprì con cura il portagioielli e ne esaminò il contenuto.

«Ah» disse. Sacker sbirciò alle sue spalle.

«Trovato qualcosa?» chiese.

«Non proprio» disse Bell. «È quello che non ho trovato che mi pare interessante.»

«Che diavolo intendi dire?»

Bell non rispose. Chiuse il portagioielli e si avviò verso la porta. Poi fu la volta della camera di Abigail. Tutte le sue cose erano radunate attorno al lettino singolo infilato in un angolo.

Bell frugò un po' dappertutto, finché non trovò un piccolo portagioie. Dentro c'erano un paio di orecchini di diamanti, un certo numero di catenine aggrovigliate e una conchiglia di madreperla.

E, per finire, in camera di Stephen trovarono una giacca da smoking tutta spiegazzata e buttata per terra accanto al letto, un bicchier d'acqua sul comodino e un'agendina che Bell sfogliò attentamente. Sacker ammirò il murale prima di dare un'occhiata all'armadio.

«Avevano intenzione di andare a caccia?» chiese Sacker.

«Perché me lo chiedi?»

«Perché qui dentro ci sono degli abiti da caccia: pantaloni, un gilet, una bella giacca.»

«Immagino che sia possibile, la proprietà è molto grande.»

Sacker sollevò i pantaloni. «Belli, questi. Sospetto che sia un tweed esclusivo. Secondo te c'è qualcosa tra la sorella e il miglior amico?»

«Sembrano molto intimi.»

Bell era accanto a lui. Notò subito qualcosa cacciato in fondo all'armadio e tirò fuori un paio di pantaloni marroni tutti spiegazzati. Poi spinse di lato i vestiti appesi in modo da vedere chiaramente la base dell'armadio.

«Hai fiutato qualcosa, lo sento» disse Sacker, ma Bell non rispose. Sarebbe stato troppo facile. Non voleva scoprire già il gioco. Era soltanto il capitolo 15.

A: Tutti
Da: Fred (UP)
Re: re: regole della cucina / sparizione del cibo.
Data: 25 gennaio 2023

Ciao a tutti,

Dopo la mia ultima mail, ci sono state altre lamentele per la sparizione di provviste private dal frigo, e anche per lo stato in cui si trova la cucina. Si tratta di uno spazio condiviso e quindi anche le responsabilità vanno condivise. Trovo difficile credere che, dopo l'ultima riunione a proposito dei furti di cibo, questi continuino ad avvenire. Sono sinceramente meravigliato. Ribadisco quindi le regole della cucina.

1. Pulire sempre dopo averla usata. Questo include lavare piatti, tazze ecc. e rimetterli al loro posto. Non va bene lasciarli nel lavandino, neanche se si assicura che si tornerà a lavarli più tardi. Bisogna lavare le stoviglie subito dopo averle usate. E assicuratevi per cortesia di aver pulito eventuali tracce o residui sul bancone ecc. Dietro la porta c'è una spazzolina apposta, usatela.
2. Per cortesia, rimettete il latte in frigo appena non vi serve più.
3. Se nel frigo o in qualunque altra parte della cucina c'è del cibo contrassegnato dal nome di qualcuno, per favore non toccatelo. <u>Non rubate il cibo</u>. Dopo la riunione, ci sono stati altri tre casi di cibo rubato, di conseguenza in cucina verrà installata una videocamera, in modo che la cosa non si ripeta. È una questione seria. È un investimento costoso. Se qualcuno verrà colto nell'atto di rubare il cibo di un collega, scatterà un procedimento disciplinare.
4. Siete pregati di evitare di portare in ufficio cibo dall'odore particolarmente forte, soprattutto se avete in programma di mangiare alla scrivania.

5. Inoltre, anche se le macchine per il caffè sono lì per essere usate e godute, siete pregati di non prenderci in giro. Questo reparto consuma il doppio di capsule del caffè di tutti gli altri. So che qualcuno se le porta a casa. Questo è contro le regole. Il consumo di caffè è riservato all'ufficio.
6. Se vi accorgete che la pattumiera è piena, per favore portate il sacchetto di plastica al bidone condominiale nel seminterrato, invece di limitarvi ad accumulare immondizia sopra il coperchio della pattumiera.
7. Per favore, pulite il microonde ogni volta che lo usate.
8. Se riponete del cibo nel frigo, per favore state attenti a non dimenticarvelo. Mangiatelo, oppure riportatevelo a casa, oppure buttatelo. Per favore, non lasciate nel frigorifero cibi ammuffiti o scaduti.

E per finire, vi prego di avere estrema cura di questo spazio in cui trascorriamo la maggior parte delle nostre ore di veglia e di contribuire a renderlo un luogo di lavoro più gradevole e confortevole per tutti noi.

16
La testimonianza dei fidanzati

Bell decise di fare una passeggiata da solo per schiarirsi le idee. Scarpinare nel fango non era la sua passione, ma camminare in un giardino ben curato gli piaceva, anche se quello che circondava Yew Tree House dava una sensazione di decadenza. C'erano un roseto e un passaggio coperto e meli e un orto murato, ma Bell notò che non mancavano le erbacce e che il prato non era ben curato. Si chiese come facesse un solo giardiniere a occuparsi di tutto.

Quando girò l'angolo della casa, Bell incontrò Cormac e Olivia. Olivia portava occhiali da sole che le coprivano buona parte del volto.

«Avevamo bisogno di una boccata d'aria. Dentro c'è un'atmosfera un po' soffocante» spiegò Cormac.

«Muoversi fa bene al cervello» disse Bell. Decise di cogliere l'occasione. «Non vi ho ancora chiesto se avete una vostra teoria riguardo a quanto è accaduto.»

«So che non dovrei dirlo» rispose Cormac, «e vi prego di non riferirlo a Abigail, ma sono d'accordo con la valutazione iniziale della polizia.»

«Pensate che Benjamin si sia tolto la vita?»

Cormac annuì, tristemente. «Purtroppo, sembrerebbe la soluzione più ovvia.»

«Sono sorpreso. Siete l'unica persona che crede che si tratti di un suicidio.»

«È una cosa difficile da accettare» disse Cormac.

«Avete qualche prova a sostegno della vostra teoria? Sapete qualcosa che gli altri non sanno?»

«Mi state chiedendo se ho notato dei segnali? La mia risposta è no. Per me è stato un autentico choc, ma è impossibile ignorare i fatti. La polizia ha indagato, il medico ha esaminato il corpo. Sono certo che col tempo giungerete anche voi alla stessa conclusione.»

«Vedremo. E voi?» Bell si rivolse a Olivia. «Siete d'accordo con il vostro compagno?»

«Oh, be'» disse Olivia, arrossendo leggermente, «non conoscevo Benjamin così bene. Immagino... È solo che la porta era chiusa a chiave. Però non voglio fare troppe congetture.»

«Da quanto tempo voi due vi frequentate?» chiese Bell a Olivia.

«Oh, stiamo insieme da tre anni» rispose Cormac. «E siamo fidanzati ufficialmente da un paio di settimane.»

«Sì, certo. Congratulazioni a entrambi. Vi sposerete presto?»

«Probabilmente faremo un matrimonio molto semplice entro l'anno» disse Cormac, «ma naturalmente, con quello che è successo...»

«Credo che una bella festa farebbe piacere a tutti» disse Bell. «E voi, mademoiselle... mi pare di sentire un lieve accento. Di dove siete originaria?»

«Oh, Olivia è di qui» sorrise Cormac.

«E...» iniziò Bell, ma fu interrotto.

«Faremo meglio a rientrare» disse Cormac. «Comincia a fare freddo, a stare qui fermi.»

Cormac appoggiò una mano in fondo alla schiena di Olivia e fece per guidarla oltre Bell, ma poi si fermò.

«Prima di dimenticarmene» disse Cormac. «Durante la notte in realtà ho sentito qualcosa. Non mi sono ricordato di dirlo alla polizia, ma sentendo parlare dei furti di gioielli mi è tornato in mente.»

«E come mai ne avete sentito parlare?» chiese Bell.

«Stephen ha detto qualcosa a riguardo. Non è forse vero? Non è venuto un poliziotto proprio per questo motivo?»

«È vero che l'ispettore Ferret sta indagando su una serie di furti nella zona. Voi cosa avete sentito?»

«Ho sentito qualcuno fuori, durante la notte» disse Cormac. «Qualcuno che camminava sulla ghiaia. Quel rumore mi ha svegliato, ma lì per lì non gli ho dato importanza.»

«Molto interessante. Davvero molto interessante. Avete sentito anche voi questo rumore?» chiese Bell a Olivia.

Cormac rise. «Olivia ha il sonno molto pesante. La casa potrebbe crollare, e lei continuerebbe a sognare.»

Olivia fece un sorrisetto tirato.

«Soffrite ancora per i postumi della festa?» le chiese Bell. Olivia e Cormac parvero interdetti.

«A cosa vi riferite?» balbettò Olivia.

«Mi riferisco ai vostri occhiali scuri: sentite ancora gli effetti della festa?» disse Bell con un sorriso.

«Oh, ecco, ho capito» disse Olivia. «Ho soltanto una lieve emicrania, tutto lì.»

«Ah, emicrania, sì, ne soffro anche io. Dovreste andare di sopra a riposarvi.»

«Sì, sì» disse lei. «È quello che ho intenzione di fare.»

Bell li guardò rientrare in casa, di nuovo con la sensazione di non riuscire ad afferrare qualcosa che era lì, a portata di mano.

*

Benjamin è venuto a casa mia la Vigilia di Natale ed è andato via il giorno di Santo Stefano. Il mattino di Natale abbiamo fatto colazione e ci siamo scambiati i regali. Prima di pranzo abbiamo fatto una passeggiata. Durante il pranzo abbiamo ricevuto una chiamata di nostra zia. È stato un Natale normale. Benjamin era di buon umore.

Benjamin è venuto a casa mia la Vigilia di Natale ~~ed è andato via il giorno di Santo Stefano.~~ Facciamo Natale alternativamente a casa sua e a casa mia e quest'anno toccava a me. Abbiamo aperto una bottiglia di prosecco, mangiato qualche stuzzichino e guardato film natalizi. Tutto normale. Non è successo niente al di fuori dell'ordinario. Il mattino di Natale abbiamo fatto colazione e ci siamo scambiati i regali. Prima di pranzo abbiamo fatto una passeggiata. È diventata una tradizione. Una breve passeggiata per dare forma alla giornata. Durante il pranzo abbiamo parlato con nostra zia su Face Time, lei passa sempre Natale e Capodanno in Germania con amici. È una insegnante di lingue in pensione: d'estate va nel Sud della Francia, a Pasqua in Italia... Abbiamo chiacchierato per una ventina di minuti. ~~Durante il pranzo abbiamo ricevuto una chiamata di nostra zia.~~ È stato un Natale normale. Benjamin era di buon umore.

Benjamin è venuto a casa mia la Vigilia di Natale. Facciamo Natale alternativamente a casa sua e a casa mia e quest'anno toccava a me. Abbiamo aperto una bottiglia di prosecco, abbiamo mangiato qualche stuzzichino e abbiamo guardato film natalizi. Tutto normale. Non è successo niente al di fuori dell'ordinario. Sono andata a dormire dopo le undici e mezzo. Benjamin è andato a letto più tardi, l'ho sentito salire ma non sono sicurissima dell'ora. ~~Il mattino di Natale abbiamo fatto colazione e ci siamo scambiati i regali~~. Il giorno di Natale mi sono alzata alla solita ora e Benjamin una mezz'ora dopo, così ho avuto il tempo di cominciare a fare il caffè e scaldare le brioche. Aprire i regali mi emoziona sempre. Di mattina Benjamin è sempre un po' scorbutico, ma dato che era Natale si è subito rasserenato. Ci siamo portati in soggiorno i mug col caffè e i croissant caldi e abbiamo scartato i regali con tutta calma. Lui mi ha regalato un paio di orecchini stupendi. Prima di pranzo abbiamo fatto una passeggiata. È diventata una tradizione. Una breve passeggiata per dare forma alla giornata. Prima andavamo sempre al cimitero dai nostri genitori, ma rovinava un po' la giornata. Non era giusto. Invece adesso ci andiamo d'estate quando fa caldo e c'è il sole, e portiamo dei bei fiori vivaci da mettere sulla tomba. Durante il pranzo abbiamo parlato con nostra zia su Face Time, lei passa sempre Natale e Capodanno in Germania con amici. È una insegnante di lingue in pensione: d'estate va nel Sud della Francia, a Pasqua in Italia... Abbiamo chiacchierato per una ventina di minuti. Dopo pranzo siamo andati in salotto e abbiamo mangiato qualche cioccolatino e guardato degli altri film. Abbiamo fatto un gioco in scatola e chiacchierato. Andava tutto bene. È stato un Natale normale. Benjamin era di buon umore.

Benjamin è venuto a casa mia la Vigilia di Natale. Facciamo Natale alternativamente a casa sua e a casa mia e quest'anno toccava a me. Abbiamo aperto una bottiglia di prosecco, mangiato qualche stuzzichino e guardato film natalizi. Tutto normale. Non è successo niente al di fuori dell'ordinario. Sono andata a dormire dopo le undici e mezzo. Benjamin è andato a letto più tardi~~, l'ho sentito salire ma non sono sicurissima dell'ora~~. Il giorno di Natale mi sono alzata alla solita ora e Benjamin una mezz'ora dopo, così ho avuto il tempo di cominciare a fare il caffè e scaldare le brioche. Aprire i regali mi emoziona sempre. ~~Di mattina Benjamin è sempre un po' scorbutico, ma dato che era Natale si è subito rasserenato~~. Ci siamo portati in soggiorno i mug col caffè e i croissant caldi e abbiamo scartato i regali con tutta calma. Lui mi ha regalato un paio di orecchini stupendi. Prima di pranzo abbiamo fatto una passeggiata. È diventata una tradizione. Una breve passeggiata per dare forma alla giornata. Abbiamo fatto un giro intorno a casa mia, passando davanti alla scuola elementare e alla caffetteria chiusa, e non abbiamo incontrato nessuno. Tutti si stavano godendo il Natale dietro le porte inghirlandate. Non abbiamo parlato di nulla di particolare, niente di importante. Benjamin ha indicato i perfetti disegni del gelo che rivestiva i fili d'erba in un campo all'ombra di alberi alti. Io gli ho raccontato del cane di un vicino, niente di che. Solo che abbaia un sacco al mattino presto. La cosa mi aveva irritata. Forse mi sono dilungata un po' troppo. Ricordo il rumore del nostro respiro, immagino durante i silenzi. E poi abbiamo preso la via del ritorno. Era tutto normale. Prima andavamo sempre al cimitero dai nostri genitori, ma rovinava un po' la giornata. Non era giusto. Invece adesso ci andiamo d'estate quando fa caldo e c'è il sole, e portiamo dei bei fiori vivaci da mettere sulla tomba. Preparo sempre io il pranzo di Natale e Benjamin si incarica del dessert. Quest'anno ha fatto la zuppa inglese. Sono andata a cambiarmi e poi ho controllato il cibo. Non so dov'era Benjamin nel frattempo. Quando sono tornata in cucina l'ho chiamato e lui è arrivato, dal soggiorno, credo. Era ancora vestito come quando eravamo usciti, e l'ho sgridato. È andato a cambiarsi. Durante il pranzo abbiamo parlato con nostra zia su Face Time, lei passa sempre Natale e Capodanno in Germania con amici. È una insegnante di lingue in pensione: d'estate va nel Sud della Francia, a Pasqua in Italia... Abbiamo chiacchierato per una ventina di minuti. Dopo pranzo siamo andati in salotto e abbiamo mangiato qualche cioccolatino e guardato degli altri film. Abbiamo fatto un gioco in scatola e chiacchierato. Andava tutto bene. È stato un Natale normale. Benjamin era di buon umore.

~~Benjamin è venuto a casa mia la Vigilia di Natale. Facciamo Natale alternativamente a casa sua e a casa mia e quest'anno toccava a me. Abbiamo aperto una bottiglia di prosecco, abbiamo mangiato qualche stuzzichino e abbiamo guardato film natalizi. Tutto normale. Non è successo niente al di fuori dell'ordinario. Sono andata a dormire dopo le undici e mezzo. Benjamin è andato a letto più tardi, l'ho sentito salire ma non sono sicurissima dell'ora. Il giorno di Natale mi sono alzata alla solita ora e Benjamin una mezz'ora dopo, così ho avuto il tempo di cominciare a fare il caffè e scaldare le brioche. Aprire i regali di Natale mi emoziona sempre. Di mattina Benjamin è sempre un po' scorbutico, ma dato che era Natale si è subito rasserenato. Ci siamo portati in soggiorno i mug col caffè e i croissant caldi e abbiamo scartato i regali con tutta calma. Lui mi ha regalato un paio di orecchini stupendi. Prima di pranzo abbiamo fatto una passeggiata. È diventata una tradizione. Una breve passeggiata per dare forma~~

alla giornata. Abbiamo fatto un giro intorno a casa mia, passando davanti alla scuola elementare e alla caffetteria chiusa, e non abbiamo incontrato nessuno. Tutti si stavano godendo il Natale dietro le porte inghirlandate. Non abbiamo parlato di nulla di particolare, niente di importante. Benjamin ha indicato i perfetti disegni del gelo che rivestiva i fili d'erba in un campo all'ombra di alberi alti. Io gli ho raccontato del cane di un vicino, niente di che. Solo che abbaiava un sacco al mattino presto. La cosa mi aveva irritata. Forse mi sono dilungata un po' troppo. Benjamin non ha detto niente. Ha reagito? O è rimasto in silenzio tutto il tempo? Ricordo il rumore del nostro respiro, immagino durante i silenzi. E poi abbiamo preso la via del ritorno. Era tutto normale. Prima andavamo sempre al cimitero dai nostri genitori, ma rovinava un po' la giornata. Non era giusto. Invece adesso ci andiamo d'estate quando fa caldo e c'è il sole, e portiamo dei bei fiori vivaci da mettere sulla tomba. Preparo sempre io il pranzo di Natale e Benjamin si incarica del dessert. Quest'anno ha fatto la zuppa inglese. Sono andata a cambiarmi e poi ho controllato il cibo. Non so dov'era Benjamin nel frattempo. Quando sono tornata in cucina l'ho chiamato e lui è arrivato, dal soggiorno, credo. Era ancora vestito come quando eravamo usciti, e l'ho sgridato. È andato a cambiarsi. Durante il pranzo abbiamo parlato con nostra zia su Face Time, lei passa sempre Natale e Capodanno in Germania con amici. È una insegnante di lingue in pensione: d'estate va nel Sud della Francia, a Pasqua in Italia... Abbiamo chiacchierato per una ventina di minuti. Dopo pranzo siamo andati in salotto e abbiamo mangiato qualche cioccolatino e guardato degli altri film. Abbiamo fatto un gioco in scatola e chiacchierato. Andava tutto bene. È stato un Natale normale. Benjamin era di buon umore.

Benjamin è venuto a casa mia la Vigilia di Natale. Tutto normale. Non è successo niente al di fuori dell'ordinario. Sono andata a dormire poco dopo le undici e mezzo. Benjamin è andato a letto più tardi, l'ho sentito salire ma non sono sicurissima dell'ora. La mattina di Natale abbiamo fatto colazione e ci siamo scambiati i regali. Prima di pranzo abbiamo fatto una passeggiata. Non abbiamo incontrato nessuno. Durante il pranzo abbiamo parlato con nostra zia su Face Time. Dopo pranzo siamo andati in salotto e abbiamo mangiato la zuppa inglese e bevuto ancora vino e guardato degli altri film. Abbiamo fatto un gioco in scatola e chiacchierato. A sera abbiamo guardato film natalizi. È stato un Natale normale. Benjamin era di buon umore. È tornato a casa il giorno di Santo Stefano.

17
Un elenco dei fatti

«Ripassiamo i fatti» dichiarò Bell, «o almeno i fatti certi. Un uomo viene trovato morto dietro una porta chiusa a chiave la mattina seguente a una festa di Capodanno. Casualmente, è anche il suo compleanno. La porta finestra che dà sul balcone non è bloccata. La sveglia rotta indica le tre e mezzo. Salta fuori un orecchino che nessuno ha rivendicato. Tutti, tranne Barbara e Olivia, si conoscono da parecchi anni. Sembra improbabile che Benjamin sia stato ucciso da un vecchio amico, ma è anche vero che rabbia e risentimento possono crescere con il passare del tempo. Declan sostiene di essere rimasto tutta la notte al pian terreno, tranne che per una visita in bagno. Mentre si aggirava nottetempo l'ha sentito Barbara, che è stata svegliata dai suoi passi. Ha molti debiti. Benjamin ha stretto i cordoni della borsa. Nessun altro ammette di essere uscito dalla propria stanza durante la notte. Stephen ha litigato con Benjamin nel pomeriggio prima della festa, ed è stato lui a scoprire che la porta era chiusa. Cormac cerca di dare la colpa a qualcuno venuto da fuori, e forse ha ragione. Dato che la porta finestra del balcone non era bloccata, nel capitolo 22 dovremmo verificare se è possibile scalare il muro dall'esterno. Cormac non permette volentieri a Olivia di parlare con me. Comunque nessuno dei due ha, per quello che mi risulta, un motivo per uccidere Benjamin. La padrona della locanda ha sentito Margaret e Benjamin litigare, e Margaret sospetta di Barbara e cerca di far ricadere la colpa su di lei, per via di quella strana telefonata. Barbara nasconde qualcosa. Aveva una relazione con il suo principale? È al corrente dei suoi problemi economici? Più in generale, qualcuno è al corrente del fatto che Benjamin – e quindi Abigail – sono in una brutta situazione finanziaria? In questo caso c'è qualcosa, Sacker, che mi sfugge. Ci sono un po' troppi indizi.»

«Allora semplifichiamoci un po' la vita» disse Sacker alzandosi dalla poltrona in un angolo della biblioteca e recuperando il vecchio tascabile dalla tasca della giacca. Iniziò a girare le pagine. «Vediamo un po'. Oh, guarda» disse, e iniziò a leggere. «A pagina 43, nell'elenco dei personaggi: Margaret "porta ancora l'anello di fidanzamento al collo". Questo è molto interessante! Ed è un motivo chiarissimo.»

Bell non sembrava troppo impressionato, ma Sacker continuò lo stesso a leggere.

«E Olivia era una campionessa di ginnastica. Non avrei mai pensato...» disse Sacker. Girò ancora qualche pagina e proseguì nella sua lettura: «"L'amico stupido del detective, il Watson, non deve nascondere nessun pensiero che gli passi per la testa; la sua intelligenza dev'essere leggermente, ma molto leggermente, inferiore a quella del lettore medio... Egli esiste allo scopo di offrire al lettore uno sparring partner contro il quale possa misurare il suo cervello. 'Sarò anche stato un po' tonto' dirà a sé stesso posando il libro, 'ma se non altro non così babbeo come il povero vecchio Watson.'"»

Sacker sollevò lo sguardo, un po' scioccato.

«Ehi, non mi sembra affatto giusto.»

«Non prenderla sul personale» disse Bell.

«È piuttosto difficile non farlo» borbottò Sacker mentre

girava un altro paio di pagine. «Ah, qui c'è qualcos'altro. A pagina 80, quando interrogavi Dorcas, e lei ha accusato Declan di aver rubato il cacciavite del giardiniere. È un indizio?» chiese. «Qualcuno ha tolto i cardini della porta, ha ucciso Benjamin e poi ha rimesso a posto la porta senza toccare la serratura?»

«Perché la cosa funzioni i cardini devono essere all'esterno della porta» disse Bell.

Sacker parve deluso. Sperava tanto di riuscire, un giorno, a risolvere un mistero da solo. «Be', in fondo potremmo saltare un paio di capitoli e andare alla soluzione, no?» disse, sfogliando pigramente le pagine del libro.

«Oh no, non rovinare tutto, Sacker. La bellezza della soluzione dipende dalla bellezza della costruzione. Metti via quel libro.»

«Usiamo almeno la guida alla soluzione, Bell» disse Sacker, e andò alle ultime pagine. Lesse: «"A pagina 60, Bell ha la curiosa impressione che ci sia qualcosa di familiare, prova 'una strana sensazione, come di essere trasportato indietro nel tempo, un fruscio nelle memoria che non riuscì ad afferrare prima che si volatilizzasse.' Una sensazione che ritorna a pagina 144. '... di nuovo con la sensazione di non riuscire ad afferrare qualcosa che era lì, a portata di mano.' Per tutto il libro è come se il passato lo incalzasse, compreso quando a pagina 121 parla con Sacker (*Oh, sono io!*) di quando si sono conosciuti e del primo caso di Bell, *Il mistero del traghetto*. A pagina 101 si lamenta di sentirsi di umore nostalgico. Bell vive una specie di curioso *déjà vu*: un volto del passato è tor..."»

Ma Bell lo interruppe. «Sacker, avrei bisogno del tuo aiuto» disse. «Potresti andare nell'ufficio senza farti vedere da nessuno e chiamare Freeman, Wills, Croft & Soci da parte mia? Dovresti trovare il numero sull'agenda che è sul tavolo.»

«Sì, certo» disse Sacker. «Sarò praticamente invisibile.»

Quando la porta dello studio si chiuse alle spalle di Sacker, Bell diede un'occhiata al tascabile malconcio, ma resistette alla tentazione. Il suo amico tornò subito.

«Bell, sono riuscito a parlare con qualcuno del loro studio. Dato che sono giorni di vacanza era disponibile soltanto un giovane praticante» disse. «Spero che possa andare bene.»

«Ah sì, sono sicuro che sarà in grado di rispondere alle mie domande» disse Bell.

Bell andò nell'ufficio, si sedette e si presentò al giovanotto all'altro capo della linea.

«Vi ringrazio molto per il vostro aiuto» disse Bell. «Devo farvi una domanda semplicissima: chi è, o meglio, chi sono gli eredi delle proprietà di Benjamin?»

Bell lo sentì girare delle pagine.

«Mi spiace davvero di non essere più preparato» disse il giovane. «Sono solo un praticante.»

Il detective gli assicurò che andava benissimo.

«Allora» il giovanotto si schiarì la voce, «la casa e tutto ciò che contiene vanno a Abigail, la sorella del defunto. Così come l'azienda e la maggior parte del denaro. Su un conto bancario è stata accantonata una bella somma che è stata destinata a un amico del defunto che si chiama Declan e parecchi piccoli lasciti per il personale. Sembra una situazione piuttosto semplice.»

«Benissimo. In che data è stato fatto questo testamento?» chiese Bell. Altro rumore di fogli.

«Cinque anni fa.»

«Ah» disse Bell. «E vi prego, ditemi, Benjamin si è rivolto a voi di recente per cambiare il testamento?»

«No» disse il giovane. «Non risulta che abbia contattato lo studio. Sono mesi che non lo sentiamo.»

«Vi ringrazio davvero per il vostro aiuto» disse Bell, e riattaccò.

*

Per essere mercoledì sera, il ristorante è pieno. Abigail guarda gli estranei intorno a lei che proseguono la loro vita con noncuranza. Come se non fosse successo niente. Come se fosse tutto come sempre. Vorrebbe urlare. Vorrebbe che tutti loro provassero lo stesso dolore che prova lei. Vuole che se ne accorgano. Frances si sta lamentando. L'anno scorso ha accettato di fare la damigella al matrimonio di una loro comune amica e adesso lo rimpiange. «Andiamo tutte verso i trenta, santo cielo» sta dicendo. «Non dovrebbe neanche averle, le damigelle. È imbarazzante.» Perché hai accettato, vorrebbe chiedere Abigail, ma non lo fa. «Il vestito è orrendo. In negozio non avevano la mia taglia, perciò hanno dovuto ordinarlo e ho il terrore di quando arriverà. La stoffa è scadente. Inconsistente. E il colore... non è che non stia bene a me... non sta bene a nessuna di noi. Forse sta bene a Kelly, ma solo perché lei è magra. Cioè, non è che le stia davvero bene. Aspetta, ti faccio vedere la foto... ce l'ho qui nel telefono da qualche parte... vedrai che roba... Aspetta, no, non è questa... è una cosa... no, aspetta... Dio, praticamente nel telefono ho solo vestiti da damigella... Credevo di averlo. La cerco dopo. Ma prova a immaginare un vestito viola al ginocchio, ed eccolo lì...» Frances si interrompe per bere un sorso di vino e spalmarsi un po' di ricotta sul crostino. «Tutti questi vestiti costano una fortuna. Se avesse lasciato cercare a me, avrei trovato di meglio. Cioè, io questo non me lo metterò mai più. È un tale spreco. E ho continuato per settimane a postare dei bei vestiti nel gruppo WhatsApp per cercare di farle scegliere uno di quelli, ma tanto valeva gridare al vento. Non mi rispondeva, o mi rispondeva dopo giorni, o scriveva tipo: "sì, però non è la giusta sfumatura di lavanda", e non mi ha mai presa in considerazione. Una rabbia...» "Mio fratello è morto" pensa Abigail. "Mio fratello è morto." «... ho passato tutto sabato a provarmi vestiti. Che perdita di tempo. E per il matrimonio devo chiedere due giorni di ferie e il giorno dopo, un sabato, sarà comunque perso. Ma la cosa peggiore è che lei non è per niente grata. Non me la prenderei tanto se lei almeno ogni tanto dicesse grazie e apprezzasse tutto l'impegno che dedico a questa cosa, ma... e non ti ho ancora detto nulla dell'addio al celibato. Significa un altro giorno di ferie e un weekend andato. E so già che come al solito toccherà a me fare tutto...» Abigail fa scorrere una mano lungo il bordo del tavolo. Avanti e indietro. Avanti e indietro. "Mio fratello è morto. Mio fratello è morto." «... e ne ho parlato con Matt e lui continuava a dire "calmati, dai, non è niente di che, non è mica così importante, perché ti agiti tanto, *bla bla bla*" e ho pensato: proprio tipico. Gli uomini la pensano così perché per loro il matrimonio significa fare magari un addio al celibato, ma a parte quello gli basta procurarsi un vestito e presentarsi alla cerimonia. Per loro un matrimonio comincia sì e no tre mesi prima del giorno fissato, mentre per noi dal momento in cui l'anello è sul dito cominciano ad arrivarti le mail e sei in un gruppo WhatsApp e devi provarti i vestiti e bisogna uscire una sera per questo e una sera per quello e incontrarsi per organizzare l'addio al nubilato e poi c'è la settimana proprio del matrimonio e le prove di trucco e quando arriva il giorno devi correre dietro alla sposa. È lavoro non pagato, ecco cos'è. Mentre loro devono solo presentarsi con un vestito che probabilmente hanno affittato e godersi la festa. E poi lui viene a dirmi di non preoccuparmi, che andrà tutto bene. Il vestito sarà bellissimo. Tu sei stupenda. *Bla bla bla...*» Arriva un cameriere che sostituisce la caraffa dell'acqua con una piena. Abigail si versa un bicchiere. L'acqua è fresca e scende in gola piacevolmente. "Mio fratello è morto. Mio fratello è morto." «Io a lei non farei mai una cosa del genere. Il punto è questo. Quando mi sposerò, sarà... Anzi, no, guarda, non avrò neanche le damigelle, sarebbe ridicolo. Sono troppo vecchia. E l'addio al celibato me lo organizzerò io e ognuno potrà indossare quello che vuole, o magari scappiamo insieme a basta. Cioè, sarebbe il modo più facile di sbrogliarsela. Odio il pensiero di far spendere tanti soldi alla gente. Io ho già speso... fammi calcolare... direi trecento euro, e siamo solo all'inizio. La settimana del matrimonio c'è una specie di festa a casa di sua madre e dobbiamo portare un regalo, in più è una di quelle in cui tutti portano qualcosa da mangiare. E quindi partono altro tempo e altri soldi...» Si infila in bocca una fetta di finocchiona. Abigail non ha quasi toccato cibo. In questi giorni non ha appetito, ma è stupita di quanto stia bene senza mangiare. Non le gira neanche la testa. Forse non ha bisogno di cibo. "Mio fratello è morto. Mio fratello è morto." «... e poi un'altra scocciatura tremenda. Naturalmente succede sempre tutto insieme...» "La faccia di mio fratello." «... alla fine del mese ho la revisione della macchina, perciò l'ho portata in officina. Sapevo che ci sono un paio di cosette da fare: le ruote posteriori, e poi c'è una spia sul cruscotto...» "Le mani di mio fratello." «... Avevo più o meno idea di quanto sarebbe costato ma poi quelli mi chiamano e salta fuori che ci sono un sacco di cose che non vanno...» "Gli occhi di mio fratello..." «Credevo che quella spia fosse un sensore e basta invece è proprio tutto il... non mi ricordo neanche come l'ha chiamato, e poi c'è anche un problema col...» "Mio fratello. Mio fratello. Mio fratello."

18
Il secondo interrogatorio di Barbara

Bell e Sacker stavano parlando nell'ingresso quando furono interrotti da Barbara che scendeva le scale. Lei fece per scusarsi, ma Bell la fermò.

«Mi spiace disturbarvi, ma è saltato fuori un altro piccolo indizio» disse.

A Bell parve di scorgere un lampo di paura negli occhi di Barbara mentre le mostrava l'orecchino d'oro.

«Per caso, è vostro questo?»

Barbara lo prese e lo esaminò. «Oh, sì, è mio. Grazie. Temevo di averlo perso.»

«È stato rinvenuto in camera di Benjamin» disse Bell.

«In camera di Benjamin?» ripeté Barbara, sorpresa.

«Avete idea di come possa esserci finito?» chiese Bell.

«No... cioè... aspettate... Immagino che possa essermi caduto prima di cena, quando Benjamin mi ha invitata ad ammirare la vista dal suo balcone. Devo averlo perso lì.»

«Non siete più entrata in quella stanza, mademoiselle?» chiese Bell.

«No» disse Barbara, guardandolo negli occhi.

«È stato rinvenuto nella tasca del pigiama di Benjamin. Sapete come mai poteva trovarsi lì?»

Barbara parve confusa. Se mentiva, era un'attrice eccellente.

«No» disse. «Cioè, deve averlo raccolto da terra. Deve essermi caduto e lui lo ha raccolto e se lo è messo in tasca. È l'unica ipotesi plausibile.»

«Sì, è l'unica ipotesi plausibile» disse Bell.

«E quindi?» chiese Sacker. «Che importa se era il suo orecchino? Dimostra soltanto che avevano una relazione.»

«Ti ripeto, Sacker» disse Bell, «che sei completamente...»

Un rumore lo interruppe, e si voltarono entrambi. Margaret era accanto alla porta del soggiorno. Aveva appena lanciato un gridolino acuto. Aveva gli occhi sbarrati e le labbra ridotte a una fessura. Si era aggrappata allo stipite. Non c'era più traccia della Margaret fredda, calma e composta.

«C'è qualcosa che non va, mademoiselle?» le chiese Bell. Lei non diede segno di aver sentito. «Mademoiselle...?» ripeté Bell avvicinandosi a lei.

«Vi prego, lasciatemi in pace.» Margaret fece un passo indietro.

A lui parve di vederle spuntare una lacrima.

«Certo» disse Bell, «una cosa soltanto...»

Si sporse in avanti e con l'indice tirò la catenina d'oro che lei aveva al collo finché non apparve tutta. In fondo aveva un anello con brillante.

«Che splendido anello di fidanzamento. Posso capire perché ve lo siete tenuto.»

Margaret spinse via con violenza la mano di Bell.

«Non mi toccate, viscido individuo» replicò.

Quindi infilò nuovamente la catenina sotto il vestito, si girò e corse su per le scale.

«Mossa rischiosa» disse Sacker, «ma è evidente che brucia ancora di passione per il defunto Benjamin.»

«Sì, sembrerebbe proprio di sì» disse Bell, pensieroso.

*

La sala riunioni è talmente soffocante che Abigail va ad aprire tutte le finestre. Inspira profondamente l'aria fresca e mette fuori una mano per raffreddarla. "Mio fratello è morto" pensa. "Mio fratello è morto." Resta lì ad aspettare gli altri, che arrivano poco per volta. La salutano e gettano sul tavolo le loro cartelline. "Mio fratello è morto mio fratello è morto mio fratello è morto." Uno entra con il telefono all'orecchio. «Sì, sì, ma il fatto è che... sì, sì...» Fa il giro delle finestre e le chiude senza chiedere niente a nessuno. "Mio fratello è morto mio fratello è morto mio fratello è morto mio fratello è morto." Altri arrivano, evidentemente stanchi e con i postumi delle bevute della sera prima. "Mio fratello è morto mio fratello è morto mio fratello è morto mio fratello è morto mio fratello è morto." Alla fine, la riunione inizia con soli dodici minuti di ritardo. «Benvenuti a tutti... siamo a posto? Okay. Vediamo se riesco a far partire questo... aspettate...» "Mio fratello è morto mio fratello è morto mio fratello è morto mio fratello è morto mio fratello è morto." «Prima di cominciare» dice l'uomo al telefono, «io all'una e mezzo devo andarmene per un pranzo di formazione. Me la svignerò senza disturbare, ma sarebbe meglio discutere del prossimo trimestre subito, finché ci sono. Casomai qualcuno avesse delle domande. Se no, potete mandarmi delle mail più tardi...» "Mio fratello è morto mio fratello è morto mio fratello è morto mio fratello è morto mio fratello è morto." «Okay, allora questo si infila qui. E questo qui. E adesso la lucina lampeggia perciò dobbiamo aspettare, okay adesso la lucina è ferma, quindi... è acceso e... dovrebbe partire. Oh, ci siamo!» "Mio fratello è morto mio fratello è morto mio fratello è morto mio fratello è morto mio fratello è morto mio fratello è morto mio fratello è morto mio fratello è morto mio fratello è morto mio fratello è morto mio fratello è morto mio fratello è morto mio fratello è morto mio fratello è morto mio fratello è morto." «Abigail, per favore, puoi aggiornarci sul tuo progetto? Hai ricevuto il budget definitivo?» «I contratti sono arrivati con un piccolo ritardo... "Mio fratello è morto mio fratello è morto"... finalmente abbiamo le cifre e sto aspettando l'approvazione che dovrebbe arrivare questa settimana... "Mio fratello è morto mio fratello è morto mio fratello è morto mio fratello è morto mio fratello è morto mio fratello è morto mio fratello è morto mio fratello è morto mio fratello è morto mio fratello è morto mio fratello è morto mio fratello è morto mio fratello è morto mio fratello è morto mio fratello è morto mio fratello è morto"... ma credo che riusciremo a stare nei tempi previsti.» «E, Nathan, cosa sta succedendo con...»

19
La visita della sensitiva

All'improvviso sentirono una familiare frenata sulla ghiaia e Abigail arrivò nell'atrio.

«Questa dev'essere mia zia» disse.

«Credevo che stesse da amici» disse Bell. «Ha cambiato idea?»

Abigail uscì per andarle incontro e appurare cosa stesse succedendo.

La zia era accompagnata da una donna fuori dal comune. Era alta – più di un metro e ottanta – e indossava un abito rosso luccicante lungo fino ai piedi. Parlava con un accento che Bell non riuscì a identificare con precisione: forse ungherese?

«Vi presento Anastasia» disse la zia. «L'ho fatta arrivare al più presto. È la mia sensitiva personale. È qui per aiutare voi e il povero Benjamin.»

Abigail cercò le parole per declinare garbatamente l'offerta, ma era difficile, con Anastasia che le scintillava accanto.

«Magari un'altra volta» disse alla fine Abigail.

«Oh, no» disse la zia. «Dev'essere adesso. Battere il ferro finché è caldo. Più la morte è vicina, più Anastasia può avvicinarsi alla verità. È meravigliosa. Sa fare anche gli esorcismi. Ha liberato i Wimsey da tutti i loro fantasmi e sono due mesi che casa loro non è più infestata.»

«Portatemi nel luogo della morte» intonò Anastasia. Abigail scosse energicamente la testa, ma la zia la scostò ed entrò in casa.

«Cara, ma non capisci? Deve stare in camera di Benjamin per poter vedere gli spiriti.»

«No, non è necessario» disse Abigail, correndo dietro alla sensitiva, che aveva attraversato l'ingresso e stava già salendo le scale.

«Riunite i presenti» intonò Anastasia dal pianerottolo. Abigail era rimasta sul primo gradino, e si teneva forte al corrimano per reggersi. Chiuse gli occhi e cercò di recuperare l'equilibrio.

«Devo radunare tutti?» chiese con discrezione il maggiordomo.

«Immagino di sì» disse Abigail, e iniziò lentamente a salire le scale, seguendo la zia e la sensitiva.

Tutto ciò non faceva affatto per Bell. Non gli piacevano veggenti e sensitivi, né altro che avesse puzza di sovrannaturale. In anni recenti era diventata una vera moda, tanto che a volte perfino la polizia li utilizzava, ma il mondo di Bell era assolutamente materiale. Si basava sui fatti e sulle prove sicure. E comprese che neanche a Abigail piaceva. Era pallidissima.

Anastasia agitava le braccia e intonava un mantra. La zia aveva un'espressione solenne mentre Abigail fremeva, ferma sulla soglia.

«Entra» insistette la zia. Abigail esitò ma poi obbedì. La veggente si sedette sul letto, dove era stato trovato il corpo, e Abigail sussultò.

«Qui è successo qualcosa di terribile.»

«Be', questo lo sappiamo» disse Cormac in tono esasperato.

La zia gli fece segno di tacere. La veggente aveva gli occhi chiusi.

«Sento qualcosa. Aspettate. Fermi. È molto forte. Ho difficoltà a controllarlo... aspettate, okay, ecco. Sì, sì, lo vedo...»

«È Benjamin?» chiese la zia.

Bell osservò il viso di Abigail assumere una serie di espressioni contraddittorie. Non riusciva a immaginare che cosa stesse passando.

«Sta cercando di dirmi qualcosa... Un attimo, aspettate. Sì, sì, lo vedo. Oh... dice che è stato ucciso. Ci chiede di vendicare la sua morte. Vuole che consegniamo alla giustizia chi lo ha assassinato.»

«Chi?» chiese di getto Abigail. «Chi lo ha ucciso?»

«Oh, aspettate, sta dicendo un nome ma... è confuso. Aspettate, vedo qualcosa, un'ombra... non è chiara. C'è qualcosa... qualcosa che lo trascina via. Sto cercando di trattenerlo, ma io...»

E la veggente crollò all'indietro sul letto.

«Presto» disse la zia, «soccorretela!»

Stephen e Declan sollevarono dolcemente la veggente prendendola per le braccia e lei aprì gli occhi, lo sguardo annebbiato.

«Che... che cosa è successo?» chiese vaga.

«Non lo ricordate?» chiese Margaret.

«Oh, Anastasia non ricorda mai quello che è successo quando torna dal mondo degli spiriti» spiegò la zia.

«Molto comodo» disse piano Cormac.

«Dobbiamo portarla di sotto e farle bere qualcosa di forte. Ne avrà bisogno prima del viaggio in macchina per tornare dai Mallowan.»

Stephen e Declan aiutarono malvolentieri la veggente a scendere le scale. La zia li seguì insieme a Abigail e agli altri.

«Mi è parsa una fenomenale perdita di tempo» disse Cormac.

«Decisamente una pagliacciata» convenne Bell.

Rispetto alla visita precedente, i sentimenti della zia nei riguardi di Bell avevano subito un notevole cambiamento. Era tornata dai Mallowan e aveva raccontato di quel buffo ometto che stava indagando sulla morte di suo nipote, e gli amici l'avevano informata che si trattava di un famosissimo detective.

«Non avevo capito» disse «che eravate *quell'*Auguste Bell. Credo che conosciate i miei amici Westmacott, vivono vicino a St Mary Mead. Li avete aiutati un paio di anni fa.»

Bell li ricordava benissimo. I Westmacott erano un'anziana coppia che viveva in una grande dimora di campagna. La loro cameriera era morta e l'autopsia aveva rivelato che era incinta. Nel villaggio cominciarono a circolare voci che il padre fosse il signor Westmacott e che lui la avesse uccisa per tenere la moglie all'oscuro. La polizia locale non era stata in grado di risolvere il caso e così avevano tirato dentro Bell. Il colpevole era un vicino, se ricordava bene, anche se non era lui il padre del bambino. Era geloso della relazione della cameriera con un musicista e l'aveva uccisa in un accesso di rabbia e passione.

«Credo sia arrivato il momento» disse Bell, rivolto a Sacker, «di tornare alla locanda.»

«La locanda!» dichiarò la zia di Abigail. «Non se ne parla. Venite con me, starete dai Mallowan.»

«Oh» disse Bell. «Non vogliamo approfittare.» Anche se non aveva intenzione di opporsi seriamente: pensava che i vicini potessero fornire qualche utile indizio.

«Non siate ridicolo. Prendete le vostre cose e venite in macchina con me» disse la zia.

Bell e Sacker non se lo fecero ripetere. Bell andò a recuperare la valigia e Sacker la sua piccola borsa marrone, quindi le misero nel baule della macchina. Bell sedette davanti, vicino alla zia. Sacker desiderava conoscere meglio la veggente, che era crollata sul sedile posteriore.

«Sapete, ho sempre avuto un debole per le donne alte» stava dicendo Sacker mentre la macchina imboccava il vialetto. «Mi rammentate il vostro nome, per cortesia?»

Presto si ritrovarono a sfrecciare sulle stradine di campagna a una velocità spaventosa. La zia di Abigail aveva una piccola auto sportiva, e teneva la capote abbassata anche se era inverno. Bell si avvolse meglio nella sciarpa mentre l'auto prendeva le curve senza sognarsi di rallentare. La zia non smise mai di parlare, anche se la maggior parte di quello che diceva si perdeva nel vento. Bell si tenne fermo il cappello e sperò per il meglio. Sacker era immerso in una conversazione con la veggente. Il vento li sferzava, perciò lui si era avvicinato tantissimo in modo che riuscissero a sentirsi. Sacker ci provava sempre.

Una decina di minuti più tardi giunsero alla casa dei Mallowan, un'imponente dimora che faceva sembrare quasi insignificante Yew Tree House. A Bell tremavano le gambe mentre si avvicinava alla porta dove il maggiordomo li attendeva.

«Avete bagaglio, signori?» chiese.

La zia di Abigail entrò per prima e chiamò a gran voce i padroni di casa invitandoli a raggiungerli. Voleva sfoggiare il suo celebre compagno. Ben presto i Mallowan si riunirono nell'atrio: Lord e Lady Mallowan, la figlia Clarissa, molto conosciuta nel mondo dell'ippica e in lizza per qualificarsi alle Olimpiadi dell'anno successivo, il figlio Freddie, famoso in società per le sue feste scandalose, e i loro due fox terrier, Tommy e Tuppence. Bell fu sospinto verso di loro e strinse la mano a tutti.

«Vi ringrazio moltissimo per averci offerto ospitalità per la notte» disse Bell.

«È un onore ricevere un famoso detective» disse Lady Mallowan.

«Oh Dio, non sarebbe fantastico se stasera ci fosse un omicidio?» disse Freddie.

«Ma cosa dici» protestò Clarissa, che era un filo più assennata del fratello.

Sacker entrò dopo Bell, a braccetto con la veggente.

«Mi chiedo se qualcuno potrebbe accompagnare Anastasia in una stanza tranquilla. Ha avuto una giornata pesante» disse Sacker.

«Oh, è talmente bello avere un uomo che si prende cura di me» disse la veggente, e la sua voce altalenante risuonò in quel grande atrio. Bell vide che Clarissa alzava gli occhi al cielo. Lady Mallowan chiamò una cameriera, che accompagnò la veggente in camera sua.

«Siamo al completo» disse Clarissa.

«Sì, che bello» disse sua madre. «Come ai vecchi tempi.»

Dopo che gli ospiti si furono riposati e rinfrescati, tutti si riunirono in biblioteca per bere qualcosa e fare conversazione prima di essere convogliati in sala da pranzo, dove fu servito un pasto squisito a base di zuppa di cetrioli, salmone, cotolette di maiale e torta di frutta.

«Parlateci del vostro delitto preferito» chiese Freddie.

«Oh, non seccare il signor Bell durante la cena» disse Lord Mallowan. «Queste domande potrai fargliele più tardi in salotto.»

«Sì, non voglio sentir parlare di omicidi durante la cena» disse Clarissa.

«Che noia!» disse Freddie.

Sacker si era magicamente ritrovato seduto accanto alla veggente, che non toccava quasi cibo, e così fu lui a mangiare quasi tutto per lei.

«Oh, che formidabile appetito avete» uggiolò la veggente.

Bell avrebbe dovuto aspettarselo. La veggente era proprio il tipo di Sacker: carina, vagamente straniera e un po' tonta. Bell si aspettava quasi che prima della fine del libro si fidanzasse con lei, ma non ci sarebbe stato un matrimonio. Non c'era mai.

«Voi conoscevate Benjamin?» chiese Bell ai padroni di casa.

«Naturalmente conoscevamo i suoi genitori» disse Lord Mallowan. «Ottime persone, ma i figli li conosciamo poco.»

«Stanno per conto loro» disse Freddie. «Non sono proprio il mio genere. Sono piuttosto conservatori, mi pare. Un po' compassati.»

«Freddie» lo ammonì Lady Mallowan.

«Sono andata a scuola con Abigail per un paio d'anni prima che la mandassero all'estero. Era okay. Andava bene e tutto il resto, ma... Non aveva niente di speciale» disse Clarissa. «Comunque quello che le è successo è terribile. E davvero è stato un omicidio?»

«Sono qui per scoprirlo» disse Bell.

«Credevo che non si dovesse parlare di omicidi a tavola» protestò Freddie.

«Questo è diverso» rispose Clarissa. «Si tratta di qualcuno che conosciamo.»

«Eh, già, è sempre diverso se è la preferita a parlarne» disse Freddie.

«Benjamin non era venuto a una delle tue feste, quella a tema "In fondo al mare"?» chiese Lady Mallowan, sperando di evitare un litigio davanti agli ospiti.

Freddie rifletté per un attimo. «Ah, sì, giusto. Come sempre lo avevo invitato, prevedendo che non sarebbe venuto, e invece è arrivato. Che sorpresa!»

«Non è venuto per la festa» disse Lord Mallowan, tra un boccone e l'altro. «È venuto a parlare con me.»

«E di cosa voleva parlarvi?» chiese Bell.

«Era in cerca di un prestito» rispose lui a bassa voce.

«Quanto tempo fa è successo?» chiese Bell.

«È stato...» Lord Mallowan lanciò un'occhiata a sua moglie, «due mesi fa.»

«E gli avete dato il denaro?» chiese Bell.

«No. Ma l'avrei fatto. Gli dissi che nel nuovo anno ci saremmo visti e avremmo parlato della cosa a fondo. Avevo in mente di comprare un po' della sua terra. Così avrei risolto un problema per tutti e due, ma ormai, ecco, non ha più importanza.»

«Aveva problemi economici?»

«Ho avuto questa impressione. È giovane e quindi cercava di prendere le cose con ottimismo, ma sono sicuro che lo avrebbe fatto soffrire vendere parte delle terre di suo padre» disse Lord Mallowan.

Dopo cena si spostarono in salotto. Lady Mallowan si rivelò molto interessata alla politica, e Bell conversò e discusse con lei con piacere. Freddie suonò il piano e cantò per loro. Era proprio bravo.

«Sapete, non abbiamo mai avuto una chiaroveggente fra i nostri ospiti» disse Freddie. «Ci sono stati esponenti della famiglia reale, lord, lady e perfino un paio di attrici, ma una veggente mai.»

«Cos'è che fate, esattamente?» chiese Clarissa, scettica.

«Oh, ecco, è difficile da spiegare» rispose la veggente. «Contatto l'altro mondo, un luogo simile al limbo, dove stanno le anime bloccate. Io entro in contatto con loro, o meglio loro entrano in contatto con me, e si stabilisce una connessione. Non ricordo mai con precisione che cosa succede, ma la sensazione rimane. Cerco in una zona di ombre finché non trovo qualcuno, o loro trovano me. Sono bloccati, vede. E hanno bisogno che succeda qualcosa prima di potersi trasferire completamente nell'altro mondo.»

«Cosa aveva da dire Benjamin? Cioè, è per questo che siete andata a casa loro, no?» disse Freddie.

«Oh, ecco...» la veggente guardò Sacker. «Vedete, qui sta il problema. Non ricordo. Non mi ricordo mai quello che mi dicono. Mi succhia troppa energia, sapete.»

«Io posso dirvi che Benjamin ha chiesto giustizia per il proprio assassinio» disse Sacker.

«Quindi alla fine si è *veramente* trattato di omicidio» disse eccitato Freddie.

«Non mostrare tanto entusiasmo, Freddie» disse Lady Mallowan. «È disdicevole.»

«Oh, Dio, finalmente qualche emozione. Qui non succede mai nulla di divertente» esclamò Freddie.

«Non descriverei come divertente una morte improvvisa» disse Clarissa, fredda.

«Eh, già, per te sono divertenti i pony e le giunchiglie e quelle cose lì.»

Poco dopo, sentendosi stanco, Bell si ritirò in camera sua. Naturalmente, appena fu sotto le coperte, era di nuovo sveglissimo. E lo era ancora quando gli altri salirono: sentì i passi sulle assi scricchiolanti e risatine e sussurri.

Bell si girò e rigirò per tutta la notte, e il mattino dopo si svegliò intontito e per un attimo confuso, stupito di trovarsi in una diversa casa di campagna.

Prima di tornare a Yew Tree Hall lui e Sacker fecero una elaborata colazione. La zia di Abigail era ancora a letto, perciò non riuscirono a salutarla, ma Sacker fece un teatrale baciamano alla veggente prima di andarsene.

«Ho intenzione di sposarla, Bell» disse Sacker.

«Sceglierai mai una donna adatta a te?» chiese Bell.

«Non ti piace?»

«Non c'entra se mi *piace* o no» disse Bell. «È solo che entrambi sappiamo che non funzionerà.»

Sacker si offese.

«Ma questa volta ci siamo. È lei quella giusta» protestò in tono di rimprovero.

«Hai detto la stessa cosa della donna ad Antigua e della piratessa irlandese e di quella signora che faceva parte di una gang a Boston» disse Bell. «Ti innamori e disamori continuamente.»

«Non questa volta.» Sacker scosse la testa con veemenza. «Questa volta è vero amore.»

Bell lo ignorò. Erano quasi arrivati al cancello di Yew Tree House e aveva cose più importanti di cui occuparsi.

*

Clara era sempre stata un po' pettegola, e Abigail aveva imparato presto a girarle alla larga. Se solo riusciva a ottenere qualche informazione sul tuo conto, eri fregato. Una volta durante il weekend aveva incontrato Abigail per strada, mano nella mano con il suo ragazzo di allora, e lunedì mattina tutto l'ufficio già sapeva che lei aveva una storia. Subito prima della pausa pranzo Clara era passata dicendo «ma che bel ragazzo che ti sei fatta», come se avesse beccato Abigail in un momento intimo. «Quant'è alto? Uno e ottantacinque? Come si chiama? E pensare che credevo fossi lesbica... stavo per presentarti a mia cugina...» Al tempo Abigail non aveva protestato ufficialmente. Sapeva che sarebbe sembrata un po' permalosa e meschina, e non voleva farsi la reputazione di una che non sa cavarsela da sola in circostanze del genere. Ma non le era mai piaciuta l'idea che le persone parlassero di lei. Adesso Clara vuole offrirle un caffè ed è ben decisa a non accettare un rifiuto. Abigail cerca di trovare delle scuse: deve lavorare, non beve caffè, magari più avanti, ma evitarla diventa impossibile. Si incontrano al chiosco davanti all'ufficio. Fa caldo, perciò si siedono all'aperto. «Come va?» chiede Clara. Abigail detesta quella domanda; non esiste la risposta giusta. «Oh, bene» dice. Una bugia. «Dev'essere talmente difficile, per te. Non riesco a immaginarlo. Sai che ho passato un brutto momento due anni fa quando mia madre è morta e quando ho saputo di...» Questa è una cosa che ultimamente a Abigail succede di continuo. Le persone identificano in lei un certo tipo di tristezza, e la utilizzano come segnale per usarla come ricettacolo di tutte le brutte cose che sono capitate a loro. «... mi è scattato dentro qualcosa. Sai? Pensavo di stare bene. Pensavo di farcela, ma non era vero. E ho dovuto ammetterlo con me stessa. E poi quando sei tornata al lavoro... Dio, ogni volta che ti vedo mi prende una tristezza...» E poi ci sono quelli che cercano di crogiolarsi nella sua pena insieme a lei. Gente che vuole che lei resti giù nel suo buco mentre loro la raggiungono lì. Gente che assicura a Abigail che non supererà mai questa cosa o che tutto succede per un motivo. Abigail non sa quanto ancora riuscirà a sopportare. Si sente ormai colma della tristezza di tutte quelle persone, e della loro rabbia e del loro rimpianto. Un giorno crollerà, oppure esploderà. «... e così tutte le mattine faccio una passeggiata perché ho letto che stare nella natura è una delle cose migliori che si possono...» Abigail riceve tantissimi consigli. Ne sa decisamente troppo sugli integratori e la ginnastica e David Hume. «E sei stata tu a trovarlo?» chiede Clara, a occhi sbarrati. «Sì» dice Abigail. «Dev'essere stato così difficile, per te» dice la collega, sguazzandoci. «E i tuoi genitori? Dev'essere terribile, per loro. Cioè, perdere un figlio così...» «I miei genitori sono morti» dice Abigail. Gli occhi di Clara si illuminano. «Ah, quindi sei sola» dice. «Oh, mio Dio, sarai devastata.» A Abigail non piace il modo in cui ha detto *sola*. Un po' troppo compiaciuto. Non è comprensione, è paternalismo. «Non hai nessuno?» chiede Clara. «Ho una zia» dice freddamente Abigail. «Oh, be', è già qualcosa. Ma perdere tutti e due i genitori, e poi tuo fratello... Dio, come fai ad andare avanti?» Abigail non risponde. «I tuoi sono morti in un incidente d'auto?» «No» dice Abigail. Clara tace, presumibilmente in attesa di altro, che però non arriva. Perfino lei non trova il modo di fare domande più specifiche. Abigail sa che quella sera Clara tornerà a casa da suo marito e dirà: "Oh, mio Dio quella poverina del mio ufficio! È orfana e suo fratello si è appena ammazzato. Certa gente ha una vita proprio tremenda". Abigail si sente rimpicciolire, fino a diventare minuscola.

Decide di mandare una mail all'ufficio del personale. Una semplice richiesta di essere lasciata in pace. Alla fine di ogni giornata di lavoro si ritrova emotivamente prosciugata, e ha bisogno di una pausa. Il responsabile dell'ufficio naturalmente è d'accordo con lei, e come potrebbe non esserlo? Cerca però comunque di giustificare gli altri spiegandole che hanno buone intenzioni, che ci tengono a lei, ma che a volte le persone non dicono la cosa giusta. Abigail non ha bisogno di sentirsi dire che la maggior parte della gente non sa come affrontare il dolore. Lo sa già. Per una volta, vuole che l'importante sia quello che prova lei. Il responsabile dice che manderà a tutti un appunto pregandoli di lasciarla tranquilla. Entro la fine della giornata, Abigail ha ricevuto tre mail di colleghi e colleghe che esprimono la propria angoscia per la sua angoscia. Parlano di quanto profondamente comprendano la sua condizione, ma che volevano soltanto aiutarla, e adesso naturalmente sono molto turbati. Lei non risponde a nessuno. Si limita a inoltrarle all'ufficio del personale. Uscita dall'ufficio riceve un messaggio di Clara sul suo cellulare privato – come fa ad avere il numero? – in cui le promette di non contattarla più. Ma il mattino dopo sulla sua scrivania ci sono dei fiori di Clara, e più tardi un'altra mail in cui si scusa e promette di nuovo di non contattarla. Abigail si sente soffocare, e così torna all'ufficio del personale. Va sempre peggio, dice. Il responsabile vuole organizzare un incontro fra lei e Clara per risolvere. Abigail fa resistenza. «Dirle di smettere dovrebbe essere sufficiente» dice. «Non capisco perché devo subire tutto questo.» Ma il tizio dell'ufficio del personale insiste e insiste e la fa sembrare l'unica possibilità, perciò l'incontro è organizzato per due giorni dopo. Nel frattempo, Abigail scopre che i colleghi la evitano accuratamente, il che non era quello che desiderava. In realtà, è più o meno tutto come prima. Lei continua a essere il centro di una indesiderata attenzione. Non la invitano più a pranzo e a bere qualcosa dopo il lavoro. Nessuno più la include nella condivisione delle mail più divertenti. Quando arriva all'incontro con il responsabile dell'ufficio del personale, Clara è già lì e sta già piangendo. Per quarantacinque minuti Abigail sta praticamente sempre zitta mentre Clara piange, si scusa e si giustifica. Abigail aspetta che il tizio dell'ufficio del personale intervenga per interrompere lo spettacolo, ma lui non lo fa. Ritiene che l'incontro stia andando bene? Questo è il guaio con gli uomini. Non interverrà mai per interrompere le lagne di Clara. Non sa come gestirla. «Non mi ci voleva, tutto questo» gli dice Abigail mentre Clara si soffia il naso. «Sono già abbastanza stressata.» «Oh, no» geme Clara. E poi scoppia di nuovo in un mare di lacrime. «Vuoi uscire un attimo?» propone Abigail. «Vuoi uscire e ricomporti e poi tornare quando sei pronta?» «Clara è molto agitata» dice il tizio dell'ufficio del personale. «Anche lei ha perso qualcuno, recentemente.» «Sono passati più di due anni» dice Abigail. «Non è questo il punto.» Il tizio dell'ufficio del personale ha l'impressione che lei «sia un po' ingiusta». «Se io piangessi» chiede Abigail, «allora saresti dalla mia parte?»

20
Il secondo interrogatorio di Abigail

Bell e Sacker erano fermi sulla porta dopo aver congedato l'autista.

«Credo sia arrivato il momento di parlare di nuovo con Abigail» disse Bell.

«Ci avviciniamo alla conclusione?» chiese Sacker.

«Restano da sistemare al massimo un paio di tessere del puzzle.»

Il signor O'Brien aprì la porta, e Bell gli chiese di far accomodare Abigail in biblioteca.

«Avete trovato l'assassino di mio fratello?» chiese Abigail appena entrata. «Avete finalmente risolto il caso?»

«Temo che dovrò deludervi ancora per un poco» disse Bell. «Anche se sono vicinissimo alla conclusione, il caso non è ancora risolto. Volevo parlare con voi in privato per poter riassumere quello che ho appreso finora.»

Abigail parve comprensibilmente delusa.

«Pensavo che a questo punto sarebbe stato tutto finito» disse.

«Per queste faccende ci vuole tempo» rispose Bell. Sacker annuì. «In questi giorni abbiamo ascoltato parecchie cose. Alcune delle quali potrebbero non piacervi» continuò Bell. «Anche se per la maggior parte sono state molto illuminanti.»

«Non sono sicura di capire» rispose lei, circospetta.

«Be', vi aggiorno su tutto quello che ho saputo» disse Bell. «Primo: sapevate che vostro fratello pagava i debiti di gioco di Declan?»

«Messa così, sembra una cosa un po' drammatica» disse Abigail. «So che a Declan piace piazzare una scommessa di tanto in tanto, e credo che Benjamin mi abbia detto qualcosa a proposito del fatto che lo aiutava. Ma deve trattarsi di piccole somme occasionali. So che Declan a volte è un po' sciocco, ma...»

Bell scuoteva la testa, mestamente. «Mi dispiace molto, mademoiselle. Ma vi ho detto fin dal primo momento che nel corso dell'indagine sarebbero forse saltati fuori elementi che potevano turbarvi. Questo è uno. Se doveste consultare un contabile del tribunale, scoprireste che negli anni Declan ha ottenuto migliaia di sterline per pagare i suoi debiti.»

«M-migliaia?» balbettò Abigail. «Non posso credere che Benjamin abbia preso un'iniziativa del genere senza consultarmi.»

«Quando si tratta di vecchi amici, si possono commettere vere e proprie sciocchezze» disse Sacker. «Probabilmente cercava di proteggervi.»

«In realtà credo che Benjamin vi abbia nascosto parecchie cose, compreso il fatto che la proprietà è in cattive condizioni economiche» disse Bell.

Abigail sembrava colta assolutamente di sorpresa.

«Sì, lo so che per voi sarà uno choc, ma credo che quando contatterete l'avvocato di vostro fratello scoprirete che c'è meno denaro di quanto pensavate.»

Lei gli rivolse uno sguardo assente.

«Abbiamo saputo anche parecchie cose su Barbara.»

«Barbara?» disse Abigail, sconcertata. «Ma è soltanto la segretaria.»

«Ecco» disse Bell, «questo è quello che abbiamo cercato di scoprire, se fosse davvero soltanto la segretaria.»

Abigail era perplessa.

«Come sarebbe a dire?»

«Su, su, mademoiselle. Non avete trovato strano che vostro fratello invitasse un'impiegata a passare le vacanze con voi? Perché gli altri ospiti lo hanno trovato strano eccome. Avete mai avuto l'impressione che fra loro ci fosse qualcosa?»

«No, no» rispose Abigail in tono inorridito. «Assolutamente no.»

Bell tacque per un attimo. «Ah, avrei un'altra domanda. L'altro ieri avete ritirato la posta?»

Abigail lo fissò con uno sguardo in cui si mescolavano confusione e rabbia.

«No.»

«Qualcun altro è andato all'ufficio postale? Magari il signor O'Brien?»

«No.»

«Vostro fratello è mancino o destrorso?»

«Mancino.»

«Ah» disse Bell. Sollevò un dito. «E ho anche notato il vostro unanime stupore quando Cormac ha rivelato che lui e Olivia sono fidanzati: la conoscete bene? Avete qualche riserva su questo fidanzamento?»

«Oh, no. Niente affatto» rispose Abigail di getto. «Credo che fossi scioccata soltanto per via di tutto quello che stava succedendo. Cioè, Olivia l'ho vista giusto un paio di volte.»

«Sapete qualcosa di lei? Del suo passato?» chiese Bell in tono leggero.

«No» disse Abigail. «Direi proprio di no. Benjamin probabilmente ne sapeva qualcosa di più...»

*

Soltanto un paio di mesi prima, Abigail aveva provato una certa apprensione pensando al compleanno che si avvicinava. Quel tre con uno zero le appariva vagamente minaccioso. Adesso si vergogna della propria superficialità. Due settimane fa, Frances le ha mandato un messaggio proponendole di festeggiare e Abigail ha detto di no. Frances aveva tentato di convincerla che «ti farebbe bene vedere un po' di gente» e Abigail aveva resistito. Aveva suggerito un weekend da qualche parte o una cena speciale e Abigail aveva continuato a dire di no. Poi, una settimana prima, Abigail aveva ricevuto un altro messaggio, in cui Frances proponeva «solo di stare un po' insieme alle ragazze», e Abigail aveva ceduto. Aveva però insistito che non ci fossero regali, che ci sarebbero state poche persone approvate da lei, e che si sarebbero viste di giorno e a casa sua. Un semplice pranzo a cui tutte avrebbero contribuito. Una cosa tranquilla. Di basso profilo. Frances si era dichiarata d'accordo. «Ti farà bene» disse. E così, quel giorno, il gruppetto di cinque donne arriva a casa di Abigail con una torta e insalata di patate e chiacchiere. Si scambiano notizie: promozioni sul lavoro, una nuova nipotina, l'acquisto di una casa, la prenotazione di una vacanza. Frances ha portato una bottiglia di champagne e insiste perché tutte ne bevano «almeno un sorso». L'odore dello champagne fa venire la nausea a Abigail e deve posare il bicchiere. Si scusa e va di sopra a sedersi sul letto. Non vuole vomitare o svenire davanti a tutti. L'ultima volta che ha bevuto champagne è stato... Fa una serie di profondi respiri per calmarsi e poi passa un paio di minuti a riordinare i vestiti nell'armadio finché non recupera l'equilibrio. Quando Abigail scende, Frances ha messo della musica e sta ballando. Agita in aria il bicchiere di champagne. Le altre si uniscono a lei. Sorridono e ridono e seguono la musica. Frances prende per mano Abigail e la tira in mezzo a loro. Abigail cerca di tirarsi indietro, ma Frances ha una forza sorprendente. Non riesce a liberarsi. «Smettila» dice. Conficca le unghie nel polso di Frances. Frances strilla e impreca. «Perché l'hai fatto?» Le altre hanno smesso di ballare. Una sta trafficando per cercare di spegnere la musica. «Gesù, cosa diavolo hai, si può sapere?» Questa cosa è stata uno sbaglio, e Abigail deve fermarla. «Andatevene» dice. «Andatevene, andatevene, andatevene tutte.» Loro si preparano a farlo, tranne Frances. Le altre si scambiano certe occhiatine mentre posano i bicchieri e si avviano alla porta. Fuori bisbigliano fra loro dirigendosi alla macchina. Il gruppo WhatsApp ribollirà di commenti. Abigail vorrebbe aggredirle fisicamente. Vorrebbe proprio far loro del male. Frances è ancora lì. «Che cosa ti ha preso?» chiede. «Te l'ho detto che volevo una cosa tranquilla» dice Abigail. «Anzi, ti ho detto che non volevo un bel niente. Mio fratello è morto. Come potete ballare in casa mia quando mio fratello è morto?» La sua amica resta in silenzio per un attimo. «Pensavo che ti avrebbe fatto piacere. Pensavo che ti potesse distrarre un attimo. Mi sembrava che tu stessi bene» dice Frances. E quelle parole colpiscono Abigail in pieno petto come un treno. «Ti sembrava che io stessi bene?» ripete Abigail. «Cioè...» dice Frances, «stai gestendo la situazione davvero alla grande. Sono colpita, in effetti. Se io fossi al tuo posto, non riuscirei neanche ad alzarmi la mattina. Piangerei tutto il giorno.» Abigail barcolla. «Stamattina ci ho messo tre ore ad alzarmi» dice. «E piango continuamente. Riesco a malapena a portare le giornate fino in fondo.» Frances la guarda totalmente inespressiva. «Be', non lo sapevo. Non l'hai mai detto. Non posso leggerti nel pensiero.» Abigail pensa che sta per svenire. «Non riesci a leggermi nel pensiero?» È incredula. «Non c'è bisogno di leggermi nel pensiero. Non hai un minimo di buon senso? Mio fratello è morto. Sono passati meno di due mesi e dato che sono tutto sommato presentabile e riesco a camminare dritta tu pensi che io stia bene. Come potrei stare bene? Come farò a stare bene mai più?» Ma Frances adesso è sulla difensiva. «Come faccio io a sapere quello che provi tu? Non mi dici mai niente.» Abigail potrebbe dirle un milione di cose, invece si limita ad alzare una mano e darle una sberla.

21
La polizia fa un arresto

«E da quanto tempo Olivia...»

Ma il maggiordomo li interruppe.

«Signor Bell, c'è una telefonata per voi» disse, e accompagnò Bell nell'ufficio, poi uscì e chiuse la porta.

«Parla Bell.»

All'altro capo della linea sentì la voce ringhiosa dell'ispettore Ferret.

«Bell, ho delle novità. Abbiamo arrestato un componente della banda dei contrabbandieri. È qui da noi.»

«Congratulazioni, ispettore! Avete appurato se è collegato con l'omicidio?»

«Non ancora. Ovviamente controlleremo, ma quella gang è molto sofisticata, e questo omicidio non sembra nel loro stile.»

Ferret riattaccò e Bell tornò nel salotto, dove Sacker e Abigail lo attendevano frementi.

«Era l'ispettore Ferret. Mi ha detto che hanno arrestato due componenti della banda di contrabbandieri.»

«Questo cambia qualcosa per noi?» chiese Abigail.

«Non sappiamo ancora, mademoiselle. Ma l'ispettore manderà degli uomini a fare delle ricerche qui intorno. Si spera che molto presto la polizia avrà maggiori informazioni.»

«Che significa?» chiese Abigail. «Ci stiamo avvicinando alla verità?»

«Sì, ne sono convinto.»

*

Dopo la morte di suo padre, Abigail avrebbe potuto usufruire di dieci incontri gratis con uno psicologo offerti dall'università. Non era arrivata a dieci: il primo terapeuta era scomparso dopo la prima sessione, e quando lei lo aveva fatto presente al college l'avevano velocemente mandata da qualcun altro. Il secondo voleva analizzare i suoi sogni, e anche se Abigail sarebbe voluta scappare le sembrava un po' scortese far fuori due terapeuti in meno di un mese. Soprattutto dato che erano gratis. Durante gli incontri, parlava poco o niente. Non sapeva come cominciare. In quanti modi diversi puoi dire che sei triste perché tua mamma e tuo papà sono morti? Quante volte puoi ripetere che raramente ricordi i tuoi sogni? Si presentò a sei sedute prima di fingere di avere la mononucleosi. Benjamin non era andato affatto in terapia, almeno che lei sapesse, anche se, a pensarci bene, lei non gli aveva mai detto di averlo fatto. E adesso era allo stesso punto, non sapeva se era la cosa giusta per lei o no. La psicologa era abbastanza gradevole. Giovane e calma, con uno sguardo indagatore. Ma Abigail avrebbe voluto che ci fosse un maggiore scambio, una maggiore conversazione fra loro. Magari un minimo di tensione. Un litigio, anche. Non le andava quel continuo sollecitarla con "E perché pensi che sia così?". Lei non aveva problemi di consapevolezza. Era in grado di analizzare i propri pensieri. Anzi, non faceva altro che riflettere e angosciarsi su quello che provava. Adesso, naturalmente è qui per parlare di Benjamin, ma la psicologa continua a farle domande sulla sua infanzia e la morte dei genitori. Ha bisogno di parlare di Benjamin. Ha bisogno di mettere ordine nei suoi pensieri. «Si sentiva nello stesso modo dopo la morte dei suoi genitori?» chiede la terapeuta. All'improvviso le viene in mente un'immagine di sua madre, una flebo nel braccio, l'odore dell'ospedale. «No. Sono state morti diverse. Naturalmente ero triste, tremendamente, orribilmente triste, triste in modo devastante, e lo sono ancora, ma mia madre era malata. Sapevamo che sarebbe morta; non è stato uno choc. E mio padre è morto in un incidente, ma... con Benjamin non so cosa sia successo...» La psicologa annuisce. «Credo che dovremmo guardare il quadro nel suo insieme» dice. «Lei ha avuto parecchi traumi nella sua vita.» Abigail si inalbera sentendo quella parola e la psicologa se ne accorge. «Non li considera traumi?» «Credo...» Abigail si interrompe per un attimo. «È solo che non mi piace quel termine. Non voglio essere una vittima.» La psicologa annuisce. «È comprensibile. Pochissimi vogliono essere considerati tali. E lei non deve necessariamente essere una vittima. Il punto non è quello. Il punto è che lei ha subito un trauma... sì, adopero ancora quella parola... e ha deciso di aver bisogno di assistenza per affrontarlo.» Abigail riflette per un attimo. «Quello che voglio» dice «è comprendere quello che Benjamin... perché è morto... e cosa...» «Lei non ha una narrazione al riguardo» suggerisce la terapeuta. «Conosco la sequenza degli eventi» dice Abigail. «E le basta?» Un'altra imbeccata. «No. È per questo che sono qui.» La terapeuta si agita sulla sedia. «Abbiamo bisogno di storie per organizzare le esperienze e processare le emozioni. La sua ricerca di una storia è un modo per capire la morte di suo fratello. Desiderare risposte è assolutamente comprensibile, Abigail. È parte dell'elaborazione del lutto. È un modo per trovare un senso in ciò che è successo. Ma credo sia importante che lei non si focalizzi troppo su una conclusione.» «Ma se non c'è una conclusione» chiede Abigail, «come farò ad andare oltre?» «Ecco perché è qui» dice la terapeuta. «È molto improbabile che lei arrivi a sapere la verità su quello che è successo, ma credo che per lei sarà possibile arrivare a *una* verità. E con questo, intendo dire che secondo me per lei potrebbe essere possibile giungere a una comprensione di quanto è successo, un volo d'aquila sulla situazione, senza conoscere ogni singolo particolare. Io la aiuterò ad arrivarci. Vuole lavorare con me su questo?» Abigail annuisce. «Bene, okay. Adesso mi parli dei suoi genitori.»

22
Bell fa un esperimento

Bell era immerso in una profonda conversazione con l'ispettore, e tutta la sua attenzione era concentrata sulla strisciolina di carta che Ferret gli aveva consegnato un attimo prima. L'ispettore parlava animatamente, e Bell lo ascoltava a testa china, pensieroso. Quando l'ispettore finì di parlare, Bell lo ringraziò, chiuse la porta e tornò in biblioteca, dove Sacker lo stava aspettando.

«Di cosa stavate parlando?» chiese Sacker.

«Parlavamo del passato» rispose Bell, assorto.

«Del passato?» si stupì Sacker. «I suoi uomini sono arrivati?»

«Sì, stanno esaminando i terreni intorno alla casa.»

«Allora, nel frattempo, anche se non so se sia effettivamente pertinente...» disse Sacker.

«Dimmelo comunque, Sacker. Tu non sei in grado di separare le informazioni utili da quelle che non lo sono.»

«Allora, sono andato in soggiorno per recuperare il mio cappello e mi sono imbattuto in Margaret e Declan. Devo dire che li ho fatti sobbalzare. Erano vicinissimi, in modo piuttosto intimo, e mi sono chiesto se per caso non ci sia una storia tra loro.»

«Hai sentito qualche parola di quello che si sono detti? Per favore, sii preciso.»

«Declan parlava di denaro. Qualcosa tipo che un po' di soldi avrebbero risolto un problema.»

«E Margaret, che impressione ti ha fatto? Era arrabbiata o seccata?»

«Sinceramente, mi è sembrata un po' spaventata.»

«*Mmh*... interessante. Grazie, Sacker. Molto utile.» Bell guardò l'ora. «Ah, ecco, sono giusto in tempo per il mio piccolo esperimento. Vai a chiamare Stephen e Cormac, e troviamoci fuori sotto il balcone.»

Sacker uscì senza dire una parola. Mentre aspettava, Bell girò intorno alla casa per ispezionare il capanno. Passò in rassegna i vari arnesi, materiali e attrezzi per il giardinaggio e bottiglie di pesticidi.

«Bell? Bell? Dove sei?» Sacker lo stava chiamando. Bell emerse dal capanno nel freddo sole invernale.

«Ah, grazie mille, Sacker. Allora, Stephen e Cormac, ho bisogno del vostro aiuto. Dobbiamo fare un esperimento. Vedete il balcone?» Bell indicò il primo piano. «Ho bisogno che entrambi proviate a raggiungere quel balcone dall'esterno. Potete usare il sistema che preferite, purché sia semplice e rapido.»

Cormac tentò per primo. Si attaccò al graticcio e salì di una sessantina di centimetri prima che un pezzo di legno si rompesse sotto la sua mano, facendolo quasi cadere. Cercò un percorso diverso in cui il graticcio non fosse marcio, ma Bell aveva già avuto la sua risposta. Stephen aveva trovato una scala nel capanno. Salì lentamente, ma quando giunse all'ultimo gradino era ancora troppo lontano dal balcone. Si allungò per vedere se riusciva a tirarsi su.

«Anche se foste trenta centimetri più alto» disse Sacker, «dovreste comunque possedere una forza incredibile nella parte superiore del corpo per issarvi sul balcone.»

I due uomini dovettero dichiararsi sconfitti. Uno dei giovani poliziotti che stavano perlustrando il giardino chiese di provare e Bell glielo permise volentieri. L'agente scelse un percorso leggermente diverso sul graticcio – più direttamente sotto il balcone – con l'idea di appendersi poi alla ringhiera e tirarsi su. Era un ragazzo forte e agile e riuscì ad arrampicarsi sul graticcio, ma anche per lui fu impossibile arrivare a destinazione. Un altro fallimento.

Comunque, mentre scendeva, il poliziotto vide qualcosa. Impigliato nel graticcio di legno c'era un pezzetto di stoffa marrone. Lo recuperò con cura e lo diede a Bell.

«Pensate che potrebbe essere un indizio?» chiese il poliziotto...

Bell si mise gli occhiali e lo esaminò. «Ah, sì, grazie» disse poi.

«Hai trovato qualcosa?» chiese Sacker.

«Questo è un pezzetto di stoffa assai notevole. Notevolissimo» disse Bell.

«In che senso?» chiese Sacker.

«Nel senso che è assai notevole che la polizia non lo abbia visto. Come se prima non ci fosse» disse Bell.

In quel momento sentirono un improvviso trambusto dietro l'angolo della casa, e Barbara arrivò correndo verso di loro.

«Presto, venite» esclamò. «La polizia ha trovato qualcuno appostato qui intorno.»

«Santo cielo» disse Bell, e si precipitarono tutti verso la fonte del rumore.

Due agenti tenevano fermo un uomo con la barba. L'uomo strillava e li supplicava di lasciarlo andare.

«Per favore, vi prego, c'è stato un errore» disse l'uomo.

«State fermo adesso, su» disse uno dei poliziotti.

«Che succede?» chiese Bell.

«Mentre conducevamo le nostre ricerche, signore, abbiamo trovato quest'uomo che si aggirava furtivamente con una borsa piena di armi.»

«Non mi aggiravo furtivamente. Niente affatto... Ho il permesso di venire qui» disse l'uomo. «E non ho nessuna arma.»

«Quando lo abbiamo visto ha cercato di fuggire, ma siamo riusciti ad acchiapparlo e a portarlo qui.»

Bell si avvicinò all'uomo in modo da poterlo guardare bene in faccia. Doveva avere meno anni di quelli che dimostrava. Solchi profondi segnavano la sua pelle. Sembrava molto abbattuto.

«È un errore» continuava a ripetere. «Non ho fatto niente di male.»

«Ha delle armi» disse l'altro poliziotto, indicando una sacca di tela che era stata gettata a terra. Bell la raccolse e ne esaminò il contenuto: c'erano un cacciavite, un martello e una sega.

«Le stavo solo riportando» protestò l'uomo.

«Sarebbe a dire che le avevi rubate» disse Sacker.

«No, le ho prese in prestito. Sono il giardiniere, lavoro qui. So che non dovrei portare via gli attrezzi, ma non riesco a mantenere la mia famiglia con un lavoro part time. Lavoro anche in una fattoria qui vicino e questi attrezzi mi servivano lì. Mi dispiace, ma non volevo fare niente di male. Stavo cercando di restituirli.»

«Chiama Abigail» disse Bell a Sacker. «Chiarirà lei la faccenda.»

Sacker corse dentro e tornò subito con Abigail.

«Francis, che ci fai qui?» chiese immediatamente lei.

«Mi dispiace» disse ancora l'uomo. «Non volevo fare niente di male.»

«Mademoiselle, conoscete quest'uomo?»

«Sì, è il giardiniere.»

«Ah, quindi diceva la verità» disse Bell. «Per cortesia, lasciatelo andare.»

Ma gli agenti continuarono a tenerlo fermo.

«Ve l'ho detto. Ve l'ho detto. Volevo solo restituire questi arnesi.» Si rivolse a Abigail. «Mi spiace tanto, signorina. Ho saputo di vostro fratello. Volevo restituirli senza disturbarvi e invece ho creato un gran trambusto.»

«Non preoccuparti» disse Abigail. «Non mi importa se prendi in prestito gli attrezzi. Davvero, va benissimo.»

«Vogliamo comunque portarlo con noi per rivolgergli qualche domanda» disse un agente.

«È proprio necessario?»

«Dobbiamo fare il nostro dovere, signora.»

Francis teneva la testa bassa. Sulla ghiaia cadde una sola lacrima.

«Allora per favore non mettetegli le manette» disse Abigail. «Più tardi telefonerò per assicurarmi che lo abbiate rilasciato. Quest'uomo lavora per la mia famiglia da anni. Non rappresenta una minaccia. Vogliono solo farti qualche domanda, Francis. Ti prego di rispondere con sincerità.»

Sfida al lettore

Come sua abitudine, adesso Auguste Bell vorrebbe invitare te, lettore o lettrice, a riflettere sulla domanda centrale di questo libro: chi è l'assassino?

A questo punto della narrazione, dovresti avere tutti gli elementi necessari a risolvere il crimine.

Attraverso la logica e la deduzione, dovresti essere in grado non soltanto di intuire, ma anche di dimostrare l'identità del colpevole. Dovresti essere anche in grado di spiegare come è stato commesso il delitto e, soprattutto, perché.

Buona fortuna.

*

Stephen apre la porta mentre Abigail esce dall'auto e le viene incontro. La abbraccia forte e la bacia sulla testa prima di passarle un braccio attorno alle spalle e accompagnarla dentro dicendo molto piano «vieni». Si siedono al tavolo della cucina, uno di fronte all'altra. Stephen si sporge a prenderle le mani. «Non ho niente da darti da mangiare» dice. A Abigail non importa; non ha fame. «Oh, ma sono appena andato al negozio e avrei dovuto... posso farti un tè?» Lei scuote la testa. «Ho bevuto tanto di quel tè...» «Certo.» Stephen ride sommessamente. Sono seduti così vicini che le loro ginocchia si toccano. «Ho bisogno di chiederti delle cose» sussurra Abigail. «Sì, sì, certo.» Anche Stephen sussurra. Lei lo guarda negli occhi. «Sospettavi qualcosa?» gli chiede. Stephen le stringe le mani fra le sue. «Ci ho pensato e ripensato» dice. «E ovviamente con la polizia... ho parlato con loro e... non c'è niente. Per me è una cosa senza senso. Non mi sono accorto di niente, e non so come ho fatto.» La fissa, con tale intensità che lei deve distogliere lo sguardo. «Ho fallito. Con lui e con te. Devo essermi perso qualcosa. Solo che non so che cosa.» Abigail ha lo sguardo chino sul tavolo. «Neanche io ho visto niente» dice. «Non è colpa tua.» «No, no, non dire così. Non è colpa tua... no, no.» L'orologio ticchetta. Il frigorifero borbotta. Fuori passa una macchina. «Continuo a ripensarci. C'era qualcosa, quella sera? Ha bevuto un paio di bicchieri... ma avevamo bevuto tutti. Hanno fatto l'esame tossicologico?» «Non c'era nulla...» dice lei. «Devo essermi perso qualcosa. Il mio migliore amico è morto. Adesso è morto. Non esiste più.» Stephen scuote la testa. Abigail sente un muscolo della sua schiena che brucia. Sta arrivando una sensazione familiare. «Ho letto... aspetta...» dice Stephen. Va in un'altra stanza e torna in cucina con un libriccino. «Qualcuno mi ha dato questo. Non sono un appassionato di poesia, ma in questi ultimi mesi ci sono tornato spesso, e ce n'è una che... dei versi che mi hanno colpito...» Comincia a leggere. Abigail non capisce bene la poesia, ma vede che Stephen è davvero commosso. Salta qualche pagina e poi legge un altro paio di versi. Abigail annuisce, educata, come se facesse parte di un pubblico. «È quella che ho letto al funerale» dice lui. «E non so per quale ragione mi è rimasta dentro. In questa poesia c'è qualcosa che assomiglia a Benjamin. Qualcosa della sua grazia e gentilezza. Ti sembra che abbia un senso?» Abigail annuisce, piano. Vuole toccargli un braccio. Stephen gira le pagine del libro. «E c'è una cosa che voglio dirti. Ho accettato una proposta di lavoro. A Varsavia.» «A Varsavia?» «La famiglia di Ana vive poco lontano e la mia ditta ha degli uffici lì... ho bisogno di un cambiamento. Un break. Un nuovo inizio. E ad Ana non piace stare così lontana dai suoi.» «Quindi vai via?» «Sì, questi ultimi mesi mi hanno portato a valutazioni diverse. Ho bisogno di stare lontano dall'Irlanda per un po'. Qui è un mortorio. E a dire la verità, Abigail, dovresti andartene anche tu. Hai bisogno di ripartire. Vai da qualche altra parte e vivi. Questo paese è così piccolo.» Lei annuisce. «Parlo sul serio. Non sei obbligata a restare qui. Non sei obbligata a continuare così. Vai all'estero. Vivi la tua vita. La tua azienda ha uffici in tutta Europa. Chiedi un trasferimento.» Abigail espira lentamente. Rivede lampi di Stephen adolescente. Vorrebbe avventarsi contro di lui come una furia, colpirlo, prenderlo a pugni. Dirgli quanto è egoista. Dirgli che pensa solo a sé stesso. «Sei arrabbiata con me?» chiede lui. «No, non sono arrabbiata con te.» Ma la voce è dura. «Sembri arrabbiata e io volevo... Senti, devo farla, questa cosa. Devo trovare un modo di andare avanti con la mia vita. Cristo, il mio migliore amico è morto e...» «Mio fratello è morto.» «Non è una gara» dice Stephen. C'è una nota di durezza, nella sua voce. Come fa in fretta a comparire, pensa lei. «Devo fare quello che è meglio per me.» «Lo fai sempre» dice Abigail, più che altro a sé stessa. Si è alzata. «Scusa?» «Lo fai sempre» ripete, e Stephen sbatte gli occhi. «Tu adesso soffri, e io lo capisco. Ma non va comunque bene farmi sentire in colpa per questa decisione. Ti aspettavi che io restassi qui per sempre a farti da tutore?» «Non mi aspetto niente da te. È solo che... mi è scattato un ricordo, tutto lì. Mi è tornato in mente. Sei sempre stato così.» «Così come?» «Egoista.» Stephen è sinceramente sconcertato. A questo punto, tanto vale dirgli tutto. «Sei sempre tu, l'importante. Tutte le conversazioni hanno te come argomento. Anche adesso, continui a parlare di Benjamin come del *tuo* migliore amico. Non è il tuo niente. È *mio* fratello.» «Devo essere libero di parlare dei miei sentimenti...» «Sì, ma non con me. Parla con la tua ragazza, con un amico, con la tua psicologa. Arrivaci, dai. Credi davvero che io abbia bisogno di questo? Di trovarmi addosso il fardello dei tuoi sentimenti, in questo momento? Dovresti essere tu a sostenere me, non il contrario.» Stephen adesso ha un'espressione più dura. «Siamo tutti in lutto» dice. «Non hai il monopolio. Che cosa dovrei fare? Mollare tutto? Smettere di vivere? Non voglio essere sempre triste, tutto il tempo. Che ti piaccia o no, la vita va avanti. Non possiamo fare la veglia funebre per sempre.» Abigail si limita a guardarlo fisso. «Mi hai baciata» dice. È un gemito, praticamente. «Cosa?» chiede Stephen. Sembra sinceramente sconcertato. «Mi hai baciata» dice lei, un filo appena più forte. «Cosa?» ripete lui. «Non è vero... non ti ho baciata.» «Mi hai baciata» dice lei, questa volta con più forza. «Quella notte. Dopo che tutti erano andati a letto. Eravamo fuori. Vicino al fuoco. Stavamo riordinando. E mi hai baciata.» «Oh» dice lui, e scuote la testa, adesso che si ricorda. «Avevo bevuto. Era una festa. Non capisco proprio perché tiri fuori ora questa storia... con tutto quello che è successo dopo. Cioè, ho la ragazza.» «Lo so che hai la ragazza» dice lei. Adesso parla in tono normale. «E ce l'avevi anche quella notte.» Stephen fa un sospirone come se stesse parlando con una bambina. «E su, dai, Abigail. È stato... cosa? Un bacio da ubriaco. Queste sono stronzate adolescenziali.» Adesso lei ha gli occhi pieni di lacrime. Vorrebbe dirgli che lo sa, che sono stronzate adolescenziali. Sa di comportarsi da immatura. Sa che non significava niente. Perfino allora aveva capito che era solo un attimo fuggente, che non era l'inizio di una grande storia d'amore. Sa che lui ha la ragazza. Sa che questa cosa non ha futuro. E comunque non lo vorrebbe. Lo sa, lo sa, lo sa. Ma sa anche che lui se la sta cavando a buon mercato. Non è un idiota. Sapeva quello che stava facendo. A lei è successo qualcosa per cui in questo preciso istante avrebbe bisogno di essere consolata. Ha bisogno di speranza, ha bisogno di conforto. Ha bisogno che lui sia gentile con lei. Ha bisogno che lui le menta. E invece è così crudele, senza la minima necessità. E qualunque cosa lei possa dire peggiorerebbe la situazione. Perciò decide di non dire nulla. Sbatte gli occhi e sente le lacrime che cadono. Stephen distoglie lo sguardo. E questo lei non può sopportarlo. Si alza. Lui comincia a dire qualcosa ma lei è già uscita dalla cucina, ha attraversato l'ingresso, e afferra la maniglia dell'auto. Si chiede se lui la seguirà. Ma naturalmente no, non la segue.

23
Una soluzione

«Ma certo!» dichiarò improvvisamente Bell. «Come ho potuto essere tanto sciocco!»

Chiamò Sacker. «Per favore, Sacker, raduna tutti in salotto.»

«Hai trovato la soluzione?»

«Sì. Proprio adesso. Sono stato talmente stupido. Da non crederci. Ce l'avevo davanti agli occhi. Ti prego, fai presto. Non possiamo perdere altro tempo.»

Sacker andò a cercarli, e rapidamente ospiti e padrona di casa si riunirono in salotto come aveva chiesto Bell. Si erano cambiati per la cena. Bell li aspettava in piedi, impettito. La stanza intera trasudava impazienza.

Quando la porta si fu chiusa alle spalle dell'ultimo arrivato, Bell iniziò.

«All'inizio questo caso mi è parso molto complesso. Un mistero della camera chiusa naturalmente lo è sempre. La confusione, le indicazioni sbagliate, le cortine fumogene e i falsi indizi mi avevano un po' confuso le idee. Ma quando finalmente sono riuscito a schiarirmele, mi sono reso conto che mi sbagliavo. Tutto sommato questo non era affatto un caso complicato, anzi, era semplicissimo. La sostanza dei fatti è che un uomo viene trovato morto in una casa con una cerchia ristretta di sospetti. Di conseguenza, l'assassino dev'essere qualcuno che adesso è presente in questa stanza. Ammetto di essere stato a lungo disorientato. Mi sembrava di avere a disposizione troppi indizi, e molti in contraddizione fra loro. Ma, una volta ristabilite le basi del caso, ho iniziato a vederci chiaro. Nel corso delle mie esperienze passate ho scoperto che la maggior parte dei moventi nasce dagli elementi fondamentali della nostra vita: soldi» disse Bell, guardando Declan, «o amore» si girò verso Margaret, «gelosia» continuò, guardando Stephen, «o necessità di nascondere qualcosa» concluse, rivolto a Olivia e Cormac. «Ma nessuno di questi si adattava bene agli indizi a mia disposizione.»

«Avete scoperto l'assassino?» chiese Abigail. Si tormentava impaziente le maniche dell'abito.

«Sì, Abigail» disse Bell. «L'ho scoperto. È semplicissimo, e in realtà lo sapevo fin dall'inizio. Adesso ho capito perché ero così confuso: da una parte questo è un delitto passionale, che deriva da una profonda emozione, dal desiderio di punire, da odio purissimo. Eppure nello stesso tempo è un delitto che è stato commesso con minuziosa cura, molto metodicamente. Ho cominciato a chiedermi quale personalità corrispondesse a questa descrizione. Questo non è un crimine commesso per guadagnarci qualcosa, è stato un crimine commesso per vendetta. Un crimine nato dal risentimento e dalla rabbia. Un risentimento tenuto nascosto per troppi anni. Questa persona ha avuto l'opportunità di uccidere, e lo ha fatto.

«Ripercorriamo gli avvenimenti di quella mattina. Quasi tutti erano già scesi quando vi siete resi conto che Benjamin non era tra voi. All'inizio, la cosa non vi ha certo preoccupati. La festa era andata avanti fino alle ore piccole e probabilmente Benjamin si stava facendo una bella dormita. E così, avete mandato Stephen a chiamarlo. Lui è tornato dopo un paio di minuti, un po' inquieto. Ha detto di aver provato a entrare ma di aver trovato la porta chiusa a chiave, con sua grande sorpresa. Aveva bussato piano senza ottenere risposta. Aveva bussato ancora, più forte, ma niente. Aveva chiamato Benjamin ma senza risultato. E non era un comportamento da Benjamin, quello: la porta chiusa a chiave, dormire fino a così tardi, non rispondere. Adesso eravate tutti un po' preoccupati. Così siete saliti in gruppo a controllare. Stephen ha provato ancora una volta inutilmente ad aprire la porta e a quel punto voi, Margaret, avete bussato con tutte le vostre forze. E così non restava che una possibilità, e cioè buttar giù la porta, cosa che ha fatto Declan. Poi vi siete precipitati nella camera e avete trovato Benjamin morto.»

Bell fece una pausa a effetto.

«Questa è la sequenza di eventi che tutti mi avete riferito. Esattamente questa. Ma la mente umana è un elemento di grande interesse, e può essere così facilmente manipolata. Vediamo... Margaret, voi quel mattino avete provato ad aprire la porta?»

Margaret parve leggermente sconcertata.

«Ma certo. Lo avete appena detto voi. Tutti ci abbiamo provato, ed era chiusa.»

«"Tutti ci abbiamo provato"» ripeté Bell. «Ma voi?»

Margaret era confusa.

«Non so...»

«Detto in parole povere, mademoiselle, avete girato la maniglia?»

Lo sguardo di Margaret era frenetico.

«*Ehm*, no... non mi pare. Ho solo bussato. Ma non vedo come...»

«Se voi non avete provato a girare la maniglia» la interruppe Bell, «come fate a sapere che la porta era chiusa a chiave?»

Margaret si illuminò di colpo.
«Perché me l'ha detto Stephen» disse.
«Ah, certo, perché Stephen vi ha detto che era chiusa a chiave» disse Bell. «E voi non lo avete messo in dubbio, perché lui naturalmente ha vistosamente provato a girare la maniglia, e ha bussato e ha urlato. Una splendida esibizione.»
Tutto il gruppo si girò verso Stephen, che era immobile.
«Io credo che sia successo questo: di notte, dopo che tutti sono andati a letto, Stephen è entrato in camera di Benjamin. Forse aveva intenzione di parlare o di discutere, non so esattamente quale fosse il suo stato d'animo a quel punto. Ha aperto la porta, sì, l'ha aperta, perché naturalmente non era chiusa a chiave, e ha trovato Benjamin addormentato. Addormentato, ma assolutamente vivo.
«E a quel punto in lui è esploso qualcosa. Ha visto il suo vecchio amico addormentato e vulnerabile, e ha preso una decisione fatale. Perché vedete, Stephen ce l'aveva a morte con il suo vecchio amico. Un risentimento che ha saputo tenere ben nascosto per tanti anni. Ma quel risentimento si era trasformato in un odio profondo. Benjamin era lo studente di punta, il campione di rugby, un uomo a cui non mancava mai la compagnia femminile, un uomo ricco che viveva nel lusso. Nella vita di Benjamin tutto sembrava così facile e per questo Stephen era risentito.» Adesso Bell era di fronte a Stephen. «Voi non siete contento della vostra vita. Nascondete bene i vostri sentimenti, ma nel corso degli anni vi è sfuggito qualche lampo di verità. Avevate un movente chiaro. E adesso, ovviamente, avevate l'occasione buona. Avete strangolato Benjamin con un legaccio, e poi siete tranquillamente tornato in camera vostra. Il mattino seguente avete pensato a questo stratagemma della porta chiusa per disorientare e confondere.»

«Stephen, mio Dio! È la verità?» Abigail aveva gli occhi pieni di lacrime.

«Naturalmente no» ringhiò Stephen. «È solo una pura e semplice congettura. Nessuna prova. Assolutamente ridicolo.»

«Mi dispiace molto, Abigail. Sono perfettamente consapevole dei vostri sentimenti per Stephen e di quello che può significare per voi perdere entrambi gli uomini importanti della vostra vita» disse Bell.

«Sei sempre stato il mio sospettato numero uno, Steve» disse Declan.

«Non mi sembra ci siano prove schiaccianti» disse Margaret. «Non credo che reggerebbero in tribunale.»

«Non vi sembra molto più probabile che uno di quei ladri sia entrato?» disse Abigail, in preda al panico. «La finestra aperta, il pezzetto di stoffa. Cioè, Stephen e Benjamin si conoscevano da tutta la vita...»

«Ah, il pezzetto di stoffa nel graticcio! Stephen aveva bisogno di distogliere l'attenzione da sé e dagli altri ospiti della casa, così quando nel Capitolo 14 ha saputo della banda di contrabbandieri ha deciso di implicarli nell'omicidio. Ha preso una delle sue giacche e l'ha strappata, poi ha messo il pezzetto di stoffa dove sapeva che la avremmo trovata. Era quella che mancava dal vostro armadio quando ho ispezionato la vostra camera. Ha approfittato del fatto che Barbara durante la notte era stata svegliata da qualcuno che cercava di aprire la porta della sua stanza e dal fatto che anche Abigail e Cormac quella notte avevano sentito qualcosa. Credo anzi che li abbia incoraggiati a ripescare quei ricordi. Doveva semplicemente piazzare quella prova sul graticcio per dare l'impressione che il killer fosse entrato nella stanza in quel modo, e attribuire la cosa alla banda che presumeva non sarebbe mai stata presa, e quindi neanche lui.»

«Sembra talmente incredibile» disse Cormac.

«Eppure...»

Stephen guardava Abigail, che piangeva sommessamente.

«Abigail, ti prego. È assurdo. Quest'uomo non sa quello che dice. Io volevo bene a Benjamin. Non avrei mai fatto una cosa del genere. Lo sai. Ti prego. Si è inventato tutto. Non ci sono prove.»

«Ed è qui che vi sbagliate» disse Bell, con semplicità. «Puoi farlo entrare, Sacker.»

Sacker aprì la porta del soggiorno e apparve l'ispettore Ferret. Aveva in mano una giacca marrone tutta stropicciata.

«Buonasera» disse con una certa solennità.

«È vostra questa giacca, Stephen?»

«Io... io non...»

Ferret sollevò la giacca e la spostò per svelare il pezzo di stoffa mancante. Declan si alzò e la esaminò da vicino.

«Ha le tue cifre, Steve» disse.

«Oddio» esclamò Margaret, e corse accanto a Abigail. Stephen stava ancora cercando di parlarle.

«Abigail, ti prego. Abigail, posso... questo non prova niente...»

«State lontano da lei» disse Bell.

Declan si mise tra Stephen e Abigail.

«Siediti, Steve.»

«In realtà non è necessario» disse l'ispettore. «Lui viene con noi.»

Misero le manette a Stephen, e mentre lo portavano via lui gridò: «Abigail, Abigail, ti prego...».

«Non avevo previsto questa conclusione» disse Sacker.

«Neanche io» disse Bell. Si guardava le scarpe. Perso in altri pensieri.

«Non sembri troppo soddisfatto della tua soluzione. Rilassati. L'hai preso, Bell!»

«Davvero?»

*

Abigail quasi scoppia a piangere vedendo il mucchio di lettere sul pavimento dell'ingresso. Raccoglie tutte le buste e le sfoglia: ci sono conti e pubblicità e parecchi numeri di una rivista. Tutte cose che dovrà disdire o pagare. L'appartamento è cristallizzato nel tempo. Ci sono ancora rimasugli di Natale: biglietti in vista sulla libreria e un piccolo albero. Ci sono piatti impilati ad asciugare, una bottiglia di shampoo reclinata nella doccia, libri letti a metà accanto al letto. Margaret è l'unica persona a cui Abigail avrebbe potuto chiedere di aiutarla in questo compito, e alla fine non ha avuto bisogno di chiederglielo, perché è stata Margaret a parlarne per prima. Abigail aveva accuratamente evitato per mesi di affrontare il problema dell'appartamento, spostandolo ogni volta in fondo alla lista delle cose da fare fino a quando Margaret l'aveva chiamata un giorno e aveva proposto di occuparsene lei. Ma Abigail non voleva che sgomberasse tutto da sola, c'erano troppe possibilità di trovare qualche indizio, perciò scelse un compromesso e fissarono una data in cui farlo insieme. Margaret arriverà tra poco, ma prima Abigail deve fare una cosa. Cerca un diario. Controlla in camera di Benjamin: il letto sfatto, il cuscino con ancora impressa la forma della sua testa. Fruga nei cassetti dell'armadietto accanto al letto e poi guarda nel guardaroba. Ha l'odore di Benjamin, si appoggia al viso le maniche di una camicia e si chiede cosa ne farà di tutta quella roba. Ci sono scatole da scarpe piene di vecchi biglietti e programmi, ma niente diario. Una scatola è stracolma di fotografie del matrimonio dei loro genitori. Si siede sul pavimento e se le sparpaglia davanti: sua zia con un vestito di taffetà azzurro, una ragazzina addormentata con il suo cesto di fiori da spargere, un tavolo pieno di boccali. Tutti sono così belli, così giovani. Nel piccolo ufficio che suo fratello aveva creato nella camera degli ospiti, fruga nei cassetti della scrivania e trova una quantità di cose che dovrà restituire al capo di Benjamin, ma niente diario. Deve ammettere che lui non era un tipo da diario. Non ricordava che ne avesse mai avuto uno neanche da ragazzo. Il portatile è ancora lì. Lo apre e lo accende, ma non sa la password. Bussano alla porta. Margaret è molto efficiente. Ha portato sacchi della spazzatura e scatoloni. Mentre attraversano insieme l'appartamento, Margaret fa qualche commento casuale tipo: «Ah, anche qui ci sono dei libri» e «Conosco una persona che sta cercando una poltrona». Buttano giù un piano d'azione. Margaret pensa che riusciranno a fare un bel po' di lavoro, oggi. «Avrò dei giorni liberi in questo periodo, perciò posso venire a finire quando vuoi» dice. Margaret ha una certa tendenza a prendere il sopravvento e Abigail trova comodo seguire la scia. Margaret vuole iniziare da biancheria, tovaglie e indumenti. Abigail si ritira nella sicurezza della cucina, così poco intima. Comincia a togliere dagli armadi ciotole e piatti e tazze, e li mette negli scatoloni. Non ne riconosce nessuno. E non le sembrano affatto nello stile di Benjamin. Si chiede dove finiranno, chi li prenderà. Ci sono un frullatore e innumerevoli utensili da cucina e pentole e padelle. Un bicchiere usato nel lavandino con le sue impronte. E all'improvviso si sente sopraffare. Ci sono talmente tante cose, ormai inutili, servono solo a occupare spazio. Pensa a tutti gli oggetti che ha in casa sua e della maggior parte dei quali non ha alcun bisogno, e si sente girare la testa, deve sedersi al tavolo. Il tavolo della cucina, un'altra cosa che dovrà andarsene. Speriamo che il nuovo proprietario dell'appartamento voglia tenerlo. Magari prenderanno anche il divano e il tavolino basso e il letto. È disposta a dargli tutto quello che vogliono. L'agente immobiliare è stata molto ottimista. Ha detto che in questo momento il mercato tira. Non avranno problemi a trovare un acquirente. E sarebbe bene metterlo in vendita prima della frenesia immobiliare estiva. Benjamin ha vissuto qui soltanto per quattro anni. L'aveva comprato dopo essere stato a lungo in affitto. Abigail è sicura che avesse dei progetti per questa casa e per quella successiva. Ma non sente nessun legame. Questa per lei non è casa. Abigail decide di raggiungere Margaret in camera da letto. Glielo chiederà. Non ha niente da perdere. Si giocherà le sue carte, anche se le sue carte non valgono niente a meno di non ricevere una risposta. «Benjamin...» comincia Abigail. Si schiarisce la voce. «Benjamin teneva un diario quando eravate insieme? Sai, un quaderno... qualcosa...» Margaret resta in silenzio per un attimo. «No, non che io sappia. Non credo proprio che Benjamin fosse un tipo da diario. Perché me lo chiedi?» «Oh, be'. Immagino...» Margaret smette di infilare lenzuola nei sacchi neri. «Oh, sì» dice. «Sì, sarebbe comodo, ma non credo... possiamo cercare, naturalmente.» Abigail non si prende la briga di dirle che ha già cercato. «Queste me le porto a casa, le lavo e poi le mando a quell'associazione di cui ti ho parlato» dice Margaret, ricominciando a riempire i sacchi. «E possiamo fare così anche con i suoi vestiti. Esaminali tu. E...» Si interrompe. Non guarda Abigail. Ha in mano un grande lenzuolo e lo piega distrattamente. «Mi piacerebbe prendere qualcosa, se posso. Una camicia, magari, o... non so. Se tu sei d'accordo. Non vorrei... decidi tu.» «Ma certo» dice Abigail. «Prendi tutto quello che vuoi.» «C'è una giacca che mi piace. La metteva sempre, un'estate. Gli stava molto bene» dice Margaret. «Prendila» dice Abigail. «Quell'associazione è davvero valida» continua Margaret. «Una mia amica fa volontariato per loro. Per quello li conosco.» A Abigail viene in mente qualcosa. Una sensazione che aveva dimenticato. «Quando è morto vi eravate rimessi insieme?» chiede Abigail. Margaret la guarda stupita. «Perché me lo...? No» dice. «No, non stavamo insieme.» «Oh» dice Abigail. «L'ho pensato quando siete arrivati. Mi è sembrato che ci fosse qualcosa fra voi. Una vicinanza, qualcosa.» «Niente» dice Margaret. Rivolge a Abigail uno sguardo attento. «Però io volevo bene a tuo fratello.» «Oh, ma non è quello» dice Abigail. «È solo che ho proprio pensato che fra voi fosse di nuovo scattato qualcosa.» «È passato tanto tempo» dice Margaret, e Abigail annuisce. «Potresti dirmi... il giorno della festa... durante il viaggio, prima di arrivare... com'era lui?» Margaret riflette per un attimo. Vuole essere precisa. «Era come al solito.» «Questo è quello che mi ripetono tutti. Non riesco a capire come nessuno di noi si sia accorto di qualcosa.» «Neanche io lo capisco. Se ci fosse stato qualcosa che non andava me ne sarei accorta. Non è possibile vivere con qualcuno e nascondere per sempre cose del genere.» «E allora cosa è successo?» Ma Margaret non ha una risposta. «Siete arrivati tardi» dice Abigail. «Cosa avete fatto?» «Sono venuti a prendermi Benjamin e Declan. Sono venuti a prendermi a casa mia e ci siamo messi in viaggio. Ci siamo fermati a fare benzina e... niente di speciale... abbiamo ascoltato un po' di musica, e abbiamo parlato di cose senza importanza, neanche mi ricordo: Natale, il lavoro, progetti per il nuovo anno, cose così. E poi, ecco, Benjamin ha deciso che prima di arrivare voleva fermarsi in un posto. Una spiaggetta. Mi sembra che gli sia venuto in mente durante il viaggio. Non c'erano cartelli, ma ha indicato la strada a Declan. Gira qui a destra, e poi a sinistra, lungo stradine sterrate che non erano segnate sulla carta. Io mi sono lamentata. Saremmo arrivati in ritardo, e non avevo voglia di starmene su una spiaggia gelida in dicembre. E poi siamo arrivati a questa insenatura deserta, siamo scesi dalla macchina, e siamo rimasti lì per una ventina di minuti. Ci siamo seduti e lanciavamo pietre sull'acqua. Ma faceva un tale freddo, tremendo. Sono tornata in macchina e Declan ha acceso il riscaldamento, ma Benjamin è rimasto ancora un pochino sulla spiaggia. Ammetto che ero un po' seccata, ma adesso la vedo diversamente. Dopo, sono stata contenta...» Ma Margaret non riesce ad andare avanti. Singhiozza e Abigail la abbraccia. Vedere Margaret crollare in questo modo la fa sentire in un certo senso più forte. Margaret non piange mai, non permette mai alle emozioni di travolgerla. È sempre stoica. «Non riesco a credere che se ne sia andato» dice Margaret. «Non è giusto. Si meritava di meglio.» «Meritava è una parola strana» dice Abigail. «È quella giusta» dice Margaret. «Immaginavo che sarebbe stato nella mia vita per sempre.» «Anche io» dice Abigail. «Ma adesso ci sarò io nella tua vita per sempre. Se vorrai» dice Margaret, asciugandosi le lacrime. Abigail ride. «È una proposta?» chiede. «È una minaccia.» E ridono entrambe. Margaret si sta asciugando gli occhi. «Dai, questo posto non si svuoterà da solo.» Ecco, è di nuovo sé stessa. «Stephen va a lavorare a Varsavia» dice Abigail. «Si trasferisce lì per il lavoro e per la sua ragazza.» «Sì, tipico suo» dice Margaret. «Purtroppo su di lui non si può fare affidamento. So che avevi una cotta per lui. E naturalmente Stephen non ha nulla che non va, ma è un filo troppo egoista, non trovi?» Abigail trova. «Ha deluso Benjamin un paio di volte. E hanno litigato, anche, ma... ormai non ha più importanza. Sono tante, le cose che non hanno più importanza» dice Margaret.

24
Un'altra soluzione

«Ma certo!» dichiarò improvvisamente Bell. «Come ho potuto essere tanto sciocco!»

Chiamò Sacker. «Per favore, Sacker, raduna tutti in salotto.»

«Hai trovato la soluzione?»

«Sì. Proprio adesso. Sono stato talmente stupido. Da non crederci. Ce l'avevo davanti agli occhi. Ti prego, fai presto. Non possiamo perdere altro tempo.»

Sacker andò a cercarli, e rapidamente ospiti e padrona di casa si riunirono in salotto come aveva chiesto Bell. Si erano cambiati per la cena. Bell li aspettava in piedi, impettito. La stanza intera trasudava impazienza.

Quando la porta si fu chiusa alle spalle dell'ultimo arrivato, Bell iniziò.

«La chiave di ogni indagine su un omicidio è il movente. Il movente è la chiave che apre la porta della soluzione. E mentre il mondo è un luogo variegato e le persone sono esseri complessi, l'omicidio non è complicato. Anzi, per la maggior parte dei delitti il movente è, secondo me, una cosa banale. Può essere amore o vendetta o gelosia. Le emozioni base di un essere umano. E appena ho concentrato la mia attenzione sui possibili moventi per questo crimine, è stato subito evidente.»

«Quindi voi conoscete l'identità dell'assassino?» chiese Abigail, con un movimento repentino.

«Sì, mademoiselle, la conosco» disse Bell, con semplicità. I volti delle persone che aveva di fronte impallidirono. «Ho capito subito che si trattava di un delitto passionale. Un crimine che nasceva da odio profondo o profondo amore, che poi molto spesso sono la stessa cosa. Le persone possono fare cose tremende per amore, o per la mancanza dell'amore.»

Gli occhi di Bell si spostarono dall'uno all'altro dei presenti.

«Voi volevate bene a vostro fratello, vero, Abigail?»

«Sì, certo» rispose lei.

Stephen sembrava sconvolto da quella domanda.

«Molti gli volevano bene» disse Bell. «Anche voi, Declan, volevate bene al vostro amico, giusto?»

«Sì, il mio migliore amico» disse Declan. «Anche se ammetto di non averlo trattato come meritava.»

«Ricordo la nostra conversazione nel capitolo 12, quando foste molto onesto a proposito delle vostre colpe e delle difficoltà della vostra amicizia. Siete stato molto esplicito, eppure avete omesso deliberatamente qualcosa, avete lasciato fuori una cosa molto importante. A quanto pare non vi siete ancora liberato del tutto della vostra dipendenza. Ho visto nei vostri occhi che mentre parlavamo di quella sera voi vi siete reso conto di qualcosa. A un certo punto vi siete distratto. Adesso potreste essere sincero con me e dirmi di che cosa si trattava?»

«Non so cosa vi...»

«Ah, benissimo. Speravo nella vostra onestà, ma immagino sia chiedere troppo» disse Bell. «Dovrò cavarmela da solo. Poco fa Sacker vi ha sorpreso in una posizione compromettente con Margaret...»

Adesso era Margaret a inorridire.

«Come osate! È una affermazione oltraggiosa. Non sapete che cosa avete visto» disse Margaret. «Stavamo semplicemente parlando. Assolutamente nient'altro. Come osate insinuare qualcosa di diverso.»

«Avete ragione a dire "non sapete che cosa avete visto". È vero. Sacker non lo sapeva, ma io sì. Ho capito subito il perché del vostro segreto bisbigliare. Stava tentando di ricattarvi, mademoiselle.»

«Assurdo!» dichiarò Declan. Margaret quasi si strozzò.

«Era un ricatto, sì. Avete ancora dei debiti di gioco, Benjamin vi aveva rifiutato un prestito, e avete colto al volo l'occasione. Ovvero quell'intuizione che avete avuto mentre parlavamo di quando durante la notte siete salito in cerca del bagno. Mi avete detto che eravate molto ubriaco, e che vi siete aggirato barcollando e provando varie porte in cerca prima del bagno e poi della vostra camera. Sospetto che una delle porte che avete provato ad aprire fosse quella di Barbara... Ecco cosa vi ha disturbata, mademoiselle, non lo avevate sognato, dopo tutto. Prima di rinunciare e tornare a dormire di sotto avete provato con un'altra porta. Ciò che al momento eravate troppo ubriaco per comprendere è che la seconda camera da letto in cui siete entrato era quella di Margaret. Ve ne siete ricordato solo mentre vi interrogavo.»

«Ma non capisco» disse Abigail. «Che importa se è entrato per sbaglio in camera di Margaret?»

«Infatti» disse Margaret.

«Importa perché la stanza in cui è entrato era vuota. Eravate appena stato in bagno, quindi sapevate che Margaret non era lì. E non era neanche al piano di sotto, perché vi sareste incrociati. Vi siete reso conto che, più o meno all'ora in cui Benjamin veniva ucciso, Margaret non era in camera sua.»

Declan sembrava senza parole. Sconfitto. Abigail gridò e Stephen le passò un braccio attorno alle spalle.

«È una stupidaggine. Assolutamente. Diglielo, Declan. Non è possibile che si sia ricordato... era troppo ubriaco... non reggerebbe mai...»

Bell si rivolse a Margaret.

«Eravate innamorata di Benjamin, dovevate sposarvi e poi lui vi aveva lasciata. Fingevate che per voi andasse bene così, che fosse stata una decisione congiunta, ma il vostro cuore era incandescente di rabbia. Vi sentivate ferita e umiliata. E poi, prima del vostro arrivo insieme in questa casa, lui vi disse qualcosa, qualcosa che riguardava Barbara, che vi fece scoppiare il cuore, e la rabbia e l'odio invasero ogni parte del vostro corpo. Quella notte vi recaste in camera di Benjamin. Forse per convincerlo a rimettersi con voi, forse solo per discutere, ma lui non volle parlarvi. E così tornaste più tardi, quando tutti gli altri abitanti della casa dormivano. E, con un gesto dettato dalla furia, lo uccideste. Nel capanno del giardiniere ci sono molte bottiglie di veleno. E poi in camera vostra ho trovato la bottiglietta di un profumo costoso, vuota... mentre lui dormiva avete spruzzato il veleno mortale, avete cambiato l'ora sulla sveglia e posato un flacone di sonniferi sul comodino. Poi siete uscita e avete chiuso a chiave la porta dall'esterno.»

Barbara si portò una mano alla bocca. Abigail gridò di nuovo. Stephen bestemmiò.

«Ma non ha senso» disse Cormac. «La porta era chiusa, e quando abbiamo controllato la mattina seguente la chiave era all'interno.»

«Ah, sì. Il mistero della camera chiusa. Una volta che avete buttato giù la porta, per Margaret è stato facile prendere la chiave che aveva nella tasca della vestaglia e rimetterla nella serratura mentre voi altri eravate impegnati. E, ugualmente, prendere un orecchino dal portagioielli di Barbara e piazzarlo sul cadavere in modo che io lo trovassi è stato uno scherzetto.»

Poi Bell si rivolse a Declan.

«Vi consiglio, signore, quali che siano i vostri debiti e le vostre disgrazie, di non continuare a fornire un alibi falso a un'assassina. Perché questo è ciò che lei è. Almeno in morte, dimostratevi un buon amico di Benjamin.»

Declan faticava a controllare il respiro. Tutti attesero che si ricomponesse.

«È vero...» disse infine. «Non era in camera sua...»

A quel punto si scatenò l'inferno. Margaret si precipitò addosso a Bell, lo gettò per terra e urlò fino a quando Cormac e Stephen non la tirarono via. Abigail era sconvolta. Barbara catatonica. Sacker andò ad aiutare Bell a rialzarsi.

«No, no. Lasciami. Per favore, vai a chiamare l'ispettore Ferret» disse Bell. «Sta aspettando in fondo al vialetto per arrestare l'omicida.»

Sacker fece come gli era stato detto. Margaret continuava a urlare selvaggiamente. Cormac e Stephen lottavano per tenerla ferma. Bell si rialzò con cautela e osservò quel gruppo di persone devastate.

«Santo cielo» disse Bell. «Santo cielo. Ho sbagliato di nuovo.»

*

Non era mai stata a casa di Cormac... Be', adesso però è la casa di Cormac e Olivia. Sono una coppia. Una famiglia. Una unità. Abitano in una zona della città molto gradevole: pochissime auto, niente urla, alberi alti, un negozietto all'angolo che vende torte fatte in casa. Abigail passa davanti a una casa con una bicicletta per bambini buttata sul prato e un gatto che sta saltando attraverso le sbarre di un cancello di ferro. La casa di Cormac e Olivia sfoggia una selezione di gnomi bitorzoluti in giardino. È questo il loro stile? Magari glieli hanno regalati. O erano già qui quando si sono trasferiti? È così difficile capire come sono veramente le persone. Viene Cormac ad aprire. La abbraccia prima di farla entrare. Olivia fa capolino dalla porta della cucina per un rapido "ciao" e per offrirle tè o caffè. Porta in salotto un bollitore fumante e un pacco di biscotti, ma poi torna in cucina. Abigail la sente battere sul portatile. Sospetta che abbiano deciso come gestire questa visita prima del suo arrivo. Ciascuno interpreta il proprio ruolo. È un equilibrio delicato. Mentre Cormac versa il tè, Abigail osserva la stanza e ciò che contiene. È piena di oggetti che le piacerebbe esaminare se ne avesse l'opportunità. «Come stai?» chiede Cormac. «È una domanda stupida, ma devo fartela.» «Sto bene» dice Abigail. «Solo che sono sempre stanchissima... Ma... va bene.» Cormac annuisce. «E tu come stai?» chiede Abigail. «Anche io sono stanco. E mi sento... Olivia e io abbiamo camminato tanto, lunghe passeggiate. E letto molto e ogni sera guardiamo un film. Mi sembra che in qualche modo queste cose siano d'aiuto» dice. «Sono contento che tu sia venuta a trovarci» «Sì, volevo farlo, ma...» «No, no, no, ci mancherebbe.» Cormac apre il pacchetto dei biscotti. «Come va al lavoro?» chiede. «Tutto bene. All'inizio dell'anno mi sono presa un periodo di ferie, ma ormai sono rientrata a tempo pieno.» «Riprendere la routine fa bene» dice lui. La gente ama la routine. La gente ama la normalità. Tutti sono convinti che per superare la cosa lei debba tornare alla normalità. Ma in realtà è perché così loro potranno andare avanti. Abigail beve un sorso di tè e prende un biscotto che sa che non mangerà. «Volevo parlare con te. Di Benjamin» dice. «Vorrei sapere quello che sai tu. Se sai qualcosa. Mi sembra... mi sembra di essermi persa qualcosa e spero che tu possa aiutarmi a riempire qualche lacuna.» Cormac la guarda, perso e spaventato. «Non sapevo... se vuoi dire questo...» dice. «Io... ovviamente per me è stato uno choc.» Abigail lo interrompe. «Ma c'è qualcosa che io dovrei sapere? C'è qualcosa che tu allora hai notato, e magari al momento non gli hai dato importanza ma adesso lo vedi diversamente? Ti ha mai detto qualcosa? So che probabilmente ci sono cose che avrebbe detto a te – un amico, un uomo – e che invece non avrebbe detto a me.» Cormac resta in silenzio per un istante. «Ci ho pensato tanto. Ero scioccato. Vorrei che questo fosse chiaro. È stata una cosa totalmente inaspettata. Non ho idea di cosa possa essere stato... ma mi è venuta in mente un'unica cosa. Me ne sono ricordato un giorno mentre Olivia e io parlavamo, e non so se sia il caso di dargli peso. È stato... e non so proprio se abbia un significato in questo contesto, ma... eravamo... è stato dopo l'università. L'anno dopo, forse. Mi pare che entrambi già lavorassimo, e una sera siamo usciti, anche con altri, eravamo un gruppo. E naturalmente eravamo ubriachi. Non ricordo se fosse il compleanno di qualcuno. E stavamo tornando a casa a piedi – al tempo avevamo l'abitudine di tornare sempre a piedi, anche alle tre di notte o a qualsiasi ora – e stavamo passando su un ponte e lui mi ha chiesto se avevo mai pensato di buttarmi. Mi ha detto che lui ci aveva pensato. E ubriaco com'ero non mi sono reso conto di quello che mi stava dicendo. Risposi "no, no, figurati". Non avevo capito. Credo di aver riso. Eravamo soli sul ponte. È il modo in cui l'ha detto. Come se fosse una cosa da nulla. Come se fosse uno scherzo o... mi pare fosse nel periodo in cui vostro padre... e poi qualche giorno dopo me ne sono ricordato. E ho pensato che fossero farneticazioni da ubriaco, il tipo di cose che dici quando hai bevuto troppo, niente di serio. E per essere sincero lo penso ancora. Perfino adesso trovo difficile mettere le due cose in relazione.» «Ha parlato di buttarsi dal ponte, e tu non hai pensato che fosse una cosa seria?» chiede Abigail. «Abigail, è successo tanti anni fa. E durante le serate con amici... si dicono tante cose. L'hanno fatto anche altri... probabilmente non l'ho raccontato nel modo giusto. Ho ingigantito la cosa. Lo so come sembra. Ma non ci sono mai stati altri segnali. Non ne ha mai più parlato» dice Cormac. Fa per aggiungere qualcosa ma si blocca, poi riprende. «Se fosse successo adesso, credo che la mia reazione sarebbe stata diversa. L'avrei presa diversamente. Gli avrei fatto delle domande. Avrei controllato. Quando diventi adulto, tutto ti sembra più serio. Allora eravamo sempre un po' smargiassi...» Cormac si interrompe e chiama Olivia. Lei viene sulla porta. «Ti spiace... Abigail e io stiamo parlando di quello che è successo, e forse...» Olivia entra e si siede sul divano, di fronte a loro. Tiene le mani incrociate in grembo. Lei e Cormac si scambiano uno sguardo e poi lui dice: «Quando Olivia era una ragazzina, suo zio si è ucciso». Cormac la guarda e Olivia, lentamente, cautamente, prende la parola. «Nessuno ne parlava mai. E io sono cresciuta pensando che fosse giusto e normale così, e solo un paio di anni fa mi sono resa conto improvvisamente che invece avremmo dovuto parlarne. Per molto tempo sono stata arrabbiata un po' con tutti. Non capivo perché nessuno lo avesse fermato. Non capivo perché lo avesse fatto. A me sembrava tutto semplicissimo. E poi ho letto un articolo su una persona che in passato aveva avuto istinti suicidi. L'uomo diceva che per lui era stato un pensiero passeggero, una sensazione fuggevole. Una sera stava preparandosi a farlo quando un amico gli ha telefonato per farsi aiutare a rispondere a una domanda durante una serata quiz al pub, e così si è distratto e dopo non l'ha più fatto. Era ancora vivo. E questa cosa mi ha sconvolta. Avevo dato per scontato che mio zio avesse progettato la cosa a lungo. Che tutto quello che aveva fatto nei mesi precedenti fosse da analizzare nel linguaggio e nel contesto del suo suicidio. Tutto quello che aveva detto. Tutti i progetti che aveva cancellato. Tutte le decisioni che aveva preso sul lavoro erano state, pensavamo, parte del percorso verso il momento in cui avrebbe posto fine alla propria vita. Bisognava trovare gli indizi. Ma compresi che probabilmente non era vero. Che probabilmente era una storia che ci raccontavamo per trovare un senso a quello che era successo.» Restano seduti in silenzio. Abigail fatica a respirare. «Perciò» dice alla fine «Benjamin ha semplicemente deciso al momento che quella era la cosa giusta da fare? Non era veramente...» Olivia la interrompe. «Non lo so. Davvero. Nessuno di noi lo sa. Ti ho soltanto offerto la mia prospettiva e quello che ho capito. Purtroppo non c'è possibilità di una conclusione certa. Io...» Ma Abigail si è alzata. «Devo andare» dice. Non vuole piangere davanti a loro. Non di nuovo. Lo ha promesso a sé stessa. «Oh» dice Cormac. «Sei sicura?» «Non volevo angosciarti» dice Olivia. «No, no, non mi hai angosciata... è solo che...» Abigail si avvia alla porta e loro la seguono. Si sente profondamente umiliata e piena di rimorso. «Un'amica mi ha dato un libro» dice Olivia. «Me l'ha dato perché mi aiutasse a gestire i miei sentimenti. E mi ha davvero aiutata. Credo che potrebbe confortarti. Ma non sentirti obbligata a leggerlo subito. Mettilo sul comodino e prendilo quando ti sentirai pronta.» Abigail accetta il libro, che le sembra un altro fardello da portare. «E» dice Olivia «con me puoi sempre parlare. O con Cormac. So che sei circondata dall'affetto di tante persone, e che noi non ci conosciamo benissimo, ma io ci sono se vuoi parlare, o qualsiasi cosa...» Abigail annuisce e la ringrazia. Quando chiude il cancello in fondo al vialetto, si gira e li vede. Cormac bacia la fronte di Olivia e lei si stringe a lui. Abigail si chiede se li rivedrà mai. Naturalmente ci sarà il matrimonio. Sarà invitata. E ci saranno tutti. E Cormac nel suo discorso citerà Benjamin. E la vita sarà andata avanti. Un giorno magari li incontrerà per strada, e saranno tutti imbarazzati. Adesso ha l'impressione di essere stata un'intrusa nella loro vita domestica e si sente dolorosamente cattiva per il dolore che ha portato in casa loro.

25
Un'altra soluzione

«Ma certo!» dichiarò improvvisamente Bell. «Come ho potuto essere tanto sciocco!»

Chiamò Sacker. «Per favore, Sacker, raduna tutti in salotto.»

«Hai trovato la soluzione?»

«Sì. Proprio adesso. Sono stato talmente stupido. Da non crederci. Ce l'avevo davanti agli occhi. Ti prego, fai presto. Non possiamo perdere altro tempo.»

Sacker andò a cercarli, e rapidamente ospiti e padrona di casa si riunirono in salotto come aveva chiesto Bell. Si erano cambiati per la cena. Bell li aspettava in piedi, impettito. La stanza intera trasudava impazienza.

Quando la porta si fu chiusa alle spalle dell'ultimo arrivato, Bell iniziò.

«Nel capitolo 3 mi è successo all'improvviso di provare una strana sensazione» disse Bell. «Non riuscivo a identificarla. C'era qualcosa che mi era in qualche modo familiare. Ho pensato che si trattasse di questa casa. Forse ci ero già stato. Durante la mia carriera mi sono trovato in tantissime dimore di campagna. Ho pensato che fosse il tipo di vicenda a essere familiare. Il che in un certo senso è vero, ma neanche questo spiegava quella disturbante sensazione. Soltanto stamattina sono riuscito a identificarla. Ha perfino un nome: déjà vu. È francese, e significa "già visto". È quello: ho già visto qualcosa che c'è in questa casa.» Dopo una breve pausa aggiunse: «Una faccia».

Qualcuno trattenne il fiato. Altri si agitarono sulla sedia.

«Ho riconosciuto qualcuno. Cosa c'è di strano, potreste dirmi, e avreste ragione. Ma non è una faccia che mi porta ricordi felici. È il volto di un'assassina.»

«Ma non può essere» disse Abigail. «Qui ci siamo soltanto noi.»

«Ma voi dovete senz'altro rendervi conto, mademoiselle, che sbagliate. Questo è un romanzo poliziesco, giusto? E quindi qualcuno, qui, dev'essere un omicida.»

«E allora diteci chi è» disse Declan, che era in piedi e teneva le mani sprofondate nelle tasche.

«Non ancora, Declan. Devo prima chiarire il contesto» disse Bell. «Ho pensato molto al passato. A dire la verità, per me è diventata quasi un'ossessione. Continuo a tornare sulle mie avventure passate. E in particolare su un caso: il mio primo caso. Sono passati ormai più di trent'anni. Ho risolto un omicidio che mi ha reso famoso e mi ha lanciato in questa nuova carriera di detective. Di recente ho pensato di ritirarmi. Un pensiero che non ho condiviso con nessuno, nemmeno con Sacker. E avevo supposto che l'insistenza sul mio primo caso fosse dovuta proprio a questo. Ma no, non era così che stava funzionando il mio cervello. Il mio cervello stava invece cercando di dirmi una cosa, una cosa molto importante, ma io l'ho stupidamente ignorato.»

Bell iniziò a camminare avanti e indietro.

«Questo caso presentava troppi indizi. Troppe false piste. Troppi sospetti. Troppi moventi. Fin dall'inizio mi è sembrato che ci fosse qualcosa di sbagliato. Questo non era un semplice omicidio. Era un omicidio che si travestiva da qualcos'altro, proprio come qui qualcuno si sta mascherando da qualcun altro.»

«Signor Bell» disse Abigail, «voi mi confondete. Cosa significa tutto questo?»

Bell si girò verso di lei e disse: «Semplifico. L'assassina è qui in questa stanza. E questa assassina finge di essere qualcuno che non è».

«Bene, e chi sarebbe?» chiese Stephen, con una nota di frustrazione nella voce.

Bell si voltò.

«È... Olivia.»

Cormac saltò in piedi, incredulo e oltraggiato. Olivia non si mosse.

«Oh, mio Dio, è stata lei? Ha ucciso Benjamin?» gridò Margaret.

«Ovviamente no, non dire sciocchezze» protestò Cormac. Olivia, ancora seduta, si stringeva le mani tremanti.

«Però è quello che sta dicendo Bell, a quanto pare» affermò Stephen. Stava osservando Olivia, guardingo.

«Molto tempo fa sono stato coinvolto in un caso famoso. È passato davvero tanto tempo, ma non dimenticherò mai il viso del mio primo assassino, che era una donna. E questa è la faccia che ho di fronte.»

Gli altri non sapevano cosa dire.

«Sospetto che abbiate cambiato nome. E anche il colore dei capelli. Ma lo stesso somigliate tantissimo a vostra madre; è difficile cambiare completamente aspetto.»

Olivia, in lacrime, annuì.

«Sentite» disse Cormac. «È necessario, tutto questo? Olivia non ha mai conosciuto sua madre. È nata in prigione, e gliel'hanno subito tolta. Questa è una persecuzione.»

«Lo sapevi?» chiese Margaret.

«Certo» disse Cormac. «Vogliamo sposarci. Ma che differenza fa? Dobbiamo essere giudicati per i peccati dei nostri genitori?»

«Cattivo sangue, amico mio» sbuffò Declan. Cormac, senza esitare, si alzò, attraversò la stanza e diede un pugno in faccia a Declan. Nessuno lo fermò. Declan barcollò all'indietro ma non reagì.

Cormac si rivolse a Bell, supplichevole. «Vi prego, come potete credere... che motivo avrebbe avuto?»

«Credo» disse Bell «che Benjamin avesse scoperto il suo passato e abbia minacciato di rivelarlo. Nel suo ufficio, in un cassetto chiuso a chiave, ho trovato questa.» Tirò fuori l'agendina. «Pensavo che quel vecchio caso mi perseguitasse, ma adesso mi rendo conto che ero io a dargli la caccia. Prima non avevo compreso cosa significassero queste parole, ma ora lo so. Benjamin conosceva il vostro segreto e aveva disperatamente bisogno di soldi.» Si rivolse a Olivia. «E vi ricattava.»

«Sono stato io» disse Cormac, precipitandosi al centro della stanza. «L'ho ucciso io.»

Tutti trattennero il fiato. Abigail cercò di alzarsi, ma le gambe non la ressero. Stephen la sostenne per un braccio.

«Tu? Cormac?» Abigail si rimise a sedere e scoppiò in lacrime.

«Ho litigato con Benjamin in camera sua dopo che eravamo andati tutti a letto e... ero andato per cercare di chiarire le cose. Da uomo a uomo. Pensavo che avrebbe recuperato il suo buon senso. Gli dissi che volevo sposare Olivia. Volevamo iniziare una nuova vita insieme. Un nuovo inizio. Liberi da tutte quelle sciocchezze. Ci saremmo trasferiti all'estero, ma lui non mi ascoltava. Si è dimostrato così irragionevole che ho perso la testa. L'ho colpito, più volte, e poi lui è caduto e ha battuto la testa contro il fianco del letto. E non si è più mosso: Oddio... ero in preda al panico. Sapevo cosa avrebbero pensato tutti, anche se in realtà era stato un incidente. Ma sapevo che nessuno mi avrebbe creduto.» Tornò a sedersi e strinse a sé la fidanzata. «Mi dispiace tanto. Vorrei poter tornare indietro.» La sua voce era ridotta a un sussurro.

«È andata così, allora» disse Stephen. «Un terribile incidente. Conosciamo tutti Cormac da anni. So che non lo avrebbe mai fatto di proposito.»

«Era questa la conclusione a cui siete giunto?» chiese Margaret.

«Non esattamente» disse Bell.

«Ma vi giuro che è stato un incidente» disse Cormac.

«Oh, io credo alle vostre parole. Ma non credo che siate stato voi a uccidere Benjamin.»

«Come sarebbe a dire?» chiese Abigail.

«Io credo, Cormac» continuò Bell, «che siate tornato in camera vostra e abbiate confessato tutto alla vostra futura moglie. Eravate disperato, e lei vi ha consolato. Ma lei non era disperata. Non prova nessun affetto per Benjamin, lei. Lo voleva morto. Questa è la verità. Ma doveva essere sicura che fosse morto, e che Cormac non avesse lasciato nella stanza niente che potesse incriminarlo. Così quella notte, appena Cormac si è addormentato, è tornata nella camera di Benjamin ad allestire la scena: il suo piano era di chiudere la porta a chiave e lasciare aperta la finestra del balcone in modo che sembrasse che il killer fosse venuto da fuori. Purtroppo Olivia colse Benjamin mentre stava riprendendo i sensi. Non era morto, aveva solo preso una brutta botta. Adesso Olivia deve fare una scelta: andarsene, e permettere a Benjamin di chiedere aiuto? Questo porterebbe alla scoperta che è stato Cormac ad attaccarlo, e farebbe sì che tutti gli altri mettessero Cormac al bando, o forse anche peggio. E naturalmente Benjamin avrebbe comunque rivelato la vera identità di Olivia. Per loro due sarebbe stata la fine. No, questa non era un'opzione, per lei. Invece, ragionò velocemente e scelse l'unica opzione praticabile: portare a termine il compito lei stessa. Con un cuscino, vero? Probabilmente non è stato difficile, date le condizioni di Benjamin.

«E poi avete sistemato il corpo in modo che sembrasse un suicidio prima di fuggire dal balcone. Ricorderete che da ragazza è stata campionessa di ginnastica. Con il nostro esperimento abbiamo appurato quanto sarebbe stato difficile per qualcuno entrare in quella stanza passando dal balcone, ma ovviamente non ci siamo invece resi conto di quanto sarebbe stato facile andarsene in quel modo. È questo il colpo che avete udito durante la notte, Abigail. Olivia è rientrata in casa dalla porta laterale ed è andata di sopra.»

«No, no» disse piano Cormac.

«Aveva troppo da perdere se Benjamin si fosse ripreso» disse Bell. «Sentiva di doverlo fare.»

«L'ho fatto per noi!» esclamò Olivia. «Avevo paura che se si fosse ripreso avrebbe detto che eri stato tu a colpirlo e che io sono la figlia di un'assassina. Anche se adesso naturalmente anche io sono un'assassina. Forse alla fine aveva ragione lui.»

«Avresti dovuto lasciare che mi prendessi io la colpa» gridò Cormac. Gli altri tacevano, incapaci di assimilare quello che avevano appena ascoltato.

«Una brutta situazione» disse Bell a Ferret mentre Cormac e Olivia venivano scortati al furgone della polizia.

«Davvero vi spiace per loro?» chiese Ferret.

«Non posso fare a meno di compatirli. Che pasticcio. Davano per scontato che nessuno sarebbe stato dalla loro parte. Che la forza di Benjamin gli avrebbe messo tutti contro. E forse avevano ragione.»

«L'omicidio è sempre omicidio» disse Ferret.

«Davvero. Immagino che lei finirà sulla forca» disse Bell.

«Sì, e lui sconterà parecchi anni per aggressione, più tutti gli altri capi di imputazione che riusciremo a mettere insieme.»

«È tutto, allora?» chiese Ferret.

«Non proprio» rispose Bell.

*

Abigail si era dimenticata di Barbara. Era terribile doverlo ammettere. E poi, quando se ne fu ricordata, trovava imbarazzante l'idea di mettersi in contatto con lei. Era passato troppo tempo. Ma era curiosa. Si chiedeva cosa fosse successo quando Barbara era tornata al lavoro in gennaio. Che domande le avevano fatto? Cosa aveva detto lei? Abigail era sempre stata curiosa riguardo al lavoro di Benjamin. Era l'unico aspetto della vita di suo fratello a cui non aveva mai avuto accesso. Lui parlava di promozioni e incentivi ed esercizi di team-building, e lei annuiva partecipe, ma non gli aveva mai veramente prestato attenzione. Quando finalmente scrisse a Barbara sulla email di lavoro, Barbara propose di vedersi in un bar in città. Abitava con due coinquiline e pensava che non sarebbero riuscite a parlare con un po' di privacy. Al momento Abigail non ci aveva fatto caso, ma adesso, seduta ad attenderla con un cappuccino, pensò a quanto poco ne sapesse di Barbara e a come questo appuntamento in un bar creasse ulteriore distanza fra loro. Le sarebbe piaciuto vedere come viveva Barbara, che libri aveva e se era una tipa ordinata o disordinata. Quando arriva, Barbara si scusa; la riunione è durata più del previsto. È un po' affannata. Abigail le chiede del lavoro e Barbara sospira e dice: «Siamo subissati», ma non vuole soffermarsi sull'argomento. Abigail si chiede se potrebbero essere amiche. Sono in una situazione strana, entrambe. Il loro incontro nasce da una circostanza particolare. Abigail tenta di fare due chiacchiere mentre aspettano il caffè di Barbara. È una conversazione stentata, unilaterale, con Abigail che parla quasi solo lei, contrariamente al solito. Barbara ha l'aria molto tesa. «Posso farti qualche domanda?» chiede Abigail alla fine e Barbara si rilassa. «Ma certo» dice. «Com'era Benjamin in ufficio?» «Oh. Era un bravo impiegato, e un bravo collega, due cose che non sempre coincidono. Era simpatico a tutti. Alla mano. So che sembrano frasi banali, ma è la verità. Era semplicemente bravo in tutto. Bravo sul lavoro, e bravo a trattare con le persone. Io non sono così, e lo apprezzo negli altri.» Barbara tace per un istante. «Le nostre scrivanie erano una accanto all'altra, e così siamo diventati amici. Avevo avuto un anno terribile. Il mio fidanzato, ecco... non era più il mio fidanzato... e credo di aver fatto pena a Benjamin. Ecco perché mi ha invitata al suo compleanno...» «A Benjamin non faceva mai pena nessuno. Non faceva le cose per educazione» dice Abigail. «Ti ha invitata perché gli piacevi.» Il viso di Barbara si illumina. «Tu... in un certo senso durante la settimana passavi più tempo con lui di chiunque altro di noi... hai notato qualcosa? Visto qualcosa?» «No.» Barbara scuote la testa. «Ci ho pensato tanto. Pensato e ripensato. E non ho trovato niente. Sembrava sempre che stesse benissimo. E lui... lo notava negli altri. Quando in ufficio qualcuno soffriva o stava passando un brutto periodo. In me lo ha notato. Era bravo a cogliere i segnali. Questa è la cosa buffa.» «Sto cercando di mettere insieme i pezzi» dice Abigail. «Non ha senso, per me. Ho chiesto a tutti. Voglio capire se mi sono persa qualcosa.» «Lo capisco» dice Barbara. «Al lavoro mi hanno offerto delle sedute di psicoterapia gratis. Finora sono andata una volta. Non so se mi stia già aiutando, ma mi ha fatto bene dire le cose ad alta voce. Nelle prime due settimane dopo che sono tornata c'era questa scrivania vuota accanto alla mia, poi l'ha occupata qualcuno ed è stato... non immaginavo che mi avrebbe fatto così male. Ci manca. In ufficio. Manca tanto a tutti. Dicono che ci può volere un anno prima che qualcuno sia in grado di elaborare veramente il lutto per un partner defunto. Immagino che tu ti trovi in una condizione analoga.» «Un anno» dice Abigail. «Sembra tanto tempo.» Si chiede come sarà il prossimo Natale. Il prossimo Capodanno. Dopo la morte della loro mamma, il Natale era stato sempre in tono minore, e dopo la morte del padre lei e Benjamin avevano dovuto reinventarlo per loro due. Avevano fatto uno sforzo deliberato per creare nuove tradizioni e per rinunciare a quello che non funzionava più. Gli amici li invitavano, ma loro dicevano sempre di no. E a lei piacevano questi Natali nuovi, perché ci avevano messo tanta attenzione per farli diventare loro. Si porta la tazza alla bocca per nascondere le labbra tremanti. Alle spalle di Barbara, vede una famiglia: un uomo, una donna e due bambine piccole. Le bambine hanno una pila di pancake nel piatto. Il padre vorrebbe aiutarle a tagliarli a pezzettini, ma le bambine insistono a volerlo fare da sole. Lottano con le posate e con quei pancake giganti, e i genitori ridono. La gente entra ed esce per prendere caffè da portare via e dolci. Altri stanno fuori, appoggiati al bancone esterno, e parlano al telefono, godendosi quel primo sole. Barbara chiede notizie degli altri. Non li conosce, naturalmente. Non c'entra niente con loro, ma lo fa per educazione. Abigail non sa bene cosa dire. Si rende conto che ormai è tagliata fuori anche lei. Sono gli amici di Benjamin, dopo tutto. «Che è successo col tuo fidanzato?» chiede di impulso, e poi si blocca. «Scusa. Ho parlato senza pensare. Sono un po' più diretta del solito.» «No» dice Barbara. «Non importa. Anzi, mi piacciono le persone dirette. Nessuno mi chiede mai che cosa è successo. Proprio come non mi chiedono mai di Benjamin. Solo sussurri e pacche sulla schiena. La verità, o almeno quello che mi ha raccontato il mio ex, è che ha semplicemente smesso di amarmi. Credo che la realtà sia un po' più complicata.» «Aveva un'altra?» «Non credo. Stranamente, forse questo avrebbe reso tutto più facile. Sarebbe stata una situazione talmente comune e diffusa che sarebbe risultata... so che è una parola strana da usare... consolante. Se capisci cosa intendo. Ma... ormai non ha più importanza. Sono stata triste per tanto tempo e poi, all'improvviso, non ha avuto più importanza. Adesso ho una visione più chiara della nostra storia. Ho una vita ricca e piena. E spero che ci arriverai anche tu. E che tu abbia qualcuno che ti sostiene. Tutti quegli amici. Dev'essere bello far parte di quel gruppo.» Abigail sente che sta per piangere. Escono insieme. «Ho parcheggiato là» dice Barbara, e si avviano verso la sua macchina. «Sono contenta che tu mi abbia chiamata. È che... non ero sicura. Non mi conosci, ma... sono contenta che tu abbia chiamata e che ne abbiamo parlato.» Lo dice in un modo molto definitivo, come se tutta quella vicenda possa essere racchiusa in un'unica conversazione. Sono arrivate alla macchina e Barbara esita. «Mi spiace di non averti dato delle risposte» dice. «Non preoccuparti. Non so neanche io cosa mi aspettassi.» «Ho questa...» Barbara indica il sedile posteriore. Apre la portiera e tira fuori una piccola scatola. «Non so bene... non sei obbligata a prenderla...» Abigail apre la scatola e dentro vede delle fotografie, qualche figurina che non riconosce, qualche articolo di cancelleria, e capisce che è quello che c'era sulla scrivania di Benjamin in ufficio. Si salutano e Abigail va alla fermata dell'autobus con la sensazione di portare con sé le ceneri di suo fratello.

Mentre è sul bus riceve una chiamata del suo agente di collegamento. Le dice che può venire a prendere il telefono di Benjamin quando vuole. Si era completamente dimenticata del telefono. Che sciocca. Perché aveva pensato a un diario? È il telefono quello che le serve. Dice all'agente che sta arrivando. Scende alla prima fermata e attraversa il centro fino alla stazione di polizia, con la scatola in mano. È come se fosse un segno del destino. Continua a imporsi questo pensiero per tutta la strada. Non crede nel destino. Aspetta con pazienza mentre l'agente di turno aiuta due persone a compilare il modulo per la richiesta del passaporto. Finalmente tocca a lei. Quando spiega perché è lì, l'agente cambia subito atteggiamento. Si ammorbidisce. Le porge il telefono in un sacchetto di plastica, e poi le augura dolcemente un buon fine settimana. Abigail lo mette nella scatola e riesce a resistere fino a casa. Appena entrata, posa la scatola per terra e tira fuori il sacchetto. Ci tuffa dentro una mano e prende il telefono. C'è ancora un po' di batteria; alla stazione di polizia devono averlo caricato. Lo apre e compare la scritta FACE ID. Quando lo schermo non la riconosce, subentra una schermata che le chiede la password. Riflette per un attimo e poi inserisce la prima serie di sei numeri che le viene in mente. Il telefono si apre. È destino, ancora una volta. Si siede sul parquet, la scatola di fronte a lei, un piede scomodamente infilato sotto il corpo, e scrolla il telefono: fotografie di un cane carino sul treno, la lista delle cose da fare, messaggi tra lui e una donna su Tinder che si diradano fino a scomparire a partire da novembre, newsletter mai lette nella mail, una lunga lista di notifiche sui risultati di calcio e notizie di politica, l'avviso che manca un backup del telefono da venti settimane, finestre aperte: un articolo del "New York Times", *Wordle*, una ricerca su Google sulle sabbie mobili. Cerca nelle app e trova Instagram. Non credeva che Benjamin usasse i social. Lo apre e inizia a scrollare il suo feed: un miscuglio di località esotiche, cibo, e una manciata di personaggi famosi. Lui ha messo soltanto dodici fotografie: tutte artistiche e misteriose. Riconosce una pianta che era nel suo appartamento. Niente di tutto questo gli somiglia. Le guarda una per una, analizzando commenti e like. Fra chi lo segue non c'è nessuno che lei conosca. È completamente anonimo. Non ci sono messaggi privati o richieste di follow. Poi tanti messaggi tra loro due. Che strano vedersi sull'altro lato di una conversazione. Risale indietro per leggere i loro messaggi. L'ultimo suo: *A che punto siete?* Lui non aveva risposto. Non ce n'era stato bisogno. Era arrivato a casa dopo dieci minuti.

26
E un'altra

«Ma certo!» dichiarò improvvisamente Bell. «Come ho potuto essere tanto sciocco!»

Chiamò Sacker. «Per favore, Sacker, raduna tutti in salotto.»

«Hai trovato la soluzione?»

«Sì. Proprio adesso. Sono stato talmente stupido. Da non crederci. Ce l'avevo davanti agli occhi. Ti prego, fai presto. Non possiamo perdere altro tempo.»

Sacker andò a cercarli, e rapidamente ospiti e padrona di casa si riunirono in salotto come aveva chiesto Bell. Si erano cambiati per la cena. Bell li aspettava in piedi, impettito. La stanza intera trasudava impazienza.

Quando la porta si fu chiusa alle spalle dell'ultimo arrivato, Bell iniziò.

«L'omicidio è un crimine semplice» disse, facendo lentamente avanti e indietro. «Può sembrare riduttivo, ma in base alla mia vasta esperienza, è la verità. Naturalmente, in questo caso abbiamo la complicazione in più – un classico nei romanzi polizieschi –, e cioè una minaccia esterna. Una storia secondaria che scorre accanto alla storia principale e rischia di prendere il sopravvento, ma che alla fine continua il suo percorso parallelo. Due binari che non si toccano mai. E adesso l'ispettore Ferret, che tra l'altro è qui fuori in attesa con i suoi uomini, mi ha fornito alcune informazioni che ho trovato assai illuminanti. L'assassino è stato molto astuto. E il metodo dell'omicidio assai ingegnoso.

«Abigail, la prima volta che ci siamo parlati mi avete detto, forse senza rendervene conto, che le vostre finanze non erano più solide come un tempo. E questo mi è stato confermato da Dorcas, la cameriera, che mi ha parlato della riduzione del personale. "Le cose cambiano" ha detto. E anche i simpatici proprietari della locanda sapevano che voi e vostro fratello eravate in difficoltà economiche. Benjamin ha proposto ai vostri vicini di acquistare una parte della vostra terra e poi, naturalmente, Declan si è visto rifiutare un prestito. Penso che ne abbiate dedotto che Benjamin ne avesse abbastanza di voi, Declan, e anche se probabilmente era vero, credo che un'indagine sui conti di Benjamin dimostrerebbe che non aveva la possibilità di farvi un altro prestito.»

Bell tacque per consentire a tutti di assimilare la cosa. Poi riprese a camminare avanti e indietro.

«E quindi cosa fa, questo giovanotto? Deve mandare avanti la casa e la proprietà. Ha un'azienda in crisi. Deve salvaguardare il buon nome e la reputazione della famiglia. Quindi è costretto a trovare il modo di procurarsi dei soldi al più presto. Qualche giorno fa l'ispettore Ferret mi ha parlato di una banda di ladri di gioielli che opera in questa zona e utilizza le grandi case di campagna come base per le sue imprese criminali. La cosa ha un senso. È un'ottima strategia. Nessun agente di polizia perquisirebbe una casa come questa. È perfetta. È un luogo praticamente off-limits. Ma naturalmente a Benjamin serviva un complice. Qualcuno che fungesse da tramite fra lui e la banda.»

Bell si fermò davanti a Barbara.

«Lo sapevo. Lo sapevo» dichiarò trionfante Margaret.

«Potevate avere dei sospetti, Margaret, ma non erano esatti. Barbara non aveva una relazione con Benjamin. Non erano amanti. E neanche amici, sospetto. Erano complici in un crimine. Tutto lì.»

«No, no, non ha senso» disse Abigail. «Mio fratello non si sarebbe mai fatto coinvolgere in una cosa del genere.»

Bell si rivolse a lei con dolcezza.

«So quanto è difficile per voi. Ma credo che non vi rendiate conto di quanto fosse sotto pressione vostro fratello, né di quello che può fare una persona in certe situazioni. Se la cosa può consolarvi, lo ha fatto per proteggere voi.»

Barbara non aveva ancora detto una parola.

«In questo caso, contano molto le assenze. Quando ho controllato la vostra camera, Barbara, ho notato molte assenze: pochi abiti nel vostro armadio a parte quello che avevate indossato la sera prima, segno evidente che non avevate intenzione di trascorrere qui molti giorni. Questo è il genere di casa in cui ci si presenta a colazione abbigliati di tutto punto, e figuriamoci per la cena, l'aperitivo o la caccia. Eppure voi avevate un solo abito da sera e un solo abito da giorno e un solo cappotto, e fine.»

Barbara mantenne una posa e un silenzio determinati.

«E poi il vostro portagioielli con una sola collana di perle – stupenda – e un solo paio di orecchini di diamanti. Eppure quando vi ho mostrato l'orecchino trovato in camera di Benjamin avete detto che era vostro. Se fosse stato vero, mademoiselle, allora il suo compagno avrebbe dovuto trovarsi nel vostro portagioie in attesa di essere riunito all'altro. E invece...»

Barbara continuava a tacere.

«In precedenza, ero convinto che voi aveste una relazione con Benjamin. Anzi, penso che voi abbiate creato questa impressione per fuorviarmi. Ma anche qui noto un'assenza, questa volta un'assenza di tristezza. Non mi siete mai sembrata particolarmente sconvolta per la morte del vostro gentile principale o amante o amico, quale che fosse la finzione prescelta. E questo perché non eravate affatto triste. Non era necessario. Non avevate alcun legame con quest'uomo a parte la complicità criminale...» Bell sollevò le mani verso il soffitto. «Assenze» disse semplicemente.

Olivia si era messa a piangere, e Cormac la consolava. Abigail e Stephen erano sotto choc, incapaci di muovere un muscolo. Margaret aveva un'aria di trionfo.

«E come ha fatto?» chiese Declan, confuso.

Bell alzò un dito. «Questa è la parte più ingegnosa. E anche qui abbiamo un'assenza. Una morte violenta eppure nessuna arma del delitto. Quando ho letto il referto dell'autopsia, una cosa mi ha colpito. Un'osservazione del dottore, minima ma intrigante: quando aveva esaminato il corpo in camera di Benjamin, il dottore aveva notato che la giacca del pigiama era umida. Non ci fece caso perché la sua attenzione era concentrata sul flacone di sonnifero vuoto, ma io l'ho notato. Nel capitolo 1 ho notato un'assenza – uno spazio – sul pianerottolo, dove sono appese varie armi da fuoco, e poi nel capitolo 15 quello spazio era di nuovo occupato, da una balestra. E mi sono ricordato di *Cleek of Scotland Yard* di Thomas W. Hanshew, o di *Due iniziali soltanto* di Anna Katherine Green. Un ghiacciolo sparato con una balestra attraverso la finestra del balcone. Attirate Benjamin sul balcone, il proiettile lo colpisce, lui barcolla e muore. E poi il ghiacciolo si scioglie, scompare e basta. Un'altra assenza.»

«E lo avete capito subito?» chiese Abigail.

«Compresi il metodo, o almeno me ne feci un'idea. Ma non ero certo che l'assassina fosse Barbara fino a quando il mio buon amico ispettore confermò i miei sospetti dopo aver arrestato il resto della banda. Allora mi sono ricordato dell'orecchino trovato addosso a Benjamin, e ogni tessera è andata al suo posto.»

«Cos'hai da dire in tua difesa?» chiese Stephen a Barbara.

«Come farai a cavartela?» chiese Margaret.

Barbara si alzò lentamente e disse con dolcezza: «Buona notte», prima di avviarsi verso la porta.

«Prendetela» strillò Margaret. «Fermatela. Perché non fate niente?»

«Non ce n'è bisogno» disse Bell. «Ferret e i suoi uomini sono qui fuori. Non andrete da nessuna parte, Barbara. Siete arrivata al capolinea.»

Barbara esitò. E finalmente perse la sua aria sicura.

«Non ho avuto scelta» disse. «Benjamin si è tirato indietro all'ultimo, mi ha piantata in asso. Non era soltanto un problema suo. Era anche mio. Io non ho soldi, non sono come voi. Questa faccenda era il mio lasciapassare per un'altra vita. E poi... non si può dipendere da un uomo. Avrei dovuto saperlo. Stava per tradirmi.»

«Ah, certo, l'annotazione che avete letto nella sua agenda mentre facevate quella telefonata dall'ufficio» disse Bell. «Avete creduto che volesse rivolgersi alle autorità, e questa sarebbe stata la fine per voi e per i vostri complici.»

«Benjamin sapeva troppo. Anche se non avesse telefonato alla polizia, avrei avuto quella spada di Damocle sulla testa per il resto dei miei giorni. In realtà era un perfido bastardo.»

Abigail urlò, ma Barbara alzò le spalle.

«È la verità. Era questo che volevi, no? La verità. E adesso ce l'hai. Nuda e cruda.»

«Sacker, direi che adesso puoi chiamare l'ispettore» disse Bell.

«Immagino che mi aspetti la forca» disse Barbara, senza manifestare alcuna emozione.

«Siete troppo intelligente perché vada a finire così» disse Bell.

«La impiccheranno?» chiese Sacker, mentre gli agenti accompagnavano Barbara all'auto della polizia.

«Immagino che verranno a patti: lei è soltanto un ingranaggio in una vasta impresa criminale. Ha ancora qualche asso nella manica.»

«Mi hai davvero sorpreso, Bell» disse Sacker. «Non ci sarei mai arrivato. E sei sempre rimasto così calmo, imperturbabile. Sembra quasi che tutti questi eventi drammatici non ti abbiano minimamente toccato.»

Ma Bell stava ancora riflettendo.

*

La madre di Declan ha preparato un pan di Spagna troppo dolce e un po' asciutto, ma Abigail lo mangia lo stesso. Conosce questa donna da quando era piccola, anche se non sono mai state intime. Era uno di quegli adulti che nella vita di Abigail restavano sempre a una certa distanza. Da bambina, la casa di Declan le sembrava decisamente antiquata: fiorami e soprammobili ovunque, e la madre con la permanente. Non avevano la televisione satellitare e il loro pasto serale era il tè e non la cena. Adesso, vent'anni dopo, la casa è esattamente la stessa: preservata nel tempo. Si chiede quanti anni abbia la madre di Declan: non può averne molti più di settanta, ma ne dimostra ottantacinque da trent'anni. Seduta lì a mangiare pan di spagna asciutto e a bere un liquore di lamponi in un bicchiere di plastica da picnic, Abigail si chiede come mai non ha mai pensato al padre di Declan. Sono sempre stati soltanto lui e sua madre, e Declan non lo ha mai nominato. Benjamin probabilmente qualcosa sapeva. Questo la porta a considerare in modo diverso la minuscola donna di fronte a lei che si sta togliendo uno sbuffo di panna dal cardigan. Aveva cresciuto Declan da sola. Lui è la sua gioia e il suo orgoglio. Naturale. Lo aveva viziato, ma è comprensibile, e

Abigail si sente un pochino più indulgente nei confronti di Declan. La madre di Declan parla di un programma televisivo che le piace. Chiede a Abigail se lo guarda anche lei, ma non è così. La madre di Declan ne parla comunque: il presentatore che le piace, l'altro presentatore su cui non è tanto sicura perché le rammenta qualcuno il cui nome non ricorda, tutte le piccole cose che in quel programma le danno fastidio, e poi adesso in tivù c'è troppa roba e comunque raccomanda a Abigail di guardarlo, quel programma. Declan continua a mangiare la torta in silenzio. Si chiede cosa facesse la madre di Declan quando lui era praticamente sempre a casa loro. Da bambino cenava da loro almeno una volta alla settimana. Lei mangiava da sola? Guardava la televisione da sola? Durante il giorno lavorava? E adesso, naturalmente, non riesce a liberarsene. Declan direbbe che vive ancora con sua madre per aiutarla o perché sta mettendo via i soldi per un mutuo, ma Abigail sospetta che gli piaccia proprio. Si rende conto di essere un po' preoccupata per lui. Benjamin era il suo unico vero amico. Non ha una compagna, e nessuna relazione è mai durata a lungo. Non ha nessun hobby, a quanto le risulta. Ha degli amici sul posto di lavoro? A essere sincera, non si ricorda neanche che cosa fa per vivere. Secondo Benjamin guadagnava bene, ma Abigail non sa su cosa si basasse per dirlo. Non riesce a immaginare Declan al lavoro. Non riesce a immaginare Declan che fa una qualsiasi cosa. Ascolta musica? Gli piace il calcio? Abigail si guarda attorno e si sofferma sulla mensola del caminetto, piena di oggetti preziosi: un orologio di marmo, un mazzo di cartoline, animaletti di ceramica, e una cornicetta d'oro con una foto di Declan e Benjamin da bambini. La madre di Declan dice a Abigail che il funerale e stato bello, ma non capisce perché l'abbiano fatto in forma privata. «So che l'hai voluto tu, ma un funerale privato ha questo, per me» dice. «Che è un po' freddo. Non è un giudizio, naturalmente. E niente chiesa? Cioè, lo so che voi non frequentate, ma sarebbe stato bello ricevere la benedizione... Potrei parlare con padre Flynn e fare la messa di trigesima, se vuoi. Lo faccio volentieri.» La madre di Declan dava per scontato che tutti fossero cattolici ma che qualcuno preferisse tenerlo segreto. «Niente trigesima. Magari faremo qualcosa più avanti, ma non adesso. C'è l'inchiesta e...» «L'inchiesta?» dice Declan. Sono le prime parole che pronuncia in tutto il pomeriggio. «Sì» dice Abigail. «Devono farla... credo che sia di routine. Così mi hanno detto. Mi meraviglia che non ti abbiano convocato a testimoniare.» Declan è perplesso. «Ah, ecco, è arrivata una lettera per te...» dice sua madre, e Declan alza gli occhi al cielo. Posa il piattino con la torta e va nell'ingresso. Torna quasi immediatamente con una busta bianca. «Mamma...» Si siede, legge in silenzio la breve lettera e poi la rimette nella busta. «Okay» dice più che altro a sé stesso. Abigail vorrebbe parlargli da solo, ma non sa se ne avrà la possibilità. E non sa neanche se lui sarà in grado di aiutarla. Comincia a rendersi conto con grande ritardo che non ci sarà uno scatto, un'illuminazione o un risveglio della mente. Non ci sarà mai più chiarezza. Resterà soltanto questa foschia. Invece chiede alla madre di Declan come va il giardino e lei attacca con il tempo e il prezzo delle petunie. Il bello della madre di Declan è che non è mai necessario trovare argomenti di conversazione. «Ti fermi per il tè cara?» chiede la madre di Declan. «Oh no, grazie» dice Abigail, che lo prende come il segnale per andarsene. «Sei venuta in macchina?» «Faccio una passeggiata fino alla fermata dell'autobus» risponde Abigail. «Ma no, figurati. Declan può accompagnarti in macchina.» «Oh, non c'è bisogno, tranquilla...» comincia a dire Abigail, ma Declan è già andato nell'ingresso a prendere le chiavi. «Vieni» le dice, e non aspetta che lei risponda. Esce, sale in macchina e accende il motore. Abigail ringrazia la madre di Declan e prende il cappotto e la borsa. «E ricordati» dice la madre di Declan «che qui tu sei sempre la benvenuta. Sempre.» Abigail entra in macchina con Declan, che mette in moto ed esce dal vialetto a marcia indietro. Adesso che sono soli, Abigail non sa come cominciare. Non vuole prenderla alla larga, ma è ancora molto difficile entrare in argomento. Quante conversazioni come questa dovrà ancora affrontare? Non si abituerà mai. Restano in silenzio per un po'. La radio è accesa a basso volume. «E così andrai all'inchiesta?» chiede lei alla fine. «Immagino di essere obbligato» dice Declan. «Dato che mi hanno convocato.» Tira su col naso. «Sai cosa dire?» prova a chiedere Abigail. Declan mette la freccia e gira a destra. «Cosa dirò... dirò le stesse cose che ho detto agli agenti quella mattina e che ho ripetuto in seguito sempre a loro e che ho detto a mia madre e a chiunque altro mi abbia fatto delle domande. Non dirò niente che possa scioccarti.» «Ma...» Abigail lo incalza «non saranno soltanto domande su quella sera. Vorranno sapere tutto quello che è successo prima.» Declan continua a guardare la strada, ma il suo viso si piega in una smorfia. «Cosa intendi dire?» chiede. «Che vorranno saper se aveva mai provato a suicidarsi in passato...» «Oh...» «... o se era depresso e se ha detto qualcosa...» «A te aveva detto qualcosa?» chiede Declan. «No, no. È proprio questo. Non ha mai detto niente. A te ha detto qualcosa?» «No, naturalmente no, l'ho già detto alla polizia.» Restano in silenzio mentre aspettano a un semaforo rosso. Due pedoni attraversano di corsa. «Aveva mai cercato di uccidersi?» chiede Declan a bassa voce. Le mani sono serrate sul volante. «No» dice Abigail. «No, mai. Perché me lo chiedi?» Declan toglie il freno a mano e l'auto riparte. «È solo per come l'hai detto. Come se lui avesse fatto qualcosa.» Abigail fissa la strada davanti a sé. «No» dice. «Mai. Se fosse successo qualcosa, tu lo sapresti. Meglio di chiunque altro.» «Lo spero» dice lui. Abigail si massaggia il palmo della mano. «Noi due lo conosciamo da più tempo di tutti, eppure non sapevamo...» «Un attimo di follia» dice Declan. «Avremmo potuto fermarlo» ribatte lei. «Forse» risponde Declan, mette la freccia, entra nel vialetto di Abigail e parcheggia. «Ma non lo abbiamo fatto. E non abbiamo la macchina del tempo per tornare indietro e cambiare la realtà. Le cose stanno così.» Arrivano le lacrime. «Se noi... se io... avrebbe potuto avere una vita lunga e felice.» «Credo sia un modo sbagliato di vederla» dice Declan. «La sua vita è stata bella. Ci sono stati molti brutti momenti, naturalmente. Ma grazie a lui ho una vita intera di bei ricordi. E anche tu. Mi concentro su questo.» Abigail apre la portiera. «Saremo ancora amici?» chiede. «Se tu lo vuoi» dice Declan. «Lo eravamo, prima?» «Be', tu sei l'amico di Benjamin, e adesso... sarebbe strano se improvvisamente non ci vedessimo più.» «Mia madre sarebbe felice se tu venissi a pranzo la domenica, o qualcosa del genere» dice lui. «Sarebbe bello.» Abigail adesso è a terra e tace per un attimo. «Stai bene, Declan? Cioè, starai bene?» «Immagino di non avere scelta» risponde lui.

27
E un'altra

«Ma certo!» dichiarò improvvisamente Bell. «Come ho potuto essere tanto sciocco!»

Chiamò Sacker. «Per favore, Sacker, raduna tutti in salotto.»

«Hai trovato la soluzione?»

«Sì. Proprio adesso. Sono stato talmente stupido. Da non crederci. Ce l'avevo davanti agli occhi. Ti prego, fai presto. Non possiamo perdere altro tempo.»

Sacker andò a cercarli, e rapidamente ospiti e padrona di casa si riunirono in salotto come aveva chiesto Bell. Si erano cambiati per la cena. Bell li aspettava in piedi, impettito. La stanza intera trasudava impazienza.

Quando la porta si fu chiusa alle spalle dell'ultimo arrivato, Bell iniziò.

«Devo ammettere di essere stato un po' ingenuo; un po', come dire, ottuso. Pensavo che si trattasse di un caso difficile. Pensavo che per risolverlo avrei dovuto far ricorso a tutta la mia esperienza, ma la soluzione era lì davanti a me.

«Molti delitti su cui ho indagato in precedenza sono stati commessi semplicemente in vista di un tornaconto. Che cosa si guadagna grazie a questo omicidio, o meglio, chi ci guadagna? E naturalmente, quando pensiamo a un guadagno, prima di tutto pensiamo al denaro. È chiaro che Abigail ci guadagnerebbe in quanto erede primaria secondo il testamento di suo fratello. Ma lui provvedeva a lei molto bene, quindi non vedo un movente, per quanto la riguarda. Degli altri, una persona soltanto avrebbe guadagnato qualcosa dalla morte di Benjamin. Una sola persona che aveva un movente, e anche debiti conclamati.»

Tutti si voltarono a guardare Declan.

«Oh, calmatevi» disse Declan. «Non avete mai letto uno di questi romanzi polizieschi? Farà il giro di tutti prima di indicare il killer. Non sono io.»

«È vero che tu avevi dei debiti, Declan» disse Cormac.

«Sei l'unico con un movente» disse Margaret.

«Be', questo non è affatto vero, tesoro, e tu lo sai» disse Declan.

«Cosa vorresti dire?» chiese Margaret in tono di sfida.

«Lo sai benissimo, cosa voglio dire» rispose Declan.

Bell intervenne a calmare gli animi.

«Non serve a niente, questa discussione. Qui tutti avevano un movente. Tutti siete stati sospettati, a un certo punto. Ma non più. Adesso ho il mio assassino» disse Bell. Tutti si placarono all'istante.

«Sono stato molto sincero riguardo ai miei problemi. Ve ne ho parlato» dichiarò Declan a Bell. «Vi ho detto esattamente cosa stava succedendo.»

«Ecco, questo non è affatto vero, Declan» rispose Bell. E Declan fece un borbottio di protesta.

«Vi hanno sentito» continuò Bell «litigare con Benjamin a proposito di soldi. Avete ammesso con me di avere dei debiti di gioco e che Benjamin vi aveva tolto le castagne dal fuoco in più di un'occasione. Vi siete di nuovo rivolto a lui con la richiesta di un piccolo prestito per risollevarvi, ma lui ha rifiutato. Mi avete raccontato tutto questo per apparire una persona onesta. Una persona sincera e consapevole dei propri difetti. Eppure avete cercato di ingannarmi. Sì, avete litigato per i soldi, ma avete omesso l'altro motivo per cui avete litigato. Benjamin aveva deciso di troncare completamente i rapporti. E quindi anche di cancellarvi dal suo testamento. Quell'appunto nella sua agenda, "chiamare FWC"... Aveva intenzione di rivolgersi ai suoi avvocati, Freeman, Wills, Croft e Soci. E perciò sapevate che se volevate trarre un beneficio dai possedimenti del vostro amico, dovevate ucciderlo prima che avesse il tempo di tornare in città e redigere un nuovo testamento.»

Declan fece una risatina di scherno.

«Avete finto di ubriacarvi e addormentarvi sul divano. Avete atteso il momento giusto e poi siete salito mentre tutti dormivano. Avete ucciso a sangue freddo il vostro unico amico sincero con un singolo colpo della bottiglia di champagne, che avete poi gettato dal balcone prima di sistemare il corpo in modo da dare l'impressione che Benjamin si fosse suicidato. Poi avete chiuso la porta a chiave, dall'esterno, usando quello che avete rubato dal capanno degli attrezzi: le pinze, e non il cacciavite di cui Dorcas aveva rilevato la mancanza. È stato quasi un delitto perfetto. L'unica prova che vi siete lasciato dietro sono i segni quasi impercettibili sulla chiave. Siete sceso, vi siete addormentato, e avete fatto finta che non fosse successo niente.»

«Pure fantasie» disse Declan, alzandosi. «E se avete finito, non credo che resterò qui ad ascoltare altre calunnie.»

«No, signore, voi resterete qui ad aspettare la polizia, se siete un uomo» disse Bell. Declan spinse via Bell con grande facilità e si avviò alla porta, ma Stephen lo fermò.

«Togliti di mezzo, Steve» ringhiò Declan.

«Credo che sia meglio se resti qui» rispose Stephen. Declan diede uno spintone a Stephen facendolo cadere all'indietro, poi uscì rapidamente e si avviò alla porta di casa. Abigail corse da Stephen mentre Margaret e Cormac correvano dietro a Declan. Sacker li seguì. Sentirono urla e colpi provenire da fuori e poi un motore rombare. Sacker rientrò di corsa in salotto.

«Sta scappando con la sua macchina sportiva» esclamò.

«Non andrà lontano» disse Bell. «Ricordati che al momento non ha un soldo. Ha pochissime possibilità.»

In quel momento, sentirono uno schianto in lontananza, e si precipitarono tutti fuori. Videro un'auto ribaltata in fondo al vialetto accanto al cancello. Aveva i fanali illuminati, e il motore era ancora acceso.

Cormac corse verso la macchina. Lo videro togliersi la giacca dello smoking, avvolgersela attorno a un braccio e spaccare un finestrino con il gomito. Riuscì ad aprire la portiera, poi tirò fuori Declan. Olivia corse da lui, e Margaret la seguì. Ma era chiaro che quello che stavano guardando era il corpo di un morto.

«Non è certo il finale che ti auguravi» disse Sacker.

«Che finale mi auguravo?» chiese Bell.

*

Abigail telefona a sua zia e le propone un brunch per uno dei prossimi fine settimana. La zia non vuole che lei si disturbi, ma Abigail procede e prenota in un piccolo caffè di zona. La zia ordina pane tostato e due salsicce, e Abigail uova alla fiorentina. «Non ci ero mai venuta, che posto carino» dice la zia. «Molto chic.» «Potremmo farne un'abitudine» dice Abigail. «Un appuntamento per pranzo o per un caffè o quello che preferisci.» La zia dice che sarebbe bello. Negli ultimi anni Abigail non ha visto spesso la zia, e adesso si sente un po' in colpa per questo. A vent'anni i parenti non li consideri più di tanto. Non sono così importanti. Soprattutto nel caso di Abigail e Benjamin, che si erano creati la loro nuova piccola famiglia. «Ho pensato che potrei prendermi un periodo di pausa dal lavoro» dice Abigail. «Una lunga pausa. Semi definitiva. Per viaggiare o, non so, fare qualcosa.» «Forse hai bisogno di cambiare aria» dice la zia. «Viaggiare fa bene all'anima. Vai all'estero, e vivi e lavora lì. Vai in cerca di avventure.» «Tu hai avuto molte avventure?» chiede Abigail. «Oh, la mia vita è stata tutta un'avventura» dice la zia. Quando lei era bambina, la zia viveva a Londra, ma quando la mamma di Abigail era morta era tornata a casa. Prima aveva vissuto in Marocco e in Australia e a Chicago. «Là fuori c'è tutto un mondo» dice sua zia. «Non pensare di dover restare qui per me. È la tua occasione di essere egoista.» La cameriera porta i loro piatti e Abigail è lieta di potersi riempire la bocca e non parlare per un po'. Se lo facesse, la voce la tradirebbe. La zia non le ha chiesto di restare. Non si è mostrata triste all'idea che lei vada via. Non la farebbe mai sentire in colpa. Vuole soltanto ciò che è meglio per lei, e Abigail comprende che l'unica cosa che la trattiene lì è sé stessa. «Sono preoccupata» dice Abigail. «Ho paura che non supererò mai questa cosa.» La zia la guarda. «Non credo che sia questione di superarla. Nessuno si aspetta che tu la superi.» «Ma come farò ad andare avanti?» chiede Abigail. «Vivendo» dice la zia. «Vivendo ogni giorno della tua vita. Facendo minuscoli passi avanti. Adesso ti sembra impossibile, ma questi piccolissimi passi si accumulano. Ti stupirai di te stessa, vedrai.» Abigail inghiotte. Tiene le spalle curve. «Mi sembra di non poter andare avanti finché non avrò capito che cosa è successo» dice. «Non ho ancora avuto risposte.» «Forse col tempo queste risposte arriveranno. Forse arriverai a capire. O forse, invece, non ci riuscirai. Non dovresti permettere che sia questo a determinare ciò che succederà da adesso in poi. È arrivato il momento di riprendere i contatti col mondo. Sei stata nascosta sotto il piumone un po' troppo a lungo.» Abigail fissa il suo piatto. «Sono arrabbiata con lui» dice. La sua voce è un sussurro. «Sono arrabbiata con lui per avermi lasciata in quel modo.» La zia allunga una mano per stringerle un polso, e restano così finché i loro caffè diventano freddi. Quando portano via i piatti la zia dice che ha un paio di faccende da sbrigare in città e Abigail chiede se può accompagnarla. Vanno in banca a incassare un assegno e in libreria a comprare una rivista e dal macellaio a prendere delle cotolette di maiale e all'ufficio postale ad acquistare un francobollo per l'estero e dal fioraio a mandare dei fiori a un'amica malata e in farmacia a ritirare una medicina. Abigail si sente rilassata per la prima volta da mesi. Si sente di nuovo una bambina.

28

E poi ancora una

«Ma certo!» dichiarò improvvisamente Bell. «Come ho potuto essere tanto sciocco!»

Chiamò Sacker. «Per favore, Sacker, raduna tutti in salotto.»

«Hai trovato la soluzione?»

«Sì. Proprio adesso. Sono stato talmente stupido. Da non crederci. Ce l'avevo davanti agli occhi. Ti prego, fai presto. Non possiamo perdere altro tempo.»

Sacker andò a cercarli, e rapidamente ospiti e padrona di casa si riunirono in salotto come aveva chiesto Bell. Si erano cambiati per la cena. Bell li aspettava in piedi, impettito. La stanza intera trasudava impazienza.

Quando la porta si fu chiusa alle spalle dell'ultimo arrivato, Bell iniziò.

«Negli ultimi giorni ho avuto in testa un vortice di indizi, storie, false piste e moventi, e ho perso la bussola. Io non perdo mai la bussola» disse Bell. «C'era qualcosa che proprio non tornava. Sembra un caso così semplice: una camera chiusa, una ristretta cerchia di sospetti, moventi in abbondanza, indizi a profusione. Ma era tutto troppo. Sembrava in qualche modo una messa in scena. Come se ci fosse una mano che ci guidava, anzi, ci spingeva, attraverso la storia. Qualcuno sta creando il delitto perfetto e impenetrabile. Tutti i personaggi più prevedibili. Tutti gli elementi più scontati. Un sacco di caselle spuntate. E allora ho pensato, a chi può appartenere questa mano? Chi può essere l'autore di questa narrazione?

«Non mi sono mai fatto imbrogliare come questa volta. Sono stato uno stupido. Ma veramente stupido. E mi prendo la responsabilità di essermi lasciato depistare. Sono arrivato molto in ritardo alla consapevolezza che la padrona di casa mi ha ingannato.»

Si fermò davanti a Abigail.

«Voi siete l'assassina, Abigail» disse Bell, con molta semplicità. «Voi avete ucciso vostro fratello e poi mi avete invitato a partecipare a questa sciarada.»

«Assolutamente ridicolo» disse Stephen. Margaret scosse la testa incredula. Barbara si aggrappò allo schienale della poltrona. Cormac strinse a sé Olivia, e Declan emise un'esclamazione di sorpresa.

«Non è ridicolo, Stephen. È molto chiaro. Abigail sa quello che ha fatto.» Bell la guardò dritta in faccia. «Voi, e voi soltanto, avete ucciso vostro fratello. Per rabbia o gelosia o avidità o semplice odio. Siete stata voi, Abigail. Voi. È stata colpa vostra.»

E per un pelo Abigail non lo ammise.

TERZA PARTE

E, sì, la sua morte ha cambiato la storia della sua vita. L'ha resa più misteriosa. Non più oscura. Ci vedo la stessa luce di prima. E, qui di fronte a lui, non cerco quello che avrei potuto prevedere e non ho previsto – come se in quello che c'è stato fra noi mancasse l'essenziale; adesso invece parto dalla sua morte violenta, e, da lì, guardo indietro con sempre maggiore tenerezza ciò che ha voluto fare e ciò che ha offerto agli altri, fino a quando è riuscito a sopportarlo.

JOHN BERGER, *Un uomo fortunato. Storia di un medico di campagna (1967)*

*

La mamma li chiama. «Abigail. Benjamin.» Detti da lei i loro nomi sembrano una canzone. «È ora di andare.» Si precipitano di sotto con gli zaini. Hanno preso tutto il necessario per una gita al mare: secchielli e palette, costumi da bagno e asciugamani. I loro genitori porteranno la crema solare e i cappellini che li costringeranno a mettere. Il padre ha già sistemato una tavola da surf nel baule dell'auto, e ci sono anche libri e un walkman per eventuali momenti di noia in viaggio. La madre ha preparato le vettovaglie. Benjamin ha portato il retino da pesca che gli hanno regalato per il suo ottavo compleanno e con cui conta di esplorare le pozze d'acqua fra le rocce, e Abigail ha messo nello zaino alcune cose preziose da cui non sopporta di separarsi: un pezzetto di stoffa luccicante, una piuma di uccello e tre bottoni viola.

Il padre è già seduto al volante con le portiere aperte e la radio accesa. Tiene le gambe fuori, di lato. Il baule è aperto, e loro ci ammucchiano gli zaini e gli asciugamani e la crema solare e il cesto per il picnic. Le portiere sbattono, il padre esce dal vialetto e si parte.

La madre tiene il finestrino aperto e l'aria sferza all'interno dell'auto, facendole svolazzare i capelli attorno al viso.

Tiene gli occhi chiusi dietro le lenti scure: il sole estivo l'ha già abbronzata. Il padre alza il volume della radio. Sul sedile posteriore Abigail e Benjamin discutono nei minimi dettagli i loro piani per quando arriveranno alla spiaggia.

Per prima cosa faranno il bagno, decidono. Poi magari più tardi ne faranno un altro, soprattutto se facesse molto caldo e avessero bisogno di rinfrescarsi, ma sicuramente un bagno sarà la prima cosa, e dopo faranno un castello di sabbia. Benjamin sta pensando al castello dall'ultima volta che sono stati al mare. Il progetto è ambizioso: un fossato, torri, un castello in cima a una collina. Ha immaginato anche di circondarlo con tanti altri piccoli castelli di sabbia. Ci sarà un villaggio e ponti e corsi d'acqua. Però, adesso che ci pensano, dopo il bagno e quando si saranno asciugati, potrebbero mangiare qualcosina e poi andare alle pozze fra le rocce. Sì, è l'idea migliore. Lì troveranno delle belle pietre e conchiglie e alghe per decorare il loro regno. A un certo punto probabilmente faranno il picnic con i loro genitori – panini al prosciutto e pomodori, fette di anguria, uova sode e gelati tenuti nella borsa frigo – e poi ricominceranno a costruire i castelli di sabbia.

Abigail accende il walkman e preme la testa contro l'interno della portiera: è calda come un forno. Ascolta un audiolibro che suo padre le ha regalato a Natale. Non quello pauroso che ha dovuto nascondere in fondo all'armadio. È quello divertente che ascolta quasi tutti i giorni.

Per Abigail e Benjamin il viaggio occupa un tempo non quantificabile. Sembra mezza giornata, anche se, in realtà, è poco più di un'ora. In anni futuri ci andranno per conto loro, si renderanno conto che è un viaggio molto breve e si chiederanno perché non ci andavano tutti i fine settimana.

Il viaggio ha un suo ritmo: siepi, pub fatiscenti, curve improvvise e casette passano come lampi secondo una cadenza familiare. Si fermano al solito negozietto dove il padre compra il giornale. Trovano ingorghi del traffico sempre negli stessi punti. E poi la macchina rallenta e gira per l'ultima volta, e sanno di essere quasi arrivati. Si tirano su a sedere un po' più dritti. Abigail mette via il walkman e si stiracchia. Benjamin sente l'eccitazione che gli pizzica la punta delle dita e si volta verso Abigail con un sorrisetto.

Il posto è tranquillo, come sempre. È solo una caletta; nelle vicinanze ci sono luoghi più popolari. Benjamin e Abigail non conoscono altro che quella piccola baia, e se ne sentono i padroni. È il loro posto: il parcheggio, la passerella che porta in spiaggia, il punto sulla sabbia in cui posano le coperte, la pozza fra le rocce.

Il padre frena nello spiazzo polveroso, parcheggia, e spegne il motore. Benjamin e Abigail vorrebbero correre subito in spiaggia, ma devono invece attendere con pazienza mentre i genitori scaricano l'auto. Anche loro devono portare qualcosa. Abigail ha i secchielli e le palette, e Benjamin prende la tavola e gli asciugamani.

La giornata segue lo schema consueto: la madre raccomanda di fare attenzione alle macchine, ma loro non le badano mentre attraversano di corsa il parcheggio e poi la passerella, e gettano le loro cose in un punto subito dopo le dune. C'è pochissima gente in vista: una coppia di anziani con le sdraio, un uomo che sta facendo il bagno e un'altra coppia con un bebè.

I genitori li seguono a passo lento. La madre tiene il viso rivolto al sole, il padre è carico dell'occorrente per il picnic. Stendono gli asciugamani, montano l'ombrellone e aprono le sdraio. Benjamin e Abigail sono impazienti. Scalpitano per andare, ma il padre gli dice di aspettare un momento. Non possono ancora fare il bagno da soli. Devono aspettare lui.

Abigail e Benjamin si guardano gli alluci affondare nella sabbia finché il padre non è pronto, quindi si precipitano in mare. L'acqua li sferza di gelo alle caviglie, ma loro vanno avanti finché gli arriva alle spalle. Nuotano fino alla boa e poi restano a sguazzare, non sentono più il freddo. L'uomo che prima era in acqua è tornato a riva e adesso si sta asciugando. Sono gli unici in mare, a perdita d'occhio. Abigail sente pesciolini e alghe che le sfiorano le gambe. Si lecca le labbra, e sono salate.

Sulla spiaggia si infrangono ondine bianche. Dicono al padre che vogliono fare surf e così lui torna a riva e prende la tavola. Per prima ci mette sopra Abigail e la porta più al largo. Rimangono lì, seguendo il movimento delle ondine finché non vedono il primo cavallone. Allora Abigail si mette a pancia in giù sulla tavola e comincia a pagaiare furiosamente, fino a quando l'onda la prende e la porta a riva. Lo fanno e rifanno. A ogni onda Abigail si sente più sicura. «Questa era enorme!» strilla.

Adesso tocca a Benjamin. Prima che arrivi un'onda alta deve aspettare un po'. Oggi il mare è calmo, e ha paura che Abigail si sia già presa tutte le onde buone. Ma poi la vedono in lontananza, che rotea verso di loro, e lentamente diventa sempre più grande. Benjamin si gira e inizia a pagaiare a tutto spiano. Sente l'onda che arriva dietro di lui e poi inizia a sollevargli le gambe e poi il torso e poi la spinta finale che lo lancia verso la spiaggia. «Questa era la più bella, finora» dichiara Abigail.

Continuano così col padre che fa avanti e indietro, e aspettano pazienti la prossima onda e poi a turno surfano fino a riva. Andrebbero avanti per ore e ore, ma il padre si stanca prima di loro e li incoraggia a tornare in spiaggia per riposarsi un pochino e bere qualcosa di fresco.

Fanno una gara a chi arriva primo. Vince Benjamin, Abigail seconda e il padre terzo. Corrono dalla mamma e improvvisamente sentono il freddo, si coprono con gli asciugamani e lei gli sfrega la schiena e li aiuta ad asciugarsi i capelli. La loro pelle ha l'odore dell'estate: crema solare e sale. Raccontano alla madre le loro imprese di surfisti e lei li ascolta paziente.

Quando sono pronti, si mettono le T-shirt sopra i costumi da bagno ormai asciutti e, armati di secchielli e retini, vanno alla piccola pozza tra le rocce, dove trovano una stella di mare con solo quattro braccia. «Possono farsi ricrescere le braccia» dice Benjamin, che ha da poco imparato questo fatto a scuola. Dato che ha solo cinque anni e non inizierà la scuola fino a settembre, Abigail pensa che Benjamin sia un genio ultraterreno e crede a tutto quello che dice. Benjamin si china a raccogliere la stella di mare con cura, come ha visto fare all'acquario. «Vuoi toccarla?» chiede a Abigail. Le porge la creatura, e lei la sfiora delicatamente. La sensazione è diversa da come se la aspettava. È dura come il cuoio, e la disgusta un po'. Benjamin rimette piano piano la stella di mare nella pozza, poi raccoglie un po' di alghe e le sistema nel secchiello di Abigail. Lei le tocca e sente che sono viscide. Lì intorno ci sono tante conchiglie interessanti: spirali madreperlacee, schegge e frammenti lucenti; e altre bianche, perfette, brillanti. Osserva Benjamin che le raccoglie e le mette con cura sopra le alghe nel secchiello. Abigail ne prende una particolarmente iridescente. «Questa la voglio per il mio castello» dice. «Ci servono delle pietre» le dice lui, e continuano a rastrellare la spiaggia. Quando i secchielli sono pieni, tornano dai genitori.

La madre vuole di nuovo spalmarli di crema solare, e loro si lasciano docilmente sfregare quella roba appiccicosa sulla schiena. Ma sono impazienti di iniziare la costruzione. «Tieni d'occhio tua sorella» dice il padre a Benjamin, e lui lo farà, naturalmente. Prendono i loro colorati secchielli di plastica e vanno verso la riva dove la sabbia è inzuppata di acqua salata e riempiono bene i secchielli di cemento. Poi li portano al cantiere edilizio. Benjamin aiuta Abigail a portare il suo perché lui è il fratello grande. Prima compattano bene la sabbia, poi, con estrema attenzione, Benjamin ribalta il secchiello in un unico movimento veloce. Battono sul fondo del secchiello, due volte Benjamin e due volte Abigail; hanno perfezionato la tecnica. Poi Benjamin solleva il secchiello e appare un perfetto castello di sabbia. Lui guarda Abigail tutto contento, e lei batte le mani per festeggiare. Ogni vota che succede è un piccolo miracolo. Poi prende il secchiello di Abigail e ripetono la stessa routine. Abigail corre a recuperare il suo bellissimo frammento di conchiglia e lo posa delicatamente in cima al secondo castello. Guarda Benjamin in cerca di approvazione.

Prendono un altro secchiello, il più piccolo, e creano dei semplici avamposti intorno ai due manieri. Iniziano a formare le montagne, ammucchiando la sabbia. Creano dei sentierini tra i due castelli grandi e con le dita tracciano le porte su quelli più piccoli. Abigail inizia a decorare perché è la sua parte preferita. Prende per sé tutte le conchiglie e le pietre più belle e sparge le alghe a casaccio sul suo regno. Benjamin raccoglie ancora un po' di sabbia per costruire le mura attorno ai due castelli. Lo fa perché è più grande e più forte di Abigail, e portare su e giù la sabbia bagnata è un lavoro faticoso. Modella con le mani le mura curve mettendoci molta cura fino a quando sono ben solide, e lui è soddisfatto.

Benjamin traccia il fossato attorno ai due castelli, creando un solco nella sabbia tiepida con le mani. Poi cominciano a scavare, prima smuovono la sabbia con le palette di plastica e poi la tirano via con le mani. Lavorano velocemente, e si fermano soltanto quando la madre li chiama per mangiare. Appena sono sazi tornano di corsa al loro regno di sabbia e continuano a scavare il fossato. Nel frattempo qualcuno se ne è andato dalla spiaggia e una o due persone sono arrivate.

Finalmente il fossato è pronto, e Benjamin va a cercare delle pietre piatte che vadano bene per fare i ponti levatoi su entrambi i lati. Hanno studiato a scuola i castelli medievali e perciò lui sa tutto dei ponti levatoi e dei merli e del perché i soldati dormivano stando ben dritti nei loro letti.

Prende un secchiello vuoto e va verso il mare. Tiene gli occhi fissi sulla sabbia. Trova una bella conchiglia e un pezzo di vetro verde smerigliato che sicuramente piacerà a Abigail. Ci sono alghe dappertutto. Cammina lungo la riva finché non trova finalmente proprio la pietra che sta cercando: chiara, piatta e grande quanto il palmo della sua mano. Ne trova un'altra: leggermente più spessa, ma può andare. La mette nel secchiello con tutto il resto e poi si avvia col suo carico per tornare dai genitori, dalla sorella e ai castelli di sabbia del loro regno.

Quando arriva è un po' stanco, ma per fortuna è l'ora del gelato. Suo padre apre la borsa frigo e li tira fuori. Benjamin si siede accanto a Abigail vicino al cantiere e mangiano in silenzio i gelati al cioccolato. Presto le loro mani grondano di gelato che finisce sulla sabbia. Corrono in mare e agitano le dita nell'acqua fino a quando sono di nuovo fresche e pulite. Poi Benjamin asciuga le manine di Abigail con la sua T-shirt.

Tornano al castello. Benjamin sistema con cura i ponti levatoi al loro posto e dispone meglio le alghe che prima Abigail aveva sparpagliato. Gli piace che le cose siano fatte in un certo modo. Le pietre più piccole diventano sentieri e torrette e finestre. Alcune delle pietre non vogliono stare a posto. Un paio di finestre sono già cadute: Benjamin inizia un'opera di restauro: piano piano scava un pochino di sabbia e poi spinge al loro posto le finestre di pietra. Abigail è molto colpita, e lo è ancora di più quando Benjamin le dà il pezzo di vetro verde che ha trovato. Ripone attentamente il gioiello nel taschino anteriore del suo zaino. Più tardi, tornata a casa, lo metterà insieme ad altri oggetti preziosi in quello che lei crede sia il suo posto segreto: un cassetto del suo comodino che per sua madre è un incubo. Ogni tanto la madre è costretta a buttare via qualcosa, quando inizia a diventare una concreta minaccia per la salute. Però, certe volte, quando è sola in casa, va a dargli un'occhiata per mettersi di buon umore.

Quando sono soddisfatti del loro capolavoro, invitano i genitori a rimirarlo. La madre e il padre esprimono tutta la loro incredula meraviglia per quella fantastica impresa di alta ingegneria. Ammirano il fossato, e Abigail ci tiene a precisare che anche lei ha contribuito a scavarlo. Indica ai genitori la bella conchiglia e fa vedere le alghe che ha messo in modo da creare prati e fiori lussureggianti. Loro sono debitamente impressionati.

A questo punto Abigail ha chiuso con i castelli di sabbia e va a sedersi all'ombra per ascoltare il walkman ed esaminare il pezzo di vetro che le ha dato Benjamin. Benjamin rimane a perfezionare ulteriormente il castello. Liscia le fiancate del fossato. Riposiziona il ponte levatoio. Sposta le alghe. Prende un secchiello e va in riva al mare per riempirlo di acqua. Lo riporta reggendolo con due mani e a metà strada deve fermarsi, posarlo per terra e sfregarsi le braccia. Guarda da lontano i genitori e la sorella e gli sembrano una cartolina.

Versa l'acqua nel fossato, ma la sabbia la assorbe tutta. Benjamin si mette a carponi per esaminare la situazione. Tocca con la mano la sabbia satura e la batte finché non è ben compatta. Ci riprova: va in riva al mare, riempie il secchiello – adesso le braccia gli fanno proprio male, ma ne vale la pena – e cerca di riempire il fossato. È inutile. L'acqua scompare sempre. Si rende conto che non ce la può fare e chiede aiuto a suo padre. «Come faccio a riempire il fossato?» chiede. «Come faccio a farci rimanere l'acqua?» Suo padre posa il giornale e viene a esaminare la situazione. «Vedi, il problema è che non c'è una base. Se vuoi costruire una piscina, per esempio, devi scavare un buco e poi foderarlo con qualcosa e piastrellarlo o qualcosa del genere in modo che l'acqua non possa essere assorbita. Ecco perché l'acqua inzuppa la sabbia e basta» gli spiega suo padre. «Con cosa potrei foderarlo?» Il padre si guarda attorno. «Ho paura di non aver portato niente che possa servire. Dovremo ricordarcene la prossima volta» dice. «Potresti cercare delle pietre azzurre che sembrino acqua» propone. Benjamin riprende il secchiello. «Dove vai?» gli chiede Abigail, con improvviso interesse. «Devo trovare abbastanza pietre per riempire il fossato» dice Benjamin. «Vengo anch'io» dice Abigail, e lascia il walkman in custodia a sua madre. «Devo aiutare Benjamin, ma torno subito» le assicura. Benjamin le dice di prendere anche lei un secchiello. «Abbiamo bisogno di tantissime pietre piccole. Dobbiamo riempire tutto il fossato» le dice. Tornano verso la passerella, perché è la zona dove ci sono più pietre. Abigail posa il secchiello e cerca di sollevare con due mani un pietrone. Tira e spinge ma quello neanche si muove. «Che ne dici di questo?» chiede. «Però devi prenderlo tu. Mi fa male alle mani.» «No, ci servono piccole» spiega Benjamin. «Dei sassolini. Come questo.»

Sull'altro lato della passerella trova un mucchietto di pietruzze grigio azzurre e comincia a metterle nel secchiello. Non saranno abbastanza, pensa fra sé. Adesso si è formato un'immagine mentale molto chiara di che aspetto dovrebbe avere il fossato, e sarebbe deluso se non dovesse risultare all'altezza delle sue aspettative. Abigail non lo aiuta più. L'ha distratta un insetto, che sta cercando di catturare. Si è accovacciata a terra, il faccino concentratissimo mentre l'insettino o quello che è salta di qua e di là. Lo circonda con le mani a coppa, ma lui salta e scappa. Lei cade e deve rialzarsi. Tiene attentamente d'occhio l'insetto, ma lui è svelto e riesce a sfuggirle di nuovo. Abigail si accovaccia di nuovo e resta immobile. Attende con pazienza e con un movimento improvviso e silenzioso riesce a rinchiudere l'insetto nella prigione delle sue dita. Le fa il solletico. Si chiede se riuscirà a tenerlo così fino a casa, per tutto il viaggio in macchina. Forse sì, se sta molto attenta. Se riesce a portarlo a casa, potrà tenerlo in camera sua, sarà il suo animaletto. Si alza lentamente sempre tenendo le mani chiuse e attraversa la passerella. Non vuole cadere e fargli male o, peggio ancora, lasciarlo andare. Benjamin sta ancora raccogliendo sassolini, diligentemente.

Abigail, sempre facendo molta attenzione, raggiunge i genitori. Scopre che con le mani strette in quel modo non è facile sedersi. Non sarà semplice come credeva. Come farà a preparare lo zaino? Sua madre la osserva con sospetto. «Che cos'hai lì?» le chiede. «Niente» dice lei, e poi apre le mani per distruggere la prova. La prossima volta dovrà farlo più di nascosto. Poi si ricorda quello che stava facendo e raggiunge di corsa Benjamin dall'altra parte della passerella, andandogli dietro e raccogliendo sassi a casaccio. «Credo che ne abbiamo abbastanza» dice Abigail quando è stufa, e tornano ai castelli di sabbia.

Benjamin comincia a versare le pietre dentro il fossato e intima a Abigail di fare lo stesso, ma lei adesso sbadiglia, e questo significa che la giornata è quasi finita. Benjamin potrebbe andare avanti per ore. Circa un terzo del fossato è coperto di sassolini quando, improvvisa, arriva la marea. Le ondine si fanno minacciose. Le sente lambire i calcagni. Alla fine il mare raggiunge il bordo del fossato e si riversa nel canale. I genitori li chiamano. È ora di mettere via tutto e andare. Abigail corre a recuperare le sue cose, ma Benjamin resta a guardare l'oceano che divora la sua creazione. L'ondata successiva gli copre i piedi. L'acqua si avvicina sempre più ai castelli. Vorrebbe poterli mettere nello zaino e portarseli a casa. Suo padre lo chiama di nuovo e lui deve andare. Prepara lo zaino e guarda l'acqua avvicinarsi sempre più. Si sente impotente, ma non riesce a distogliere lo sguardo. Poi c'è un'ultima spinta e l'acqua si mangia tutto. Quando si ritira, si lascia dietro una brutta inutile montagnola di sabbia bagnata. La prossima volta dovrà farne uno migliore.

La giornata è finita.

Arrotolano gli asciugamani, raccolgono l'immondizia e gli avanzi, e chiudono l'ombrellone. Benjamin aiuta a portare la borsa frigo ormai vuota: lui tiene un manico e suo padre l'altro. Non è rimasto niente a indicare che loro sono stati lì. Risalgono la passerella fino alla macchina e mettono tutto nel baule. L'auto è bollente, perciò aprono tutte le porte e si siedono per togliersi la sabbia dalle scarpe e sbattere gli asciugamani. Il padre accende la radio e la madre si siede accanto a lui. Parlano fra loro chiedendosi se questa sia stata la giornata con il tempo migliore che hanno trascorso qui e ricordano visite precedenti: due anni prima, quando aveva cominciato a piovere durante il viaggio di andata; cinque anni prima, quando Abigail aveva pochi mesi e avevano sottovalutato quanto sarebbe stato complicato stare in spiaggia con un bambino piccolo e una bebè. Chiudono le portiere dell'auto e tirano giù i finestrini e il padre esce dal parcheggio a marcia indietro. Le sue mani sul volante sono rosse. I capelli della madre svolazzano. Abigail sbadiglia. Benjamin pensa ancora ai suoi castelli di sabbia. Stanno tornando a casa.

Ringraziamenti

Angelique Tran Van Sang, Allison Malecha, Anne Meadows, Rosie Shackles, Mary Mount, Kieran Sangha, Emily Griffin, Noah Eaker, tutte le persone alla Picador e alla Harper, mamma, papà e Martha.

Grazie.

PEFC
PEFC/18-32-03

Certificato PEFC
Questo prodotto è realizzato con materia prima da foreste gestite in maniera sostenibile e da fonti controllate
www.pefc.it

Mondadori Libri S.p.A.

Questo volume è stato stampato
su carta HOLMEN
con fibra vergine proveniente da foreste sostenibili holmen.com/paper
presso ELCOGRAF S.p.A.
Stabilimento - Cles (TN)

Stampato in Italia - Printed in Italy